新戀愛時代

時代

王海鸰 著

作家出版社

第一章

惠涓开车接女儿，前方路边榆叶梅盛装现出，一枝压一枝一树接一树的红粉，娇滴滴肥嘟嘟，裸着，炫着，美着，可惜，它只十几天活头；女孩儿常被用花做比，美如花，美得短也如。想到这个惠涓心就慌：女儿二十三了，连个起码的恋爱对象都没有；还不能说，一说准说："急什么，我才二十三！"才二十三？要你是男孩子，还可说"才"；女孩子，只能是"都"！

　　——惠涓伤春了，为女儿伤。

　　这天是星期天，女儿在公司加班。事先跟她说请个假不要去了，你一个实习生，多你不多少你不少；如果没事，该去去，但你有事，事很重要。女儿不听，她心里公司更重。那公司不错，是家有一定规模的投行，现如今学金融女生的励志口号就是：上得投行，下得厨房。一个在校本科生能进这样的公司实习，毕业后如能够留下，自是好事；但跟惠涓安排的事比，不能比。

　　惠涓为女儿物色了一个优秀男青年，人托人人又托人，争取到今天的见面机会；见面时长都有限定，下午两点半到三点半。对此惠涓有过看法，感情这事儿，合则谈，不合散，用得着限什么定吗？矫情！但她很快放下不满从积极方面进行了思考：这正说明人家优秀啊，不优秀敢限定吗？不优秀只配被限定。虽说女儿目前也在被限定之列，但，一旦两人见上了面，谁限定谁就难说喽。

　　女儿生得人见人爱花见花开，与俗意的美不同，她美而浑然不觉。

这不觉并非不知，从小被人夸到大怎会不知？是不在意。她只在意她在意的事，像她父亲。曾经惠涓因之窃喜：自觉其美的女孩儿心难静，心不静学习好不了。女儿学习好，重点初中重点高中名牌大学一路上下来，没用人操心。但渐渐，惠涓发觉不妙。年少时一心一意读书，是对的；都二十多了还这副除了学习就是工作别的不管不问的架势，是不对的。男人可以，男人有事业就有一切；女人不行，世界对女人的永恒要求是貌。事业可能随着年龄长，容貌只能随着年龄褪。

相亲事于周五定下，当天下班进家就跟女儿说，直说到今天早晨。语重心长苦口相劝晓之以理动之以情，用了各种的方式。文艺的：春天是恋爱的季节；通俗的：男大当婚女大当嫁；庸俗的：明年二十四后年二十五，过了二十五就往三十上鼓，女孩子值钱的好时候就这么几年，这几年抓不住，要么，剩在家里，要么，降价甩卖！

不听！

后来丈夫出面调停，才算打破僵局：女儿还是去公司加班，到下午结束不了，请两小时假，来回路上一小时，相亲一小时。为确保实施，惠涓开车接送。

惠涓比约定时间提前半小时到，走前从女儿书柜拿了本书，用来打发等待时间，却忘戴花镜。眯细眼吃力地看了一个小段儿，累得放下。从前她视力多么好啊，再小的字，只要有亮，就看得清，那时节恍若昨日。合上酸涩的眼，默念着刚才书中的话——"像每一滴酒回不了最初的葡萄，我回不了年少"，心有戚戚。待会儿女儿来，拣适当时候——就路过榆叶梅的时候——把这话说给她听。

惠涓不文艺不小资，岂止是"不"，相当排斥，如果不说鄙视；可是，女儿文艺女儿小资，做母亲的就得把自己的好恶放到一边。为能跟女儿有共同语言，看书拣女儿喜欢的书看，说话用女儿喜欢的风格说，比如"春天是恋爱的季节"，比如"像每一滴酒回不了最初的葡萄"……一心一意跟女儿交朋友。自己做女儿时，儿女得巴结着父母，轮到自己做母亲，乾坤倒转，父母得巴结儿女了，也算是一种生不逢时。常常，下班到家忙完洗完上床，还得强睁睡眼看两页女儿看过或正看的书，什么"我已然开始了长年的迷途，生之命题封锁我，觥筹交错的知识酒杯灌醉我，爱与欲的逻辑困惑我，生活的桩木打倒我……"木桩就木桩吧，非得"桩木"，世上就有那么些人专门不好好说话。这种字儿想看下去，除得有颗母亲的心，还需毅力，堪如哪本书说的，人为和猴子打成一片，得去模仿猴子。

咔，车门打开，女儿进来；脸绷着，嘴闭着，连个起码的招呼都不打。惠涓很生气，但决计不计较。同意相亲已是进步——已是让步；她让一步，你就得让出相应的一步，不如此不能维持和平，不和平不利于相亲大局。

惠涓挂挡，倒车，前驶，车在静默中行。小空间两个人的静默，于僵持中对抗，较量催生着愤怒，时间越长怒火越旺，火山般积蓄爆发的能量。惠涓忍了再忍，忍无可忍：相亲不是目的，相成了才是，以她眼下的这个心态这副尊容，不可能相成，相不成不相，话得说清！在火山即将爆发一刻，车拐弯，榆叶梅蓦然再现，花树花河丰饶咆哮，正当谢幕前。惠涓立时心软。

"小可，"——女儿名唤小可——"看！榆叶梅！太漂亮了，啧啧！"声音欢快，仿佛什么事没有。小可不为所惑，不理不睬，眼珠子都不动。惠涓坚持冷静："小可，别人跟你说话，你总得给点反应吧？"她哼："您想要什么样的反应？"惠涓火山爆发："你到底想干什么？给台阶不下！还挑衅！"没想她火更大："您到底想干什么！说过上班时间别打我电话，非打！"

惠涓消了气，原来她闹别扭不为相亲，为这。惠涓到后先发的短信，没接到回复才打的电话。说自己到了，问请假了吗，总共没两分钟就挂了，有什么嘛，她明摆着借题发挥。不过也好，你借题发挥，我就就事论事。

"怎么，给你造成不好影响了吗？"惠涓问，带出点关心和歉意。

"是的是的是的！您来电话时陈佳在我旁边！"她嚷。陈佳是小可的领导和人生榜样，二十七岁的部门经理，年薪六十万，能干、漂亮。

当时小可正干活。把复印好的文件按页码好分作七份，分完，逐份检查，确保没有错页缺页残页，再行装订。到公司来她大多做的是这类没知识含量的事情，每次做都同第一次做般认真，带一种虔诚的执着，进投行工作是她和很多同学的梦想。如今的中国很像几十年前的美国，经济、金融类专业成为学生们的最热首选；投行又是这些人学成后的最热首选，致使投行门槛直线上升，想进先得出身名门。国内清华北大、美国常春藤、英国牛津剑桥、日本东大……小可就读人大；若是人大财经学院也好，她不是。硬件不行软件补，做事先做人。她的努力很快见效，懂事、踏实、认真，是上下对她的一致评价。

确定文件没错，小可装订，项目组开会等着用，实习老师电话催两回了。本该开会前弄完，一位钱姓老师头痛，差她去买布洛芬把时间耽误了。七份文件订好，最后拿过拆散的原始文件。那文件是借的，实习老师一再叮嘱不要弄丢不要弄脏不要出错。再次一页一页数过没有问题，拢好，在桌上蹾一蹾齐，预备装订时妈妈电话打来——公司规定手机24小时开机——接完电话刚挂，陈佳声音在脑后响起。女中音，带点磁性；那声音也使小可倾倒，她自己是扁平的娃娃音。那声音说："文件急等着用。请抓点紧。上班时间不要打私人电话。弄完直接送三号会议室。"一个惊叹号没用，还用了"请"，外人听来又和气又客气，但在当事人小可耳朵里，如同雷鸣。

小可连道"好的陈总"，手下加紧动作，动作幅度很大，带着点不由自主的夸张：右掌高高抬起，对准订书机用力砸下……锥心的锐痛从左手传来，疼得她尖叫出声，定睛看，砸下的订书钉在她左手食指的肉里——刚才注意力全部集中在了身后陈佳身上，对手中做着的事情根本视而不见——把订书钉从肉中拔起，鲜血登出，陈佳随之发出一声尖叫。

瞬时，小可感到了温暖，暖得疼都不那么疼了，那是一种带有亲近亲切味道的温暖。没想到陈总也会尖叫，没想到陈总其实也是一个女孩儿，会害怕，会受到惊吓。她要对她说，自己这伤看着吓人，其实没事儿,使劲把血挤挤,注意别感染,两三天即可愈合。

没想陈佳先她开口,说的是:"小心别搞脏了文件!"话到手到迅雷不及掩耳将那份宝贵文件从小可手底下抽出,几乎同时,小可伤指鲜血滴落,正落到刚才文件所在的地方。

那一刻,小可冰冻般凝固,几秒钟后,一言不发转身走开,边走心边往下坠——她不该走,她应该拿上文件送三号会议室——陈佳在身后看她,她感觉到了那目光的力度——心里头明明白白,却就是走,越走越快,她被突如其来的深刻失望攫住,无法自控。

……

跟妈妈说了事情经过,三言两语,只说经过不说心情。心情没能厘清:到底是什么让她如此失望?

惠涓相当不以为然——没听说哪个领导会为这么点小事把人开了,但不能说,说了势必又是新一轮的争执对抗,没必要没意义,更重要的,没时间,再过两个红绿灯到相亲地点,得在这之前调整好女儿心情。先检讨:"都怪我,不该上班时间打你电话。"放低姿态才能消除敌意。再解释:"主要是咱们要见的那个男孩儿各方面条件太好了,要不我不会那么急。"

小可叹口气:"妈以后您千万别给我张罗了,张罗了我也不来,这是最后一次。"

惠涓一语双关:"最后一次!"

相亲地点在医院旁边的咖啡厅,约好到后电话联系。下车后惠涓刚从包里掏出手机,铃声响,是沈画。

沈画是惠涓二姐的女儿。惠涓姊妹三个,二姐命最不好,嫁了个没本事的男人,一辈子窝在东北的偏远小镇,生活平淡乏善可陈,惟一能拿出来说一说的,是这个女儿。那女孩儿漂亮,漂亮得光芒四射咄咄逼人,和她的漂亮一比,小可的美只能算端正。自古红颜多心高,沈画不甘像父母那样蝼蚁般活着,一心到北京打拼,上海广州都不考虑。不能不说,她是对的,纵观全中国,能让美色发挥出最大光和热的,当属北京了。二姐说沈画到北京后工作没落实前，得先在惠涓家住一段，惠涓满口答应。家里三口人四大间房呢，临时周转个人全无问题。昨晚二姐来电话说沈画今天到，看来这是到了。

果然是到了。但是呢，不住小姨家了。问为什么，说不想给小姨添麻烦。惠涓直觉这不是理由，当下追问，她不放心。年轻女孩儿，头回来北京，关键是，长那么扎眼，万一出事呢？真出事跟她妈没法交待。二人在电话里一问一答，一答一问，一旁小可等得不耐烦，抬腿往咖啡厅走，惠涓赶紧抽出嘴来问："你知道是哪一个吗？"

"我看到他了。"她手一指。

惠涓朝小可指的方向看，也看到了：灰蓝休闲西装，眼前放一个笔记本电脑——都是事先约定的——坐靠窗的咖啡座上。从她们这角度只能看到他的侧脸，那侧脸轮廓清晰流畅刚而不硬，比照片还好看。照片惠涓让小可看过，小可不否认照片中人的帅，却说，不能以照片取人，现如今只要想，谁都能成为照片上的美女帅哥。这观点惠涓认同，但说："男的长得不讨厌就行，有本事就行。"说归说，心里也犯嘀咕，才貌双全到底好些，男女都一样。而今看到真人，心下踏实许多，边跟沈画说话边向青年所在窗口对着的路边迁回，路边有棵白杨，目测树干粗细刚好够她容身，使她能观察到里面而不被发现。

小可踏上咖啡厅台阶，厅门大敞，春光由大门长驱直入铺满吧台，一大蓬雪白百合花在吧台的春光中怒放，小可心情越发忧郁。进门时停一下，扭脸检视门玻璃映出的自己：大致过得去，细节不清楚，玻璃毕竟不是镜子；即使看得清楚又能怎样？只能这样。进大门右拐，心竟有些惴惴。这并不是她第一次相亲，之前被妈妈逼着相过三次，每次都是素颜素衣去，满不在乎回。去就是目的，就完成了任务，她是为妈妈去，是孝。这次感觉异样，头一回，她想给对方留下一个好印象。

曾经，小可一心好好学习好好工作实现自我价值，深信靠谁都不如靠自己——"最可靠的伴侣是强大了的自己"。到今天前，她一直努力地在这条路上走，向着既定目标心无旁骛。而今，那目标变得模糊不清，变得可疑。来的路上她苦苦地想，这到底是为什么？

绝不是为工作时间接打私人电话被陈佳批评了，恰恰相反，她乐于被陈佳批评。实习老师说，如果陈总哪天看你出了错却都不说，证明她对你失望了，你最好是赶紧找下家走人，陈总只批评她认为值得她批评的人，换句话说，她只对她看重的人严格，越看重，越严格。是在车拐进咖啡厅停车场的一刻，小可醍醐灌顶般参出了个中缘由：严格不等于冷酷。

一直以来，在她心底，陈佳不仅是她的领导和榜样，还是知己。当初应聘，第一轮简历阶段她被淘汰。想来的人太多，都想通过实习留下，跟那些人就读的学校学历比，小可出身寒微学历低下。正是陈佳——她对筛选出的简历不满意，要求看投来的全部简历——把小可拣了回来。小可的第二外语是日语，一级，最高级，这一点吸引了陈佳。能把第二外语学到这程度的人少，除了有兴趣，还得有能力，这两点都为陈佳看重。面试时陈佳对小可说了四句话：日语一级，很不简单。公司有对日业务，刚走了个人。注重细节，做事先做人。欢迎你来南实证券。四句话句句都是重点：认可。前景。方法。期待。

陈总欣赏她看重她，她惟以十倍的努力响应，胸怀"士为知己者死"的激情投入每天的工作，复印、录入、订餐、送取快件……桩桩件件，别人看来简单枯燥，她做得有滋有味有声有色。有时与同期实习的同学聊起，得知他们在别处做的事同她在南实证券相仿，但心情相反，沮丧茫然。

是激情赋予了同样工作以不同感受，是陈佳赋予了小可激情。每天迎着朝阳向公司走，小可心儿朝阳般雀跃明亮：她又将在陈总注视下开始新的一天，自己的点点滴滴都会为她看到、欣赏，她愿一直跟着她，忠实于她，向她学习，让自己的未来像她那样辉煌。

紧急关头陈佳的本能选择向小可揭示出真实的现实：陈佳于她没有丝毫的别样情感，她曾为之着迷沉醉的那一切，全是她一厢情愿的诗化。在陈佳那里，她只是南实证券的一个零部件一颗螺丝钉，能用时，用；

不能用时，扔。面对这样的真实，小可的沮丧茫然不亚于她的同学。还不如，同学好歹始终清醒，不像她，身为名牌大学高材生竟能对日复一日的简单劳动心满意足激情迸发，打了鸡血似的。

妈妈接沈画电话时，小可站一边百无聊赖四顾，目光从咖啡厅大落地窗扫过，看到了他：灰蓝休闲西装，笔记本电脑，侧脸轮廓清晰流畅刚而不硬……那一刻，她心突地跳了一下。

小可往他所在的咖啡座走，越近，心跳越凶。他各方面条件出色，是每个神经正常女孩子的恋爱、结婚对象；妈妈一直说女孩子的好时候就这么几年，干得好不如嫁得好，她嫌妈妈庸俗，此刻，察觉到自己的幼稚。此刻的小可如同一只一直向着既定目标奋力飞翔的小鸟，突然间发现目标没了，惊慌失措下感到筋疲力尽、心灰意冷，方才想到，她还应当有一棵属于自己的大树。这大树枝繁叶茂，允许她藏身歇息，给她安全温暖，为她抵挡外面的风风雨雨。

他一直对着打开的电脑看，没有抬头，她都走到桌旁站住了，仍不抬头。小可没想到会是这样，杵在那里不知往下该怎么进行。

他看什么呢，那么专注？身边站了个人都没感觉。有一点可以肯定，是工作上的事。成功男人都忙，不忙成功不了。他身后隔壁几个男女在高谈阔论，时而爆发出狂浪大笑，他充耳不闻，双目微垂，全身心凝定，只右手食指时而轻动向下拉屏，如入无人之境。不消说，此刻，让他坐到这里的那件事情全然不在他的心里——会不会，从来就不在他心里？他来相亲只为应付家里应付差事，一如从前的她！念及此小可一懔，定睛再看时果然发现问题：他西服质地不错，但皱了，该换没换；他脸的正面同侧面一样完美，但胡子拉碴，该刮没刮；头发也乱，没梳……同为应付差事，他不如她，他连起码的尊重都不肯给！

从前，这件事上，小可认为障碍只在自己。从小学一年级就有男生追求了，给她写小纸条，说"我喜欢你"——"喜欢"不会写用拼音代替。初中高中大学一路走来，追求者众。谈过几个，不了了之，都是到一定阶段后就不耐烦，不耐烦是因为发现了对方的肤浅幼稚。妈妈说她太过挑剔，她承认；认为只要自己肯包容能接受，一切迎刃而解，这会儿想想，真是讽刺。

小可决定走，马上走。走前本能看窗外一眼，果不其然，与妈妈目光"当"地撞上，她叹息着想，要么把相亲程序走完，要么被妈妈唠叨至死，两害相权取其轻。

"你好。"她对他招呼。

他被惊着了似的抬起头，目光茫然看她，带着询问。小可为这目光刺伤：都这时候了，他都没想起她是谁，或者说，没想起他来这儿的目的——无所谓了！

小可走进去，坐下来，从容镇定，无欲则刚。

"我是邓小可。"坐下，她报出了自己的名字。其时心中尚怀一线希望，希望他听到这名字能够恍然、歉然，最好接下来还有——欣然。没有，仍是只有茫然。小可心生一丝痛楚：这个有生以来她第一次怀着对温情的渴望走近的男生，与她无关。

要能大哭一场该多好，让今天遭遇的各种失望、失落、失意随着泪水痛快地流泻排放，可她不能。努力张大眼睛把涌出的眼泪含住，咽下，这让她足有一分钟没办法说话。他的神情中现出诧异——只有诧异——那诧异让小可心彻底变冷，冷硬、冷静：她对他的温情渴望不过是由于软弱，她软弱不过是由于期待的落空，她那期待原本就是个错误——人都会犯错误，但不能为错误打垮！

小可看一眼他打开着的电脑，微微一笑："正忙着？"

他点头，明确地，毫不踌躇地。

小可没想到，呆住。

她当然知道他忙，她那样问只为找句话说，两个陌生人在一块儿不找话没话。身为男生你不主动找话说也就罢了，出于礼貌答一句"不忙"是起码的吧？他不，他连假装绅士一下都不肯。他怕什么呢？怕说了"不忙"她就会给棒槌当针(真)纠缠他骚扰他耽误他时间吗？他时间实在太宝贵了，他条件实在是太好了，好到了不论他怎样傲慢轻慢姑娘们都会成群结队前仆后继。可惜啊，"龙生九种种种有别"，这世上既有苍蝇嗜血般爱你的好条件的姑娘，就一定会有完全不同的另一种女孩儿！

小可讨厌相亲，并不是真的认为自己"才"二十三，她讨厌的正是这种惟条件为上的俗气、势利——他太高估自己的魅力了，太低估别人的追求了！耻辱化作怒火燃烧，全身心挛缩颤抖包括面部，她支起两肘使两手托腮，以指按住震跳的眼肌，说："很好，我也忙，非常忙。那咱就谁也别耽误谁了，直着说？"用了问号，为礼貌用。她要以始终如一的礼貌昭显对方的无礼，表明二人的不同，道不同不相与谋，她对他一点意思都没有！"我跟你一样，不想来相这个亲。但跟你又不一样，我是我妈押着来的，她在外面。"头朝窗外一摆，他扭脸去看，她看着他："看到了吧？杨树后头那女的……所以，我得假装跟你坐会儿，聊会儿，得耽误你一点点时间，对不起啊。"

他回过脸来时目光明显活泛多了，显然，确定了没有威胁后感到放心了，放心后就愿意遵循做人的基本常识了，接着她的话也找了句话说："你为什么不愿意相亲呢？"

"没兴趣！"她干脆道，心里头痛快些了，"我现在很忙，要写毕业论文要实习要找工作，千头万绪。简单说，正处于人生最关键的爬坡期！别的，不予考虑！"

他笑了笑，问："你们不是说，找个好老公，少奋斗多少多少年吗？"

"哈！"小可也笑，冷笑，她对他的判断果然没错。一字字地，她告诉他："没有'我们'，只有她们。"

他眨巴眨巴眼："什么意思？"这一次不是没话找话，是真没明白。

小可很乐意回答他："意思就是，我是一个独立的个体，我不想依附于任何人！"说着起身："接着忙你的吧，不打搅！"向外走。

他没想到，忙跟着站起，于是乎，小可看到了他西服右下襟的一块黄色斑迹，当即不假思索站住，正面向他，边用力上上下下打量，边一字一顿道："给你提个醒？下次你相亲的话，请一定收拾好点再来。就算你跟我一样是家里逼着来的，就算你根本没打算同意这事，但是，该对对方有一个起码的尊重！"转身走。

他叫："哎请稍等——"

她看他，看他有什么话可说。他没能说成，刚要开口时被一个不期而至的人给打断。那人在他们桌头位置站定，先客气地冲他点下头，而后扭脸直视小可："是邓小可吗？"

小可愣住，旋即，注意到对方的灰蓝西服手提电脑，继而，恍然大悟："你是——"

那人不待她说完，笃定一点头："对，我是。"言毕，冲小可对面方向又那样一点头："他不是。"而后，对着窗外再一点头："我刚才跟阿姨通过话对上号了。"

小可看窗外。目光甫一过去，便被在窗外不远处焦急等待的妈妈接住，即刻冲她连比划带说，听不到说什么，也用不着听。

真是闹剧啊！

"我们去那边坐，小可？"相亲对象说，去掉姓氏直呼名字，露骨地表达着喜爱。

这单方面的强行表达让人肉麻、生厌，还得跟他把程序走完，好歹最后一次。小可低头拿包，座位上没包，包在车里。抬头走时余光瞥到了对面那人，他正在看她、看他们，脸上是饶有兴趣的好奇和事不关己的淡漠，如同看热闹的路人，小可突然间恼怒，冲他低吼："你为什么不早说？！"

他愣一下后方才明白，正色道："我没有机会说，你想想！"

小可哑然，怒火窝心无可宣泄，霍地，转过身去面朝她的相亲对象："对不起，我还有事！刚才，我把该对你说的话都对他说了！"转而对"他"一点头："麻烦请替我转达！"扬长离去，扔下两个穿灰蓝西装的男人面面相觑。

两个男人长得一点不像，却奇怪地都与照片有相似之处。那照片经过了高手的 PS 已达 PS 最高境界：比真人好看了很多，却不失真。

第二章

饭做好了，两素一荤，主食是粥，一人一碗；荤为烤对虾，一人一只。晚餐须少食，健康和不健康都是吃出来的。惠涓手机响了，是沈画，说找的旅馆不合适，要来家住，惠涓连声答应，挂上电话后脸拉了下来。且不说饭只做了三个人的来人就得另做，单说早先让你来家住，为什么不来？怎么说都不，理由一大堆：不想给小姨添麻烦，公司面试地点离家太远不方便，已经在公司附近找好旅馆交了钱……惠涓一概不信，却并不点破，只坚持自己意见，直听出她有点急了，方才作罢。二十五岁了，成年人了，慢说自己才是她的个姨，就是她妈，也不可能做得更好。

　　惠涓怀疑沈画北京有人，或说，有男朋友。否则凭她，一个小地方的女孩儿，头回来北京，怎么可能放着姨家不住，花钱去住旅馆，她知道旅馆大门朝哪儿开吗？想跟男朋友住，可以，惠涓传统但识时务，她只是不喜欢沈画的不说实话。早先说不来住的理由，不是实话；现在说要来住的理由，也不是实话——找的旅馆不合适，怎么不合适了？不合适干吗交钱？交了钱不住，钱怎么办？当然她不问。问也白问，只能逼对方进一步撒谎。这孩子不能长留，找着工作就让她出去租房。住家里她就得负责，这个责她负不起。

　　沈画到后，惠涓为她另下了面，加了两个菜——小葱拌豆腐、西红柿炒鸡蛋，自己那只虾给她。烤盘里只三只虾，她应是看到了的，却连点推辞、谦让的意思都没有。一伸手把虾接过去，接过去就剥，两小指跷跷着，眼皮子抹搭着，全神贯注，越发的可以不理人了。是，你今天面试没过心情不好，不想说话；但在别人家里，你能由着你的心情来吗？从进家门就这副不死不活的样子，问一句说一句，不问不吭气，上了餐桌，还这样！拢共四个人，一个人不说话——尤其当这人还是客人——气氛多尴尬？这孩子让二姐惯坏了，自我中心惯了，人事不懂！

惠涓觉得没面子，沈画是她这边亲戚。

丈夫也有亲戚在北京，也是外甥女，也是从外地来，人家来前先上网租房，来后从面试到工作落停，没麻烦他们。来家吃过一次饭，背了一大背包的礼，舅舅的、舅妈的、表妹的，人手一份；说是头一回发工资，得庆贺一下。沈画呢？空手上门不说——这无所谓，你不挣钱——先说要来，又说不来，然后，说来就来，一切以她的需要为中心压根不替别人想。二者相较，立见高下。都是家里的独生女儿宝贝疙瘩，却就是这么的不一样！

沈画被虾头刺扎着了，"哎哟"一声，捧起被扎的手指送鼻子底下看，嘴里头"咝咝"着。惠涓装没看见，小可犯贱，凑过头看，还问："扎着啦？"沈画点头，两嘴角向下耷拉着很是委屈："我妈做虾，都剥皮的……"惠涓登时火了：那就回你家，找你妈，这世上只有你妈能无条件围着你转伺候你，找不到第二个，丈夫都不行！她高声叫："小可！把你的虾吃了！凉了！"又呵斥丈夫："老邓！别光喝粥！吃菜！"气氛陡然间紧张。

小可赶紧看爸爸，爸爸正看她，冲她努嘴让她出面转圜。爸爸不善说话，或说，不善没话找话。可是，说什么呢？她和沈画联系很少，可说的话题很少。该说的能说的早说遍了，连下午相亲的事情都拿出来说了，妈妈跟着她一块儿说，你一言我一语，说相声似的。先说怎么相错了亲，又说真人和照片差着有多远，说那人不光长相一般智商也一般。智商一般是小可的说法，妈妈的说法是一般以下，弱智；根据是，不弱智他不会拿着高度 PS 过的照片跟人约相亲……这番话母女相亲刚完就说过了，到家后跟爸爸又说，此番餐桌上再说，完全是因为沈画找话来说。

没等小可找到新的话题，惠涓发作，身体带着椅子往后一撤，椅脚划地，"吱——"一声，突兀刺耳，沈画吓得一哆嗦手里虾掉地上——她自我，但不木，在惠涓呵斥女儿丈夫时已明白了眼前情势，马上放下捧手指的手，拿起虾剥——沈画弯腰拾地上的虾，起身时，惠涓不见了。她呆看惠涓的空位，颈左侧脖筋时而轻轻抽跳，面色苍白，眼周却慢慢洇出了红来。

小可右手里攥着筷子，伸左手从烤盘里抓起她的那只虾给沈画，嘴里嚷："掉地上算了，不要吃了！"情急之下，忘记被订书钉重创过的左手食指，盐渍伤口，火辣辣疼，倒给了她提醒，她找到了话题。把虾给沈画后，开始说陈佳。从面试初识那天说起，直说到今天的惨烈。在这段时间里，惠涓从厨房出来了，拿着香油瓶往小葱拌豆腐里滴了两滴，好像她离席而去是为这个。也是在这段时间里，沈画重又开始剥虾，剥完，胳膊一伸，丢进了小可的碗里……一时间，餐桌上你亲我爱，欢声笑语，一片祥和。

小可颇有成就感，越发说得起劲，最后，作结束语："那陈佳绝对是个冷血动物！我绝对不能在这种人手底下待！"话刚落音，一直少言的沈画出人意料开口，说出的话更出人意料："我觉得陈佳正常，你太娇气。"谁都没想到她会这样说，就算你说得对，这种时候，以你的身份，也不该。一时间，餐桌上无人接口。沈画感到了自己的唐突，赶紧找补："我的意思是，现在大学生找工作不容易，有了机会，咱得珍惜。不说别人，说我，毕业一年了还没着落，还漂着！"

气氛和缓下来了，就着沈画的话，小可问了："哎画姐，你下午面试为什么没成？"这问题她一直想问，看沈画情绪不高，没敢。她有些好奇：让来面试，说明对硬件是认可了的，而只要硬件没问题，沈画就应该没问题。她最不怕面试——敢说、能说、漂亮。沈画回答："还是老问题，硬件不够，他们要求英语四级。"沈画美术专业，艺术类学生毕业不要求英语四级。小可叫："咦？硬件给他们的简历里都有，明知不够干吗把人家大老远地从外地招北京来！"

惠涓盯着沈画等待回答，小可说的正是她想问的。区别在于，小可是为沈画打抱不平，她是怀疑，怀疑沈画没说实话。

沈画一匙接一匙喝粥，不吭气。

小可热情道："画姐，我建个议？……先别急着找工作，先把四级拿下来，现在像点样的工作，英语四级是起码的，进我们公司，至少六级！"沈画不悦，尽量不表现出来，淡淡道："你们公司有对外业务，大多数公司根本就没那业务，跟着瞎起什么哄呀！"小可不觉，仍说："现在没这业务不等于将来没有！北京越来越国际化，英语很重要的！画姐，其实英语一点都不难……"这就滔滔不绝说了开去。小可英语很好，去美国纽约大学交流，纽约人都夸她英语地道。

沈画盯着小可一开一合的嘴，那张嘴说的每个字都入了她的耳朵，半个字没入脑子，脑子被她安了屏蔽装置。人为什么会指点指导别人？认为自己有这资格。名义是关心他人，潜意识是自我炫耀，优越感强烈到了不可遏制。是，她的这位表妹完全有资格在她面前炫耀：父亲是著名大医院的著名医学专家，著名到只要他想，全国各地各行各业，都有他能够找得到的关系，各行各业各个阶层的人都会生病；她母亲以她父亲和她为生活轴心，把家安排得井井有条。她自小坐拥北京丰厚的教育资源，安享父母全面有力的保障，这样长大的孩子，只要智商心理正常，学习当在一般水准之上。她因之有足够底气对上司说"不"，对优秀的相亲对象说"不"，自然，更有底气有资格对卑微的自己说三道四。可惜，你有资格，我不接受，不仅是不接受，是讨厌，讨厌你这种居高临下的指点、事不关己的伪善！

"画姐？"她叫她。沈画正了正神，看她。她说："你看这么着好不好？去新东方报个班，我陪你去！"

沈画想说："滚！"但知道不能——人在屋檐下——随口敷衍："如果拿下了四级，还不成呢？"

小可斩截地："绝对不会！"

正是这脱口而出、漫不经心的斩截成为了压倒骆驼的那根草，一时间，沈画血往上涌，全身通了电似的抽紧，她试图让自己镇静，做不到；所说的话没经过大脑直接从心里往出冒，且是怎么解恨怎么来。她说："何以见得？别人不说，说你，英语六级、日语一级，又怎么样，不也面临着干不下去？由此我认为，高分低能是我国教育制度的最大失败！我还认为，形式主义的条条框框卡掉了无数真正的人才！我更认为，学习好不应也不是学习的目的！"说罢起身，谁也不看，离开饭桌，去了客房，咣，关了门。

小可瞠目结舌，片刻，问父母："她怎么能这么说话？！"

惠涓夹一筷子油菜送嘴里慢悠悠嚼，嚼了会儿后，道："她不是对你……替她想想，满怀希望，不远万里，跑来应聘，结果呢，没过。心情能好吗？好不了。去，去看看她，陪她说说话。"

小可起身去了。她本善良，自身条件的优越也让她大度。

女儿走后，惠涓郑重对丈夫道："老邓，帮沈画想想办法！""老邓"全名邓文宣，只是惠涓从来不叫他名字，两人都年轻时，她叫他"小邓"。

"她学美术我搞医，两个行当。"邓文宣推托。

"看看你的病人里有没有能帮上忙的——"

"她才来，不急。"

"不急不行。唉，我就不该留她住。住个一天两天，成；三天四天，没问题；五天六天，也可以，时间再长容易起矛盾。刚才你都看到了，这才是来的头一天！说还不能说——"

"找到工作她会出去租房的。"

"要就找不到工作呢？"

这时，客厅电话铃响了。客厅与餐厅连着，成一个五十平方米的大厅，朝南是整面的落地门窗，客厅餐厅无间隔，只在天花板上做了个S形的软隔断，白天阳光由落地门窗进来，全厅明亮通透。这个厅、整个家的装修，从设计到实施，惠涓一手操办。房子是医院的"房改房"，2004年初建成，当年底入住。惠涓和邓文宣同在这家医院工作，两口子工龄加起来折成钱，一百九十平方米的房子，只需另交二十万。惠涓去接电话。

　　家中电话百分之九十九找邓文宣，惠涓和小可一般只给人留手机。当然邓文宣也有手机，但他那手机只出差时才开，嫌麻烦是一方面，主要觉得用不着。只要在北京，他不在科里就在手术室要么在家，三个地方都有电话，总能找得到他，只是家里来电话通常都由惠涓去接。

　　惠涓拿起电话"喂"了一声，里头传出的女声清脆悦耳："您好请找邓主任！"她很礼貌地问："请问您是哪里？"这时邓文宣已来到身后伸出手拿电话，被她闪开，同时更紧地将听筒贴住耳廓，电话里女声一口气报："我是手术室我姓宋请找邓主任！"声音紧急，惠涓马上把电话交了出去，却没马上走开，听到了电话中的女声清亮传出："主任！张世宝脑组织膨出关不上颅！"她转身离去。

　　惠涓收拾餐桌，客厅那边是邓文宣打电话的声音："有一种可能是过度换气二氧化碳过多，请麻醉调整呼吸试一试。病人血压多少？"惠涓端着碗盘去了厨房。

　　惠涓拧开水龙头洗碗，水龙头里带过滤网，出水柔和不溅水。正洗着，邓文宣来到厨房门口，说一声："我去医院。"说完了走，走几步站住："以后，找我的电话，尤其医院的电话，你不要问太多。"离去。惠涓一如既往洗碗，从丈夫来，到丈夫走，没抬头。

　　沈画坐写字台前，背朝门发呆。有人开门，声音很轻，她仍受到了极大惊吓，脊背一下子缩紧。没回头，不敢。不用回头也知是小姨来了，来兴师问罪，当场把她赶出家门也未可知，谁让她伤害了她的宝贝女儿？她为自己说的那番话后悔，边说边后悔，但在那一刻，灵魂出窍魔鬼附体她管不住自己的舌头。开门声、关门声、脚步声……随着脚步声渐近，她原姿势面壁石化。脚步声在身后停住，缩紧的脊背一阵发麻，本能闭上眼睛等待打击……右肩感到了一小片温软，她有点意外——她预料的是电闪雷鸣劈头盖脸——扭头看，在她身边的不是小姨，是小可，那一小片温软是小可的手，无声传递着关心体贴，没有一丝居高临下的优越，全是善意。小可在她眼里渐渐模糊起来，泪水不争气涌出，紧接着滚落，一大颗一大颗，噼里啪啦，沉甸甸的。那泪蓄积了很久，压抑了很久。

一天之内，沈画遭受爱情、事业的双重打击。

惠涓的怀疑一点不错，沈画在北京"有人"，如果没有这个人，她断然不敢只身闯来，尽管她是那么的向往北京。那向往从幼年就开始了，由图画儿歌电视课本开始，在各种反复强化的描画中，将北京幻化成了童话中的水晶宫，远在天边，亮闪闪炫目。考大学时想过报考北京学校，父母反对：以她的成绩考北京学校只能是二本以下，在本省，则可上属于211工程的重点大学；现在好点的单位招聘，非211大学毕业生不要；上大学是为就业，不是为好玩儿。沈画拗不过父母，归根到底是自己心中没底，老老实实上了本省的一所重点大学。毕业后在当地做过三份工作，加起来八个月。八个月工作的体会是，人生原来是这样的一个循环：上班——拿钱，拿钱——吃饭，吃饭——活着，活着——上班……与梦想、追求、激情无关。

曾有过认真的爱情，大学同学，从大一开始好，毕业后，爱情结束。他提出结婚，她不肯。她不肯这么年轻就成为已婚妇女，不肯过已婚妇女那种一眼望到头的生活：生孩子，养孩子，孩子结婚，她老去。

与男友分手后住父母家。她是那个家的中心是公主。她下班回家，热饭热菜定已等在桌上，饭菜口味，定以她的口味为准。她在家什么都不必做，哪怕手机没钱，她只消说一声，自动充值——父母为她甘尽全力，可惜，他们的全力又有多少？仅有的那点，还不是她需要的；她需要的，他们没有。父亲是镇政府的电工，母亲早年间是当地织袜厂的工会主席，工厂倒闭后回家，利用家中临街窗子开了间小卖部。做这样一个家的公主，非但不会有任何的自豪满足，相反，让人悲凉。她不是宁当鸡头不当凤尾的市井之辈，她有理想，她理想中的自己是能够朝着天边的绚烂尽情飞翔的凤凰。

家中父母密不透风的温暖令人窒息，为避免矛盾，回家吃罢饭沈画就躲自己屋里上网，网络是她与外面世界保持联系的脐带，给予她生命所需的滋养。人人网、开心网、QQ，成为她每天必去的地方。她在人人网上结识了孙景。孙景是一位私企老总，北大毕业，二十九岁，现居北京。随着交谈深入，二人互留QQ，互发照片，互留手机。孙景说一口标准普通话，声音很有层次，他亦夸她的声音悦耳。按照网络交往规律，通话后如双方仍相互满意，接下来就会希望见面，孙景让她去北京。其实这之前，沈画已经暗暗在做去北京的准备了，向北京发了无数简历，一直无果，在接到孙景的邀请时，有公司通知她面试，命运大门开启。正如小可所说，她最不怕面试——见孙景也是面试——她的漂亮无人能挡！

决定去北京前，沈画要求与孙景视频。网络骗子多，她须格外谨慎；父母不给力，她须自己照顾好自己。孙景欣然同意，在家中同她视频。视频后沈画彻底放下心来：不是为孙景长相——视频上看，孙景比照片还好看——男的长得差不多就行，要不怎么说男才女貌，关键是，在视频里，沈画看到了孙景的家。那个家宽敞大气品位不凡，验证着主人不凡的事业。

接下来的日子，沈画辞掉工作，收拾东西。跟父母只说去北京面试，没提孙景。任何事，没成之前，她不跟他们说，不想让他们多问。她乘飞机来的北京，孙景为她订的机票。谁都不知道这是她有生以来第一次乘飞机，孙景不知道，一路的同乘人也不知道，一路上她细心观察用心揣摸小心行动，任胸中波澜起伏，脸上不动声色，成功地给所有见到她的人留下了她想留下的印象：沉静、大气、见多识广。

及至见到孙景，"不动声色"消失殆尽。

他开车去机场接她，车是价值二百多万的奔驰S600，在她家乡，二百多万能买幢好房……软硬适中的皮座椅光滑清凉，她笔直端坐，两手并拢放在同样并拢的腿间，心狂跳，嗓子发紧，因怕碰到孙景的目光，扭脸去看车窗外风景。孙景很体贴，一直找话跟她说，先说她本人比照片比视频都漂亮，漂亮得多，再问沈画见到他是不是失望，又开玩笑，说只要见光没死，他保证沈画对他全方位满意……沈画对他所有问题能点头或摇头回答的，不说话。她说话时的声音让她气恼，紧张、羞涩、小声小气，活脱儿一个没见过世面的小丫头。

车驶出机场路进城时，孙景说了他的安排：面试时间下午四点，他们先把东西放家里，然后，吃饭；吃完饭，他送她面试。接着他的话，沈画告诉了他小姨家地址，他不是说"先把东西放家里"吗？她说完，孙景没说话，大约为避免不说话时的尴尬，一伸手，开了音响，音乐在车厢内环绕，如诉如泣如梦如幻，沈画却无心音乐，她在等孙景的反应，紧张不安。果然，孙景再开口时声音冷淡了许多："跟你说过我家房子很大你完全可以住家里。当然了，你要不信任我——"沈画赶紧声明："没不信任！"他扭脸看她，目光灼灼："那就住我家！要实在不放心，你住楼上，我住楼下。再不放心，你住家里，我出去！"

没有哪个女孩儿能够抵抗得了来自一个成功男人如此温柔的霸道，沈画拨了小姨电话，告诉她自己不去家里住了……

梦醒时分，是在那栋精致别墅二层的主卧。

孙景开车带她来到这栋位于西山的别墅，在进入别墅客厅的瞬间，沈画尚存的最后一丝疑虑消失——不能怪她多疑，一切太过完美——眼前的一切为她所稔熟，视频中多次看过：乳白色沙发、深褐色地板、沙发后墙上那帧抽象派的画……孙景把车钥匙往茶几上一扔，动手收拾上面的零碎杂物，不无抱歉："家里有点乱让你见笑，保姆休假。"他的身材颀长，手指修长，她看着他，情不自禁说了从见面到现在，她主动说的第一句话："孙景，我知道你很成功，但没想到会这么成功。"

他带她在家里参观，参观完楼下，上楼，来到了楼上的主卧，之前他说，让她睡主卧。

主卧白纱帘低垂，树影婆娑，正方形双人床对面，梦幻般摆一只浴缸，上镶嵌大小各异的锃亮开关，雪白阔大，令人耳热心跳不敢久视……咔嗒，沈画一惊，下意识循声回头：房门不知何时关上了，是孙景关的，他站在门前。见她回头，他一笑；把门锁扭开，再一笑；随着又一声"咔嗒"，锁上了门。他说："看到了吗？这样一扭，门就锁上了。

谁也进不来，包括我。"演示完把门扇一推，令其大敞直抵墙壁。沈画不好意思地喃喃："孙景，我不是那个意思……"孙景笑："你是也没关系，你的一切我都理解。沈画，从第一次在人人网上相遇到现在，我们交往六个月零十一天半。六个月零十一天半的时间，认识一个人，确定自己的感情，够了……"边说，边向她走，沈画僵立原处，一时间不能够确定何去何从。她有过男人，了解男人，她当然知道同意住在这里意味着什么。她不能确定的只是，此时，她应该热情奔放还是羞涩推托以显得纯洁？她没有同成功男人打交道的经验。她孤注一掷只身来京不是为一时之欢，是为对这个男人的永久占有，为婚姻；女孩儿不愿做已婚妇女是因对方不能给她足够的安全感，孙景当是所有女孩儿梦寐以求的婚姻对象。

孙景在她面前站住了……他将两手轻轻放到了她的肩上……他饱含深情的双眸似两眼深潭……那一刻沈画决定：她不主动地决定什么了，一切听从他的决定吧，跟着他走，他走到哪儿她跟到哪儿……

"小孙！"

叫声从楼下传来，男声，他们同时听到。其时孙景双手正环住沈画后颈温柔用力地迫向自己，这叫声让他猛地一震，触了电似的，一失手，嗙，两人额头重重磕了一下。他没顾上，可能根本就没察觉，紧接着手一松，扔下沈画跑开，慌慌张张匆匆忙忙差点绊自己一个跟头。噔噔噔噔，跑出房间；噔噔噔噔，跑下楼。听着那"噔噔噔"的一溜烟的脚步声，沈画全身冰凉。

梦游似的，沈画走出房间，走到楼梯，一步一个台阶下楼，她向下看——

客厅里站着一个中年男子，中等身材、长方脸、浓重的剑眉，某个角度看很像那个香港演员吕良伟。不用说，刚才是他在叫"小孙"。在他面前，小孙的腰背都不肯完全伸直，一口一个"向总"，竭尽了恭敬、驯顺、殷勤。由他们对话中沈画大致明白了事情来龙去脉：向总去外地的航班临时取消，搭熟人车从机场回来，因之没让司机小孙去接。进家后看到了沈画的箱包和茶几上的汽车钥匙，断定小孙在家。最后，他示意着沙发上、茶几旁女性味十足的箱包，问了："这是谁的——"他住了嘴，他看到了答案——从楼上下来的沈画。

沈画不看他——她谁也不看，一心一意消失——她去拿沙发上自己的包，拿了包，拖放在茶几边的箱子，而后，向门口走，不料在门口时被耽搁住，她不会开那个门，向总过来为她开了门。门有门槛，箱子得提着过去，她一下子没能提起，箱子很大、很沉，里面装满她四季的衣服。又是向总，帮她将箱子提出，同时扭头吩咐："小孙，开车送她一下。"小孙却想先解释一下："向总，事情是这样的——"向总打断他："先去送她！一个女孩儿，那么多东西……"

他们说话的工夫，沈画一手提包一手拖箱子来到了外面，外面有一条鹅卵石铺成的甬道通往院门，箱子辘辘轧过鹅卵石，发出响亮的"咯隆"声。沈画到院门口后站住，茫然四顾，她不认得来时的路。迫在眉睫的具体困难让她从梦中彻底醒来，带着尖锐的痛楚：眼下，此刻，往后，她何去何从？她身边，院门旁，那辆价值一幢房子的奔驰 S600 在四月的阳光下闪闪发亮，晃得她头晕目眩。

"沈画。"有人叫她，是孙景——不，小孙——他走过来打开车门，低声道："我送你。"沈画逃也似的拔腿就走，走哪儿不知，先得走，远离此人永生不见！那人一步跨她对面拦住了她，笑："为什么不理我了？……你不是说和我很有共同语言吗？……没钱就没共同语言了，是吗？"笑是讥笑，却透出几分狰狞。沈画一惊，决定好说好散，她清了清嗓子说："我，我……我可以不在乎你没钱没地位，但不能不在乎你的欺骗！"对方闻此，讥笑瞬成冷笑，他嘿嘿冷笑着说："如果一个有钱人欺骗你，说他没钱，你会在乎吗？你不会，你反而会夸他谦虚低调。沈画，我太了解你了，你根本不懂得感情，你就是拜金！"沈画为这无耻流氓的倒打一耙激怒，怒火万丈畏惧全无，对准那张丑脸她一字一顿道："我倒不明白了，你这么了解我为什么还要追我！孙景——你是叫孙景吗？——看在我们交往半年多的分上送你句话：没有金刚钻，休揽瓷器活儿！"说罢，拉着箱子头也不回地走，甩下一串响亮的"咯隆"声……
……

沈画伏写字台上恸哭，肩背因之剧烈抖动。安慰没用，问也不说，小可手足无措无可奈何，转身出屋找惠涓，解铃还须系铃人。惠涓听小可说罢，相当不以为然："听你那意思，她哭是因为我冲她发火喽？"小可说："肯定！"惠涓哼了一声向客房走去，小可赶忙跟去，生怕妈妈对沈画说出什么过分的话来，她觉得沈画太可怜了。

她们进屋时沈画已不哭了，原姿势坐在原处，盯着眼睛下方的某一点发呆，听到惠涓进来，只在嗓子眼咕噜了声"小姨"，都没敢抬头看她。惠涓长叹一声，在写字台边的椅子上坐下："说吧，到底出了什么事？说实话。"

沈画哆嗦着抽泣了长长的一下，开始说了："其实约我来面试的那家公司，根本不要求英语四级。"

小可闻此不由得看妈妈，惠涓不看她，只看沈画，等她说下去。沈画说："来前我预感就不好。他们先是让你把照片放大成三寸，又让你注明你的身高三围，这时我还抱着一线希望，想：谁都喜欢赏心悦目，同等条件下，谁都愿意要看着顺眼的，人家这么做没错。就按照他们的要求把资料发过去了。发去后他们马上通知我来北京面试。面试时你知道他们说什么？……什么都不说！上来直接问：会不会喝酒？肯不肯陪客户跳舞唱歌？就差没问你，能不能陪客户上床了……"

小可听得眼都圆了，惠涓则沉着得多，边听边微微点头：嗯，这才合逻辑嘛。虽说与最初的怀疑不符，却听得出都是实话。

的确都是实话——离开西山别墅沈画打车去约她面试的公司，最后的希望在那里破灭——但不是全部的实话，最重要部分——姓孙的那一部分——她没说，不能说，跟谁都不能。这时手机发出短信提示声，沈画拿起看，看完给小可看，同时说："是他们。说很希望我去他们公司工作。"小可看完对沈画说："必须不去！"沈画喃喃："实话说吧，我现在都开始有点理解那种女孩儿了……"小可叫起来："画姐！"沈画闻声抬起头来，于是，惠涓和小可看到了她的脸。那脸被泪水浸泡得像刚出笼的发面馒头，又白又亮，眼睛肿成了两道缝，又红又亮。"小可，"她又那样哆嗦着抽泣了长长的一下，"知道我毕业一年来最大体会是什么吗？找一份好工作有一个好机会不容易，得到了，要尽最大努力抓住。你说陈佳冷血，可你想过没有，她认为你扎了下手不算什么，是因为她很可能就是这么走过来的……"

惠涓万没想到沈画能说出这么有质量的话，忙看小可，小可的反应令她欣慰：若有所悟，深深点头。

第三章

邓小可抱着 APO 项目流程和申报材料出电梯，右拐，向陈总办公室走，步子轻盈、坚定，沈画的遭遇让她燃起了新的工作激情。谁说只有强者的成功才能励志？弱者的挫败更让人警醒。昨天扎手事件中她情绪失控擅离职守在陈佳那儿留下了很重一笔阴影，无所谓了，她会通过努力将阴影抹去。到陈佳办公室门口，敲门，两下，轻重有度，得到允许后，开门进。

　　实习老师和钱姓老师在，正跟陈总说事儿，小可跟在座三位一一打招呼，二位老师也都点头招呼她，惟陈佳，不哼不哈，原来看哪儿还看哪儿，眼珠子都不转一下，视她为空气。小可默默对自己说：没关系，意料中的，坚持住。微笑向前迈步，到陈佳办公桌前，放资料时手机响，赶紧接起，是沈画。小可嘱咐爸妈同学朋友甚至老师，上班时间不要打她电话，独独忘嘱咐沈画。又不敢将手机调成静音、振动，怕万一没听到打进来的工作电话误事。听到是沈画不由得心里一声叹息，说句"画姐我待会儿打给你"后按死，当下便有些气馁。

　　实习老师批评她："邓小可，我跟你说过，上班时间——"她的话被陈佳打断，"说正事。"陈佳说，说完转对钱老师说："志国，"——钱老师姓钱名志国——"我希望你们拿出的是方案，两到三套，供我选择；而不是罗列一堆数据，让我看着办……"

　　小可被晾在那儿，走，不敢；留，不妥。钱老师冲她眨巴眨巴眼，眼里笑着一点头，表示了同情安慰；实习老师皱眉手心朝里向外摆着让她出去，轰苍蝇一般，她给实习老师丢脸了。

小可离开陈佳办公室走，两腿沉、软，拖不动拽不动。不时有人从她身后赶过，腾腾腾腾，迅速在前方消失。曾经，那也是她的工作状态、精神状态；曾经，她渴望成为他们中的正式一员，然而此刻，所有的"曾经"恍然如梦。实习老师说，如果陈总哪天看你出了错却说都不说，证明她对你失望了，你最好赶紧找下家走人。是她走人的时候了。

手机又响，拿出看，"沈画"二字在手机屏上闪。突然，她在走廊中间就地站住，按下接听键高声笑着道："画姐对不起啊，我忘打给你了！……没事我没事你说！"无所顾忌、毫不避讳、大摇大摆，引得过往的人不由要多看她一眼：这是那个小鹿般谨慎敏感胆小的实习生邓小可吗？是，她今天这是怎么了？吃错药了还是——不想混了？小可接电话，随对方讲述或惊叫或嗔怪或指点，任身边人去人来川流不息，礁石般淡定；心里却是一阵又一阵绝望，每有人看她一眼，那绝望便加深一层。

沈画脚崴了，右脚，很重，完全不敢着地；所在地方打不到车，北京她没别人可求，只好找小可。小可去工位拿了包就走，没请假。如果留不下来，仅为拿一张实习证明，请假不请假是一样的。同学们在实习单位大都是混，混到日子拿证明走人。基本找不到她这样的，天天早出晚归加班加点勤勤恳恳。那时，她有野心；现在，她没有了。

沈画坐公交车站的金属候车凳上等小可。伤脚光着搁左脚上，高跟鞋立在一旁。

农展馆有个大型招聘会，她想去看看，走前犹豫再三，穿了高跟鞋。思路是，万一有合适公司须当场面试，高跟鞋会显得职业一些。她平时基本都穿平底鞋，缺乏高跟鞋训练。想过打车去，上网查了查距离，得四五十块钱，乘公交，一块六，当然选一块六。穿不惯高跟儿慢点走，累了就歇，她不缺时间缺的是钱。脚在中途倒车时崴的。下车前看到将乘的下一路车驶过，为能赶上，下车拔腿就跑，全忘了高跟鞋的事，当场重重崴在那里，一时间痛到了无法呼吸。单脚跳到候车凳那儿坐下，脱下鞋袜看，脚背肿起，油光锃亮像刚出炉的烤面包。拿出手机翻电话，通讯录几十个号码只两个北京号——小姨和小可，不敢求小姨，只有求小可，孙景已被她从心底删除。

昨天夜里小姨小可走后，她想了很久：来北京是奔孙景来的，没了孙景，她仍要留下。北京那么多外地人呢，别人能过她就也能过；北京的成功人士几乎都是外地人，别人能成功她为什么不能？从下飞机进首都机场的那刻，她一下子就爱上了这个城市，这里与她有一种天然的亲和，她属于这里。昨天的面试说起来不堪，换个角度看，从积极角度看，在北京这样开放的现代化大都市里，属于她的机会将非常多。而在家乡，她的优质资源只够让她嫁得到一个当地的好男人。当下开电脑上网，查到了农展馆的招聘会信息，决定抓紧时间前往应聘。

小可打车赶到。电话中听沈画说了她脚崴得很重，看到后仍吃了一惊，建议马上去医院拍片，确定有没有骨折。

出租车在四环上走，路边是各色花树，桃、杏、梅、兰……粉白红紫交织，阵风吹起花瓣纷飞，花雨中，一辆保时捷卡宴擦身驶过，在前方变道，再变道，驶进左车道，鱼儿游水般轻盈灵活。

"既然穿了高跟鞋，就该打车，这下子好，出师未捷身先死！"

小可在耳边嘟囔，沈画顾不上说话，她正在看保时捷车主。车主是年轻女孩儿，从一闪而过的侧脸看，长得不错，不知正面看怎么样。前方红灯，左车道的保时捷先停，沈画所乘车又往前走了一段得以走到保时捷右前方，令她如愿看到了保时捷车主的正面。正面看也好，只下颌偏宽，给那脸平添出男性的刚毅。全不似沈画的脸，从颌开始两条柔和曲线向下、向里收，直收出一个细而不尖的小巧下巴，娇滴滴的圆润。昨天到今天，沈画不论走在北京的哪里，不论步行还是乘车，收获注目礼无数。出租车拐弯，保时捷消失，沈画方才对小可说：

"你以为我不想打车呀！我还想买保时捷，买私人飞机私人游艇，钱呢？"

小可点点头，停了会儿又道："哎你说，职业女性为什么非要穿高跟儿？"

"为不矮男人一头呗！"

"这是对女性的摧残，跟过去让女人裹小脚一样性质！我偏不穿高跟儿，这辈子我还就平底儿了我！"

"你当然可以说'偏不'了，成功的爸爸成功的老公，有一样就够。"沈画笑了笑，"我一样没有。"

语调平和难掩失落，小可禁不住扭过头看：侧畔那脸精致完美，该怎样就怎样了，大眼睛长睫毛高鼻梁饱满的唇，皮肤细腻得看不到毛孔。她由衷道："画姐，爸爸你选不了，老公你可以选啊，你这么漂亮，肯定抢手！"

"这也是我坚持来北京的重要原因，'牛股'男生北京多。"此时，这是沈画的实话、心声，发自肺腑。

沈画没骨折，软组织扭伤，医生给开了"奇正藏药"。见问题不大，小可送她上了出租自己没走。已经在医院了，快中午了，不如去科里找爸爸一块儿吃午饭，顺便聊聊，她现在心情糟糕透了。

邓文宣有手术，小可坐他办公室等，中午过了手术还没结束，几点结束不知道。小可从办公室书橱下层取出搁在那儿的食品袋，吃着等，现在的她有的是时间。

塑料食品袋里是各种女孩儿爱吃的小包装零食：小核桃仁、臭豆腐干、蜜麻花、卤鸭舌……家里头小到针线大到汽车，一律惠涓做主惠涓买，只这些，邓文宣买。

早年间，家在两居的旧房子时，从初中开始功课紧时，小可晚上常来邓文宣办公室用功。她看书写作业，邓文宣坐她对面看书写论文，惠涓在家做家务看电视。旧房子不仅小，隔音也差，小可和邓文宣只要有一个人在家，惠涓就不能开电视。十二三岁的孩子正长身体，常常刚吃饱饭没多久就饿，从那时起，邓文宣养成了在办公室放零食的习惯。一个大男人大专家，亲自跑到超市站在食品柜前，不厌其烦地为女儿挑啊拣啊。后来家里有了大房子，再后来小可上了大学，但有事没事地，女儿仍爱往父亲办公室跑，父亲办公室放零食的习惯也就随之保留了下来。

邓文宣手术回来，看小可在屋里，一怔：怎么这么早就下班了！心当即下沉。自女儿去了南实证券，随着她每天下班后的情绪，邓文宣的心如坐过山车般忽高忽低；她高他高，她低他低。

面试成功那天她从南实证券直接跑来办公室等他，他下班后，父女二人去外面吃了顿麻辣烫庆贺。一晚上都是女儿在说，情绪高昂高亢，咬牙切齿赌咒发誓：绝不能辜负陈总信任！冲这份信任她也得好好干！最后甚至幻想，陈总落难了，她如何不离不弃倾尽全力帮助拯救……说到这儿突然想起什么叮嘱他道："哎爸，陈总万一生病了什么的，您一定要帮忙找人啊！"邓文宣笑着点头："一定！你爸也就这点能耐了！"那个晚上，邓文宣心情舒爽如万里晴空。望着女儿他想，看来这丫头没问题了！学习上她从未让他们操过心，性格安静、天资聪颖，具备这两条足以取得好的学习成绩，中国学生学习好等于一切好，但在工作中职场上就不一定了，她偏内向，偏单纯。现在看来，开端不错。

昨天惠涓走后他去了医院，处理完急症病人回办公室，看小可等在屋里。她跟他说了她的"扎手事件"，他带她去护士站处理伤口。伤口很小，但很深，被钝物扎进，可以想象当时得有多疼。不过这无所谓，伤口无大碍，那种疼也只在瞬间，真让邓文宣心痛、无法释怀的，是女儿的状态：蔫头耷脑、怀疑失望、茫然无助……他很生那个陈佳的气，她怎么就不能稍微体恤一下下级？这时你的一分体恤，能换来对方工作中十分的回报！这水平怎么能当领导？一点不懂领导艺术！……当然这些话不能跟女儿说，跟女儿说除怂恿、加强她的负面情绪没任何好处。他从正面对她进行了启发引导，但说来说去，无非一些大原则大道理。年代和年代不同，职场和职场不同，人和人更不同，他的工作经验遇到她碰上的具体事情，没多少指导意义，不抵沈画的一句无心之语管用。晨起上班，看到因为沈画而顿悟的女儿情绪饱满、斗志昂扬的样子，邓文宣放心的同时欣慰，想：陈佳这样的领导也不错，更有利于现在这些孩子的迅速成长。独生子女被父母宝贝惯了中心当惯了，陈佳们会让她尽快找到个人在社会上的位置。

自到南实证券，小可没在上班时间找过他，此刻见她坐在这里，直觉事情不妙，他问："怎么这么早就下班了？"她说："不想在那里干了！"邓文宣说："又怎么了？"小可简单说了说今天的遭遇，道："陈佳肯定不会要我了，我得趁早走，换一家公司。"邓文宣问："换了如果还不顺呢？"小可说："我不至于这么悲催吧！"邓文宣耐心道："本质上所有单位都一样，在哪里都会有挫折……"小可打断他："爸，咱能不能不讲大道理？"邓文宣很生气，正欲发火敲门声响，林雪容的儿子到了。

林雪容是他刚手术完的那个病人，脑部良性肿瘤。手术本由另一位主任大夫主刀，术中意外大出血把他叫去了。去手术室途中他被林雪容的儿子拦住，非要给他张银行卡，他收下了。手术顺利结束后，他让护士长通知那儿子到他办公室来一下。

不等年轻人开口，邓文宣从白大褂兜里掏出那卡放到了桌上，一言不发向前一推，示意他拿走。年轻人有些意外，也难为情，脸涨得通红，搓着两手语无伦次："一点小心意……感谢您救了我妈妈……我没别的意思……"

背对门一直懒怠回头的小可回过头去，她听着声音有些耳熟。来人是昨天下午咖啡厅那人，原来他妈病了！这就好解释了：他为什么会待在医院旁边的咖啡厅，为什么衣冠不整，为什么对她心不在焉到了失礼的程度……他头发似乎更长了，胡子也是，配上那张颇为周正的脸，倒有一种酷酷的帅。只衣服不给力，更脏。衣服可以皱、旧甚至破，破到露肉都是风格，只是不能脏，一脏便成邋遢了。

他同时认出她来，本来就红的脸一下子红上额头，结结巴巴道："邓，邓小可，你，你好。"小可一笑，对感到奇怪的邓文宣解释："爸，这就是昨天下午我相亲相错了的那位——"扭脸看他："怎么称呼？"他忙道："郑海潮。"

邓文宣点点头，伸手把桌上那张卡象征性地又推了一推，意思明确，让他拿上卡赶紧走。

郑海潮不想拿走卡，更不想马上走。无论如何，他得把昨天下午那件事情的来龙去脉心路历程，跟邓小可更重要的是跟她爸，解释清楚。如果是一般人，偶尔遇到永不相见，得罪了就得罪了，可她是邓文宣的女儿；她可以不在乎他，他不敢不在乎她。

　　昨天下午郑海潮去咖啡厅是为上网——医院里上不了网——上网为母亲选择手术医生，其时母亲在医院急诊科观察等候，等候入院。这家大医院床位很紧，他母亲病情更紧。母亲有个头痛的老毛病，近期疼痛突然持续加剧，在老家无锡当地医院检查，发现颅内压增高异常，拍片子怀疑脑瘤，医生建议手术。得此讯他当天由北京飞去无锡把母亲接了过来，要手术就在北京大医院手术。医学是实践科学，外科手术尤其是。外科医生手术的精湛与否，很大程度取决于他做手术的多少，道理同钢琴家的练琴，只不过，外科医生的琴是病人的肉身。因之，同样手术由不同水平的医生做，差别很大；同一个医生给不同病人做同样手术，上一次不成功，这一次成功，极大可能就是，这一次的成功是因为汲取了上一次不成功的教训——这个病人的幸运，是因为上个病人的不幸。毫不相干的人因医学交集，命运感在这里体现得格外残酷。

　　郑海潮不相信命运，他相信努力。当接诊医生说母亲需要在三天内做上手术时，他的思路首先就是，选择为母亲手术的医生，医院规定病人可以选择手术医生。上网查有关资料，锁定了全国著名脑神经外科专家邓文宣。但是，"邓主任没空。如果非他手术不可，得排队。一个月之后。"当他提着电脑赶回医院急诊科时，接诊医生这样对他说。而此时母亲双眼视力已然模糊，同时不断呕吐，脑肿瘤压迫脑神经的典型症状，医生之所以加床收她入院，盖因为她的病情不能再等。

　　母亲次日早晨八点进了手术室。进去后他一分钟没离开等候区，眼睛盯着通报手术进程的液晶显示屏，耳朵支着听里头传出的各类通报呼叫。在看到"脑神经外科林雪容麻醉顺利，开始手术"时，小轻松一下，即刻，新一轮紧张开始。置身偌大的手术病人家属等候区，从不相信命运的郑海潮，脑子里没来由地冒出了一句"上帝保佑"！自此，反复默诵。

他从没信过上帝或类似的什么，他的"上帝保佑"属鹦鹉学舌，但此刻，他在命运面前的卑逊虔诚，不输任何宗教的任何一位信徒。

十点二十一分，他等来了手术室的病危通知，有几秒钟，他蒙了，恍惚中听对面的白大褂说："手术情况通报邓主任了，他处理完手头事情马上过来。"仿佛溺水时的稻草，他紧紧抓住了这个信息，问清邓主任现在科里，掉头就跑，等不及电梯走步行梯，一步两三个台阶，向九层，向脑神外，向他的上帝奔去！这事设若发生在别人身上，他一定劝他不要去，事情不会因为他的去或不去有任何改变。

他被阻在了脑神外病区外，病区门是锁着的，工作人员刷卡出入，不许他进，怎么说都不许。想找邓主任的多了，绝大部分是外地来的，全国各地的都有，很多都是危重病人，要都到科里来找，不乱套了？凭着尚存的理智，凭着几天来的就医经历尤其手术等候区的经历，作为众多病人家属中的一员，郑海潮明白，个体的生命攸关是这里的常态，是沧海一粟。他不让进你只能不进，撒泼耍蛮没意义不说，很可能适得其反。进不去就等，等邓主任出来。他认得他，网上有他照片，五十多岁，国字脸、瘦。他得在他进手术室前，把心意送上。

"送心意"并无预谋，是被阻在病区外的灵光一现。生出这念头当即掏钱包查看，现金不多，还好有张储蓄卡，卡里有个两三万，就送卡！细想，送卡比送现金好，体积小，好拿；视觉冲击力小，含蓄。邓文宣那个年龄的知识分子，面薄。

邓文宣从走廊尽头拐出，走得很快，白大褂衣襟随风掀起，刚出病区门口，郑海潮一闪身现出，对他一口气说："邓主任我是林雪容的儿子给您添麻烦了！"同时把手里汗湿的银行卡递上："一点小心意！"邓文宣皱皱眉头推开那手："你要相信医生。"脚下一停不停走，郑海潮傍着他走，逮空把卡塞进他白大褂口袋并加手按住，嘴里碎碎念："一点小心意……给您添麻烦了邓主任……请您务必救救我妈！"邓文宣没再说，带着兜里他的"心意"匆匆离去，郑海潮目送他走，长舒口气……

可惜郑海潮刚说了个开头，邓文宣桌上电话响了，有重要的专家会诊请他马上过去，走前他对郑海潮说："把你的卡拿走！"对小可说："你的事晚上回家谈，走时把门撞上。"

邓文宣走了。女孩儿坐原处没动，身体靠着椅背胳膊垂放身上，两条长腿前伸，头微微低垂。下午的阳光在她头发上跳跃，衬得下面的脸格外阴，阴得像晴空里的一小块乌云。她感到了郑海潮的目光，抬头看他一眼，命令："走吧！拿上你的卡！"

"不过一点心意。"他恳切道，此时这"心意"与彼时完全不同，纯粹得没有一丁点杂质，除了感激还是感激，他进一步说："你们得理解病人家属的心情，你想啊，你爸救了我妈的命，我就这一个妈——"补充说明，"我的意思是，我爸去世了……"

她不耐烦听，微微皱起了眉。他马上感觉到了，想想，把卡收起——心意也不能强行奉送，各人有各人的行事原则风格——向外走，到门口，又站住："你不走吗？"她眼里露出了嫌恶，就他们的人物关系来说，他是过分了。他小心地道："我觉得——"本想说他觉得她有心事，但即刻意识到这说法进攻性太强有冒犯意味，改口说："我是想，我很想，如果你有需要帮忙的地方，我能不能帮忙……"

她眉头锁得更紧了，但说话时还是保持了起码的礼貌："谢谢你。我没什么事要帮忙的。你忙你的去吧。"

郑海潮坚持要将谈话进行下去。不管从哪方面说，他都想、都要同眼前这个女孩儿保持联系，如果今天他就这样走了，也许从此再无机会。

他说："我没什么可忙的了，我妈在 ICU 室……"

她忍无可忍："那你该去哪儿去哪儿！这儿不是你待的地方！"

他没介意她的态度："我想，你现在要是没事，听我解释一下？就昨天下午的事。"

她道："我没事！但不想听！烦！"

他沉默了，片刻后温和地道："邓小可，你不觉得自己有些过分吗？我想，即使是你父亲，对病人家属也不会这态度吧！"

小可一怔，继而报然。他所言极是：她之所以能如此傲慢放肆，盖因为他们的人物关系，他是病人家属，她是邓文宣的女儿。缓和了下口气，她说："对不起……我的事你帮不上忙，工作上的事。"

郑海潮没想到，"你工作啦?!"他一直认为她是学生。

小可叹："唉，实习。"

郑海潮长长地"噢"了一声，这他就明白了。他太了解大学生刚进入社会时的感受了，各种的茫然、失落、困惑、不适。

他说："我大三时开始利用暑假实习，大三大四研一研二，按年头算，实习了四年，有着各种的实习经历——"

小可插道："你，请坐。"指着对面的椅子，郑海潮遵嘱坐下说了"谢谢"；小可脸微微泛红，不好意思地再次说了"对不起"，然后问："你实习时的老板都怎么样?"

"有好的，有差的，有一般的。"

"有冷血的吗?"

"什么样的算冷血的?"他问。于是，小可开始跟他说她和陈佳的事，他专心听，听完后道："你想过没有，你认为那个陈佳冷血，是因为你对她的期望值过高?"小可身体一下子挺直，嘴巴微张——嘴唇湿漉漉肉嘟嘟，清晨的喇叭花似的——眼睛睁得老大，紧紧盯住他。他笑笑，继续说："新人进职场，首先得明确一点：职场不是家，老板不是妈，你可以有归属感，但不能寄予过高的感情期待。"

"说得好!"她赞，热烈地道，"接着说!"

"找个好老公，让他出去为你打拼。"

她愣在那里——本想听进一步的职场经，听到了个这，一时拐不过弯来。他忍不住笑起来，笑着解释："你这样的女孩子，不适合职场。"

"我这样的女孩子? 我哪样的女孩子?"

他看着她，像个算命先生，慢慢道："你吗? 优点是，心眼不错；缺点是，单纯，过于单纯。"

"等等等等! 单纯现在成缺点了?"

"跟时间无关，取决于空间。在职场上，过于单纯就是缺点。"

"有道理。还有呢？"

"还有，由于家庭条件好，有一点娇气，有一点软弱。"

"评价不高啊，总共说了四条，仨缺点。"

"噢，还有，学习好。"

"根据什么呢？"

"直觉。"

她默认。片刻，叹着气重复了沈画的话："可惜，学习好不是学习的目的。"

她真心苦恼的样子使他意识到他错了，方向错了。昨天下午她对他说"我是一个独立的个体，我不想依附于任何人"，不是跟他赌气，是认真的。

想了想，他说："这样，明天你照常上班，去了先检讨，说一下没请假就走的原因，表姐意外受伤情况紧急啊什么的，简单说，别啰嗦。然后该干什么干什么，就当什么事都没发生过。"

"'当'没发生——怎么可能?!"

"我教你个办法？反复对自己说：一切跟以前一样——自我催眠！"

……

晚饭时，小可向邓文宣要郑海潮的电话，分手时忘要了。

邓文宣不解："你要他电话干吗？"

"您走后我和他聊了聊，聊得不错，那人值得交往，知识面广、看问题准，我打算跟他长期保持联系。老师同学们都说，要想发展，得多认识有用的人，建立自己的人脉。我跟他说了和陈佳的事，他建议我明天照常上班——"

惠涓插道："这个郑——是干什么的？"

小可想了想："不知道。"

惠涓白她一眼："你什么时候才能长大？瞎聊半天不知道人家是干什么的！"

邓文宣替女儿说话："那孩子不错，对他妈真好，跑前跑后一刻不离。

医院里守着爹妈的都是女儿，很少见到儿子。"

惠涓哼一声："那他是有这个时间！他要没时间，工作忙事业上强，怎么可能一天到晚在医院守着，有这心也没这力！要不人说，顾家的男人没本事，有本事的男人不顾家。"

沈画对小可笑："小可，听到了吗？你一定得找个又有本事又顾家的！"

"这个事啊，"小可用筷子尖挑起粥里的米粒送嘴里，"目前尚不在我考虑之列——"

"胡说八道！"惠涓斥道。

第四章

小可上班。对实习老师说了昨天不假离去的原因并道歉，全身心投入工作，转发邮件送取快递订会议室……心无旁骛。奉命送文件给陈总，敲门，两下，不轻不重，得到允许进，到陈总办公桌前双手放下文件，面带微笑，不疾不徐，仿佛之前什么事都没发生，以至陈总抬头注意看了她一眼——不再视她为空气！

从陈总办公室出来，小可步子轻快，路过茶水间被钱志国老师叫住："咖啡没了，叫人弄点咖啡来！为赶这个项目48小时没合眼了，不喝咖啡脑子根本不转悠！现在我是头疼欲裂，布洛芬都没用！"边说边用手指点他的头。他那头因头发过少而被刮光，头形很圆，脸也圆，气色极好，不管多忙多累，圆脸永远红扑扑放光。钱志国是公司第一号技术骨干，他坚持的事情，陈佳也得让三分；却没架子，对老总对实习生，一视同仁。每见到他小可就想，他要是自己的实习老师就好了。

小可答应着走，钱志国想起件事来："上回你帮我买药还没给你钱——多少钱？"边从裤兜里掏出钱包，小可想说不用了没多少钱，未及说，对方突然定住不动，眼睛直勾勾看前方，接着，微微摇晃似是站不大住的样子，想就近坐，屁股挨到椅子边时软软瘫下，带倒了椅子"咣"一声响，手里钱包应声落地，一沓子百元大钞滑出。小可慌得叫："钱老师——"钱志国毫无反应，小可尖叫出声："来人啊！"

先跑来的是保洁，紧跟着是实习老师，看到横陈地上的钱志国，一齐问小可："他怎么了？"小可的回答毫无价值："我从这儿过钱老师叫我，说咖啡没了让我叫人弄咖啡，我正要去他让我等等——"实习老师打断她："你去叫陈总！"钱志国仰躺，眼睁老大，眼珠子滴溜乱转，口鼻却发出熟睡时的鼾声，其状可怖。

小可带陈佳赶到时茶水间已聚不少人，一片低低的嗡嗡声。陈佳挤进去果断指挥："你，叫120！你们几个，把他抬隔壁会议室沙发上！"

人们按陈佳指挥分头行动。一人拿电话拨120，又几人上前抬钱志国，抬头的、抬肩的、抓胳膊抓腿的……小可紧张得眼发直，在他们就要将钱志国抬起时大叫："别动他！"声音高亢尖厉突兀，所有人噤住，包括陈佳。众目睽睽下小可有些慌，结结巴巴解释："不，不知道什么病，随便变换病人体位，是危险的。"补充一句，"我爸爸是医生。"

陈佳当即问小可爸爸是哪个医院、什么级别的医生，问清后让她马上跟她爸联系，说公司将把钱志国送过去。

120来得很快，却表示不能按陈佳要求办。

"谁都想去好医院大医院。"说话的是位三十来岁的文雅型帅哥，白脸白框眼镜白大褂，毛色极好的浓发早晨刚刚洗过，蓬蓬松松一根是一根；态度也文雅，不急不躁，两手插白大褂口袋，脚后跟随说话节奏往起一跷一跷，他对陈佳道："所以呢，我们只能按规定来，把病人送规定医院，没有规矩不成方圆。"一顿，加句，"你懂的。"加的这句用了气声，轻柔得暧昧。凭陈佳这么聪明怎会不懂，她道："我懂。我同意按你们规定来，"嫣然一笑，"但我有个条件噢，人如果死了，你要负全责噢！"两个"噢"，还有轻扬的语调，让不明就里的人听完全是女孩儿对男生撒娇，其暧昧指数不亚于帅哥的"你懂的"。

帅哥一下子愣住。如同她懂得他一样，他也懂得她，他们站在各自立场上为各自利益不择手段卖弄风情，当然，他出手在先；但是，她比他狠！她不说"你们"要负全责，单单挑出了"你"，指向明确杀气腾腾。宁得罪男人不得罪女人，女人比男人更凶残……

陈佳敏感到对方情绪变化，马上说："我们付双倍出车费用。"帅哥眼看鼻梁，不吭气。陈佳低声下气："辛苦你们了……添麻烦了……"竭尽谦卑，竭力让对方高高在上。帅哥哼了声："我们送去了，那边要不接呢？"陈佳忙道："我们负责！"

帅哥转身，对他的人一挥手："上车！走！"

小可目睹全过程，心中对陈佳的佩服只有一词可形容：五体投地。

钱志国被诊断为出血性脑卒中，下午五点一刻进手术室手术，邓文宣亲自上台。这过程中陈佳已充分了解到邓文宣的专业名气、分量，心里头后怕和庆幸交织。今天要不是邓小可，钱志国别想进这家大医院；进来了，也不可能有邓文宣这样级别的专家为他手术。她根本没想到邓小可今天还能来，昨天她对她冷淡到了极点，意思就是让她不要再来。这个邓小可却不仅来了，还能什么事没发生似的该干什么干什么，让她意外，一时拿不准她是因为木还是因为顽强。但此刻不管因为木还是顽强，陈佳都决定留下她。同时决定，以后即使招实习生也要了解清楚其家庭背景，以最大限度抓住有效社会资源。听说有银行已然这样做了：想来实习？先在本行存款五十万！其意不在这五十万，在抓住实习生背后可能的 VIP 客户。

把钱志国事交待给邓小可，陈佳回公司，钱志国这一倒下，他负责的项目得先有人替他管起来。

小可送陈佳走，外科大楼对于第一次到这儿来的人就是座迷宫。正值探视时间，每个电梯都挤得水泄不通，小可带陈佳从步行梯下，空寂的步行梯里只她们俩。进南实证券来小可难有机会与陈佳这样近距离长时间单独相处，她感到紧张，也幸福。钱老师生病固然让人难过，公司因此面临的困境也让人着急，但毫无疑问，这事成就了小可，同"国家不幸诗家幸"相仿佛。

她们一前一后走，小可在后，陈佳在她前下方的视野里。陈佳梳垂肩中长发，头发上面一层拢起用发束束在脑后，发夹深褐色，麻花造型，很平常的颜色造型，到陈佳身上却就是好看，高雅、不凡。从前小可只道人以衣饰，陈佳让她明白了何谓衣靠人装。

走出外科大楼，陈佳叮嘱小可"有事及时通报直接打我手机"，把手机号告诉她，让她照号拨过来，存下她的号码、名字……昨天还被视作空气，今天成记录在案的重要人物，小可激动不已。这时听陈佳又说："钱志国这事你是头功！好好干，南实不会埋没人才！"

陈佳走了，小可目送她走半天没动。头发晕，脚发飘，全身发软，事情来得太快太突然，她一时难以适应。好不容易镇静下来，一抬头，愣住：前方陈佳站住了，在同对面走过来的一个人说话。

那人即使换了衣服，刮了脸，理了发，小可仍一眼就认出了他来：郑海潮。她听不到他和陈佳说什么，但从他们说话的神情、姿态看，二人很熟。小可惊讶的同时高兴，她可以通过郑海潮，进一步了解、走近陈佳，人脉关系就是这么建立起来的！

郑海潮同陈佳告辞，向外科大楼走来，身着黑白条立领衬衫、浅色裤子，衬衫袖子卷起一道，露出了左腕上的表，表在阳光下一闪一闪。现在男生看时间都用手机，鲜有人戴表，这在小可眼里便缺了很多味道。小可喜欢男人戴表的样子，尤其喜欢他们看表的姿势：左臂一抬，刷，送到眼前，目光落上表盘，沉静沉着沉稳，男人味十足。男人嘛，就得有时间观念。她跟爸爸一起，永远爸爸掌握时间，几点休息、几点学习、几点回家，她什么都不用管。爸爸那表戴好多年了，雪铁城牌，日本产，白金属表链，到现在走得好好的。戴时，右手拿表，晄当，套左腕上，咔嗒，按死搭扣；戴毕，左手腕还要转转，像是要试下表链松紧——小可爱死了爸爸这个戴表的动作。

小可盯着郑海潮走，一声不响笑眯眯的。快到跟前他才看到她，"哎哟"一声惊叫——正是她要的效果，接着，他笑了。心中喜悦盛不下了似的向外向四下里溢，眼睛、眉毛、嘴巴、牙、白齿都笑露了出来。

小可好笑地看他："来看你妈？"他说："还不让看呢，碰碰运气。说是已经醒了，明天从 ICU 转普通病房。"小可说："祝贺。"他说："谢谢！"充满感情，显然不是针对了她的祝贺。小可摆手让他打住，她没兴趣听病人家属千篇一律的感谢，她有重要事情要问。

小可问："为什么不告诉我你认识陈佳？"郑海潮一愣后马上明白，

道："昨天那种情况下，你正颐指气使发号施令，我跟你说我认识你老板，会不会显得浅薄？"小可笑起来："没想到你这人还挺低调。"郑海潮眨巴了下眼："低调是指——我不配认识她？"一笑，"我们俩是高中同学。"小可道："她在学校里就这么出色？"郑海潮点头："相当！学习成绩永远年级前三，多才多艺，学生会副主席——"小可打断他，拖着长腔："嚯，夸起来没完了！我说，你是不是到现在还——暗恋着人家？"郑海潮开心地笑起来："我要说我和她明着恋过，你信不信？"小可连连点头："信信信！而且是，她追你！"男生没有不爱吹牛的，尤其爱吹这方面的牛；郑海潮却并不分辩，但笑不语，令小可疑惑："你们真的好过？"郑海潮点头："后来分了。"小可兴致勃勃问："谁跟谁分？"他说："她跟我分。"

小可马上觉得自己不该问，答案明摆着何必问多伤人。郑海潮这样的，搁学校里特别中学，绝对吸引女生。校园爱情通常以貌取人，男女都一样。但从学校出来进入社会，男的光有貌就不行。她安慰他："分了好！陈佳不适合你，她太强了。女的比男的强太多不是好事，早晚得分早分早好！……"

钱志国死了。术后在昏迷中挣扎了两天，还是死了。脑卒中是医学界的"三高"：发病率高，致残率高，死亡率高。

自钱志国死，陈佳没跟小可说过话。不是因邓文宣没能救活钱志国而迁怒小可——专家再好不是神仙——她只是太忙；钱志国一死，需要处理的事情太多。最直接的是，给死者父母一个交待。这交待绝不是"把事情或意见向有关的人说明"那么简单，人死在工作岗位上，企业首先面临的就是，赔偿。赔偿，按哪条标准？

律师说："一般情况下，工伤死亡抚恤金从工伤保险基金里支付，除需按月支付的外，还有按工资标准 48 至 60 个月一次性的工亡补助金。"陈佳聚精会神听完，说："你刚才说'一般情况下'，特殊情况呢？比如，死者家属要求企业赔偿呢？"律师说："企业是否赔偿，关键看死者死亡与企业管理等各方面有无因果关系。"

有无因果关系是这类事情中最难说清楚的一个部分，说有就可以有，说没有也可以没有，绝对客观的事实基本不存在。最终何去何从，常常由角力双方的强者决定。钱志国是家中独子，父母是河北农村农民，父亲小学文化，母亲没有文化，这让陈佳稍感轻松。否则，死者家属若在赔偿金上狮子大开口，企业很难承受。

　　关键时刻情势急转直下：钱志国父亲因儿子死亡的打击血压骤然升高卧床不起，老伴留家里照顾，委托钱志国表弟全权代理。钱志国表弟在北京读研，新闻专业，他的出现顿时令角力双方势均力敌。

　　钱志国表弟认为钱志国死与企业有直接因果关系：过劳死。依据是，死者发病当天早晨跟他妈通话说，加班两天两夜没睡了，头疼，马上还得赶着上班。陈佳回答他，口说无凭，需要证据。然后，年轻人提出想见死者同事，特别想见他表哥生前最后接触到的那个人。理由是，想多了解一些他表哥的事情，回去跟他父母说，他表哥上大学离开家后，除了放假很少回家。陈佳当然知道他真正目的，但仍表示了同意。一来没有拒绝的道理，二来她看不出有什么问题，公司最近确实是忙，加班也有，但连续两天两夜加班，从没有过。

　　陈佳把这事交待给了部门助理，让她为钱志国表弟安排。于是，毫不知情、毫无经验的邓小可把钱志国在人世间最后清醒时刻的情形对钱志国表弟和盘托出，一五一十尽可能详细，想给痛失儿子的父母一点安慰，也想配合公司工作。

　　钱志国之死让小可觉得在公司抬不起头，还不敢跟爸爸说，怕爸爸自责，实在郁闷时打电话跟郑海潮说过。电话里郑海潮说："陈佳会因为你爸帮了她忙留你，不会因为没帮上忙就不留你。关键还是看你自己，我了解她。好好干，嗯？"放下电话小可心情好了许多，振作起精神努力工作。

　　这天，小可正干活儿，陈佳打电话来叫她马上去。小可往陈佳办公室走，心里一路嘀咕：陈总让她去干什么？是不是忙过了这段，有点时间了，要对她兴师问罪？到陈佳办公室门口，静立几秒，眼一闭，敲了门。

——没听到应有的"进来"，屋里响起的是脚步声，脚步声近，门开，陈总出现在面前：她亲自为她开了门！

小可晕晕乎乎进，事情出乎意料不合章法，让她无法思考无从思考，机器人似的随陈佳指令进屋，在沙发上坐下。

陈佳办公室有一对单人沙发，两沙发中间隔一方小茶几，小可坐定，陈佳在另一张沙发上坐下。以前小可来这儿，从来是，陈佳坐办公桌后面，她站她办公桌对面；其他人来这儿，大部分情况是，来人坐沙发，她坐办公桌后；只有类似钱志国老师这样档次的人来，才可能与她分坐茶几两旁的沙发，促膝交谈。

茶几上放一个细高玻璃杯，杯里是茶，茶液已然冷透，结出一层金铜的茶膜。陈佳冲那杯子一点头："钱志国表弟刚从这儿走。"于是小可明白，茶是为他泡的，陈佳苦涩笑笑："——一口没喝！……谈得不顺。分歧在于，他要的赔偿数额过大，远远超出规定和公司的承受能力。"小可拼命集中起纷乱的思绪专心听陈佳说话，却是每个字都听得清楚，不明白意思，不明白这种大事、要事，为什么要跟她说。

陈佳不看她，只失神地盯着那茶杯："你知道他要多少吗？……八百万！"小可吓一大跳，这时陈佳把目光从茶杯转到她的脸上，温和地道："小可，叫你来是想跟你核实件事，钱志国最后那天是跟你说过，为赶项目，他48小时没睡觉了吗？"小可顿悟，全身冰凉！她点了头，顺势把头埋下。不过几天工夫，陈佳明显瘦了，而这，与她有直接关系，这令她不忍、不敢再看。耳边，陈佳在说："钱志国表弟请律师了，接下来，律师将会找你。小可，在律师面前收回你说的话，到时我们统一口径，好吗？"

钱志国表弟走后，陈佳让自己在屋里静坐二十分钟后才给邓小可打的电话，冲动是魔鬼。这个邓小可貌似柔弱，骨子里倔强；出身知识分子家庭，以正直为荣，对付这种人不能硬来。

小可抬起头来："可是陈总——"

陈佳的忍耐到了极限："没有可是！只有必须！"

小可便不再说话，蔫头耷脑泥胎一般。陈佳看着她，满腔的愤怒焦虑化成委屈，泪水夺眶而出。现在她面临的困难远不只钱家，更严重的，还有钱志国负责的那个项目，作为重大项目的技术负责人事先一点交待没有突然扔下不管，这打击是摧毁性的。她要处理钱家后事，要尽快找到替代钱志国的人，要让项目继续——这项目如不能按时完成，公司损失得以亿计！

拭去泪水压住哽咽，她对小可道："你可以走了。24小时开机等通知。保证随叫随到。到时跟律师怎么说，你看着办。"语音平平，却比大喊大叫更具引而不发的震慑。

小可离开陈佳办公室走，头重脚轻。路过茶水间停了停，恍惚间看到钱志国在茶水间点着他圆圆的光头对她说：为赶这个项目48小时没合眼了，不喝咖啡脑子根本不转悠！现在我是头疼欲裂，布洛芬都没用……小可走进去，拿出手机拨了郑海潮电话。

郑海潮在电话那头听她说，屏息静气一声不响，但能感觉到他听进去了她说的每句话每个字。说着说着，她心里轻松了，心里一轻松，思路通畅了：最糟的结果不就是离开南实证券吗？天没有塌，塌不了！

没料她说完后，郑海潮的意见是："这事你有错。"

小可愕然："错在哪儿——说了实话？"

郑海潮说："实话不等于实情。你跟死者家属这样说，使公司陷入了极大被动。我不认为公司要对死者的死负全部责任。"

小可激动起来："你不认为！你凭什么？是是，公司的确没有过两天两夜加班的情况，但公司没有不等于钱志国没有！我坚信钱志国说的是实话，他没必要跟一个实习生表功……"

郑海潮打断她："我也相信是实话，但我不相信一个身体健康一点毛病没有的年轻人，能因为48小时没睡觉就死。"

醍醐灌顶般，小可想起了钱志国的经常头疼，想起他脸庞的不正常红润……她磕磕巴巴地问郑海潮："那，你说，现在我该怎么办？"

郑海潮的回答是，他需要好好想想。

……

与钱家及律师约了次日下午三点见，晚上，郑海潮和陈佳分坐小茶几两旁的单人沙发上商量应对方案直到深夜。晚饭陈佳叫了"永和大王"，她知道海潮不喜欢西式快餐。

确定下方案，海潮说："陈佳，明天别叫邓小可去了。就算她肯撒谎都没用，这么重要的谈话人家肯定有录音。"明天下午的会面，钱家律师提出邓小可必须到场。

陈佳叹道："唉，这几天事太多压力太大，常识都忘了。"

海潮叮嘱道："那就叫她别去了？"

陈佳苦笑："你以为我愿意让她去？这种人，成事不足败事有余！我没办法，钱家律师要见她。"

海潮坚持道："跟他们再商量一下！"

他的坚持令陈佳警醒，凝视着他的眼睛她问："海潮，你怎么这么关心这个邓小可！……我回忆了一下，我们分手后我遇到过很多事，有的你也知道，但从来没有一次你这么积极主动来帮我……你其实是为了帮她，是吧？"酸意明显，她并不想掩饰这一点。

海潮正色道："陈佳，邓小可父亲是我母亲的救命恩人！"

陈佳不好意思地一笑，旋即也正色："这事我是这么考虑的，钱家律师这次见不到她，总要找机会见她。与其让他单独见，不如跟我们一块儿。否则，她肯定会被他们利用。这孩子往好里说是单纯，实事求是说是——"她想说"傻"，咽下去，话锋一转，道："我们的方案得提前跟邓小可说说，你说还是我说？"

海潮道："我说吧。"又警告，"你不要再说她了！"

这令陈佳反感，对邓小可反感：这孩子别的本事没有，倒会告状！陈佳一向讨厌动辄告状的下属，她认为这样的人要么人品有问题，要么沟通能力有问题。但脸上她没有一丝流露。不管郑海潮真实想法如何，邓小可父亲是他母亲的救命恩人是事实，仅这一条就足以决定她在他那里的不可撼动。她郑重点头，同时为自己小分辩一下："这些天压力太大控制不住情绪，上来一阵，逮谁训谁。"

次日上午，海潮利用会议间隙给小可打了个电话，三个内容：一、作为同在投行工作的同学，他受陈佳邀请帮忙处理钱家赔偿款的事情，身份是南实证券法律顾问。二、他和陈佳调看了钱志国档案，得知来南实证券前钱志国在另外三家公司干过，通过熟人了解了他在那三家公司工作时的各方面情况，钱志国工作中一向能干，一致的说法是，生猛，昼夜加班是经常的事，而且，加班一多就头痛。三、也是最重要的，他在其中两家公司有体检记录，血压高。他父亲这次因为受刺激血压升到了220，母亲得在家照顾。这情况是钱家律师作为赔偿的一个理由说的，但他顾此失彼，高血压具遗传性。综上几点已可确定，钱志国生前有高血压，他死于高血压引发的脑出血。如果律师坚持八百万赔偿，只能打官司。一旦打官司，势必追诉另外三家公司，钱家必败无疑，最终，很可能一分钱拿不到。

最后，海潮在电话中对小可说："小可，跟你说这些是想告诉你，钱志国和他家很值得同情，但同时，公司很困难，这种情况下怎么办？只能尊重事实。"

见面地点在酒店大堂的咖啡座。为表示诚意，陈佳、郑海潮、小可提前来到等候。陈佳和海潮利用这时间进一步商量待会儿见面的各种可能和细节，小可默默听，这里没她置喙的余地。

陈佳和郑海潮面色晦暗，夜里他俩弄到凌晨两点才结束，各自回到家睡下快早晨了，九点准时到公司上班，陈佳脸上用了粉底都盖不住睡眠严重不足的痕迹。看着她小可想，她的确很难；但替钱家人想，也难，更难，家里的独生子顶梁柱说没就没了，他爸妈后半辈子怎么办？……

小可思绪飘忽，有一耳朵没一耳朵地听着对面那两人说，忽然，被郑海潮的话吸引。

"陈佳，我有个想法，昨晚上太晚了没说。我想，如果事情能够按照我们的预期得到解决，你主动提出给钱家一部分钱？……二百万怎么样？"

小可看陈佳，满怀希望。

陈佳摇头："我考虑过，不行。一、给钱得师出有名，否则财务那关就通不过。二、更重要的，对企业来说，错误的赔与不赔，都将有不好的示范作用，就这事而言，给钱就等于承认了公司对钱志国的死有责任——"

海潮斩截道："公司有责任！你们正做的项目是压倒钱志国那骆驼的最后一根稻草！这事你清楚我清楚，那么，大家也都会清楚！"

陈佳脸霍地变色，钱家人马上就到，这时候说这个，他想干什么？！她道："海潮，我请你来灭火不是浇油！"气氛陡然间紧张。

小可慌得垂下眼睛，如果这二位当她面吵起来，她将非常难堪。

郑海潮看小可一眼，缓和了口气："陈佳啊，问你个事？……你们公司每年组织的那些 party、旅游得多少钱，大约？"

陈佳以最大耐心给予回答："两百万上下。"

海潮道："为什么要花这钱？……为稳定员工增强企业凝聚力。现在死人了，大家嘴上不说心里都会想，他是累死的；都会看，下步公司怎么办。如果这时你只顾一味推卸责任保全自己，结果是什么呢？"小可抬眼偷看陈佳，陈佳正看着郑海潮神情专注地听。郑海潮说："结果是，兔死狐悲——兔死狐悲物伤其类人心大散！"

陈佳好一会儿没吭气。海潮说得全对全在点上，她都想到过，但她顾不上，眼下她只能先渡过迫在眉睫的难关再说其他，只能一关一关过。不过海潮现在既然提出，是不是有了什么相应的解决办法？不妨一听。

"那你说怎么办？"

海潮说："事情来了，与其消极逃避不如主动出击，用你的行动告诉大家，你很难过，你会负责，你非常爱惜你的员工关心他们的亲人。除了该给的那部分钱，发动大家捐款，联合钱志国工作过的三家公司一块儿，捐！你牵头！加上工亡抚恤金等等，争取给钱志国父母弄到两百万！通过这件事让大家认识到，人人都有需要帮助的时候，帮助别人就是帮助自己，你所在的企业是人性的温暖的，这才是企业文化的最高境界。"

陈佳深深点头补充:"——才是最正确的具有长远眼光的处理方法,让坏事变成了好事!"

这期间小可边听郑海潮说边想,这家伙到底是干什么的啊?等下来有机会一定得问他!

接下来的事情按照郑海潮的安排和预测,一点一点推进。当陈佳表态带头捐款五万时,钱志国表弟感动得热泪盈眶,分手时握住陈佳的手道:"陈总,我代表我表哥和他的父母,谢谢您了!"

离开酒店时外面下着大雨。小可和海潮打车来的,海潮车限号,陈佳提出乘她车走。海潮想了想:"算了,时间不早了,三个人三个方向,雨这么大路不好走你别绕了,早点回家早点休息,你昨晚等于一夜没睡!"对小可道:"我们打车?我送你。"

陈佳一时找不到反对的理由。按她的想法,先送邓小可,然后,送海潮。如果可能,上他家坐坐、聊聊。从他们分手,他们就没有好好聊过,今天是一个机会。她说:"雨太大了,车恐怕不好打——"

话未说完,一辆送客人的出租车驶来,在酒店门口停住,客人下去,海潮招呼小可上车,陈佳目送出租车载着他们离去,目光沉郁。

一俟离开陈佳,小可立刻恢复了以往在郑海潮面前的轻松活泼。

"这事就算解决了?"她问。

"你不是都看到了?"他反问。

"你到底是干什么的?"小可再问。

他笑:"还能是干什么的?打工的,也在投行,没跟你说过?"

小可手一摆:"少拿这个糊弄我!打工的和打工的能一样吗?我是打工的,陈佳也是,我俩的差距呢?天和地!"

他又笑:"自视不高啊你!"

小可道:"别打岔!说,你到底是干什么的?"

他不笑了,凝神看着小可,问:"你希望我是干什么的?"

小可无端有些心慌,避开那双眼睛,嘟哝:"我希望?我干吗要希望?"

他温和一笑："好，换个说法，你认为我是干什么的？"

小可说："不管你是干什么的，比陈佳位置高！"

他问："为什么？"

小可说："你要不比她高，她能想到找你帮她？她脑子里根本不会有你！"

海潮很意外。他以为小可得说看他比陈佳有办法有能力，所以他比她高云云，没想她是这个思路。

他笑道："听起来你对我老同学的人格评价不高啊！"

小可有些慌，职场忌背后说人坏话，更何况说领导坏话，更更何况的是，在还没搞清楚人物关系的情况下！正想着怎么找补，听郑海潮又说："但我不得不说，你的直觉很准，陈佳是有那么一点点，势利。不过具体到她和我，得另当别论。从前，我们好的时候，她有事时习惯了找我，后来分了，可能这习惯还没有完全改掉——"

小可嘘了口气，一摆手："别想她了！要叫我说，你比她强多了，她不过比你运气好而已。别灰心，一时的高低成败不算什么，是金子总会发光，让我们共同努力！"

海潮笑："我努力，你算了。"正色道："听我说小可，你不适合职场，不如早点找个靠谱的人，嫁了。"态度认真没一点戏谑，他真心觉得这女孩儿不适合职场。

小可异常坚决地摇头。

第五章

家里电话响了，照例由惠涓接。

"请问您是哪里？……请问您是哪位？……请问您找他有什么事儿？……他不在家，手术还没回来。"

放下电话时听到了小可的声音："妈，以后人家来电话您别问那么多！"

惠涓回头："咦！——你什么时候回来的？"

小可说："——问一大圈又告诉人不在，不礼貌！"

惠涓说："有什么不礼貌的！我总得问清楚了，回头才好告诉你爸！"

小可道："得了吧！您就是八卦！"

惠涓一摆手结束了这个话题，问："情况怎么样？"同时看小可脸，那小脸笑意盈盈，猜："谈得不错？"

小可头一点："相当好！陈佳特别高兴！"

惠涓松了口气，一下午一个晚上，她因惦着女儿这事，下午上班两次收错了款。幸而是多收被对方指了出来，如是少收他们一般不说，最终对账少收的部分得收银员自己掏腰包垫。惠涓在医院门诊收费处收银。

家中电话又响，小可离得近，电话都拿起来了，被惠涓一把抽走，但这次她没多问，马上告诉对方"他不在家"，挂了电话。

小可忍不住："妈，这次您怎么不'问清楚了'？……是男的吧？"

凭惠涓接电话的方式，百分之百可判断出电话那头是男是女。惠涓脸上现出愠怒。小可自觉不该，明摆着而且改变不了的事情，没必要非得说出来，为逞一时口舌之快刺激妈妈，何苦？

所有人，包括小可，都认为邓文宣和惠涓不般配。年轻时般配过，不然走不到一起。年轻时的邓文宣才华尚未落到实处，惠涓却处于女孩儿最好的时候。待邓文宣的才华随时间转化成事业、地位、声望以及由这种种汇成的男人魅力时，惠涓变成了一个双下巴、腰围二尺六的壮硕妇人；曾经，那腰围才只一尺六。但是，谁又可能青春永驻？及时转化成可见或可以预见的有价值的形态，才是青春的最好出路。惠涓在人见人爱花见花开时节，在众多追求者中，选择了邓文宣；如今在单位、社会上受人尊重，生活上有房有车有各种保障。

　　善嫉者说她命好，挑了个优质股，女人干得再好不如嫁得好。话里话外透着，"嫁"比"干"容易，这实在是对"嫁"的误解。一"嫁"并不能定终身，除非有一天法律规定只许结婚不许离。嫁着了，还需要努力维系，终生努力。

　　小可其实是理解妈妈的，男女即使成了夫妻也还是两个人，一个男人和一个女人。小时候她只是理论上知道这点，实际上从来没用父母之外的眼光衡量看待过父母，第一次清楚意识到父亲还是一个男人时，她都上初一了。

　　那天她放学去医院找爸爸。夕阳铺满走廊，到处明晃晃的。金光里，廊尽头，拐出个人来，身材挺拔匀称，脚步坚定轻快，带起白大褂两襟鸟儿翅膀一样翻飞……小可想：嗬，这男的好帅！定神再看，"这男的"竟是爸爸！那是她头一次用生人的眼睛看爸爸，从那次起，她仿佛张开了另一双眼睛，很多从前被认为自然而然因此视若无睹的事情，开始有了别样的意义。

　　在爸爸办公室的晚上，常会有人敲门光顾。或向爸爸咨询点业务问题，或给爸爸送来点家乡特产，或者干脆什么事没有，只为屋里亮着灯，敲门来看看爸爸是否在。来的人绝大部分是年轻女性，有医生有护士，有研究生、博士生、实习生、进修生。通常，爸爸对她们的态度是温和有礼的、可近不可亲的。但是，小可觉得，如果来者长得特别好看时，爸爸的目光就会比温和有礼多出一些热度和力度。当然，这极可能是小可的臆断，她亦多次想就此向爸爸求证，每每话到嘴边，开不了口。只将这猜测紧紧藏在心里，既不好跟爸爸说，更不能跟妈妈说。这时的她已真心懂得，父母不仅是她的父母，还是独立的男人和女人。

这情况一直持续到大三的寒假。

春节前的一个晚上，爸爸妈妈在医院参加各自科里的春节联欢晚会，下了班直接就没回来。那阵子小可热衷于减肥——这个年龄的女孩儿对自己的体重要求严格到了严苛——制订了寒假减肥计划，每天至少快走两小时。白天睡到中午方起，起来吃吃东西上上网写写博客，一下午没了，只能晚上走。没有目标为走而走太枯燥，她决定走去医院找爸爸，然后，一块儿走回来。

那是个晴朗无风的冬夜，月光清冽、干冷。小可一路快走，直走到医院身上才暖和过来，脚冻得痛到了木。到时他们刚吃完饭，小伙子们吃喝着将桌椅往边上搬，腾出中间地方唱歌跳舞，联欢地点借用了医院的一个食堂。来的人很多，除本科人员，还请了手术室全体——各外科都很注意搞好与手术室的关系。小可站门口望，一眼就发现了爸爸。他坐在靠墙处的一把椅子上，四周或坐或站，围了一圈的姑娘。脱下白大褂的她们，个个花枝招展竞相开放。数九寒天，有一位竟穿着裙子不穿靴子，露出裙子下头那双裹一层薄丝袜的腿。那腿自然是美极了，不美不值得奋不顾身地露。

小可认得她，她经常来爸爸办公室。她不光长得漂亮，据爸爸讲，业务也好，爸爸会就她咨询的业务问题，进行耐心的长时间解答。她是这个科的实习生，他是这个科的主任是教授；她有权利问，他有责任答，一切合情合理光明正大，小可却就是不爽。细想，这不爽来自于，爸爸在和她相处时显而易见的愉快。

这会儿，没穿白大褂的她越发漂亮，站爸爸侧后——年轻饱满的胸脯差一丝就触及爸爸肩头——俯身递过去本和笔，说："主任，我实习要结束了，马上要回哈尔滨了，能不能请您为我题个字？"爸爸接过本、笔，问："写什么呢？"眼睛含笑。她笑吟吟地道："我说您写？"爸爸毫不迟疑地点头，于是，她说了："——你见或者不见我，我就在那里，不悲不喜——"一字一顿说，爸爸低着头，一字一字写，小可再也无法容忍，一个大步挤了进去，叫："爸！"

爸爸吃惊抬头，小可先对周围人——包括她——笑了一笑，保持着应有的风度和礼貌，然后对爸爸说："爸，我有点事！"爸爸应声站起，把手里的本、笔往那女生手里一塞，二话不说跟着她走。这态度、这表现让极度不爽的小可，心情稍微好了一点。

走到一个没人的角落，小可开始了激烈谴责：

"——让写就写！情诗是能随便写的吗？"

爸爸笑叹："那算什么情诗！"

小可道："那还不算情诗？那是当今最流行的情诗——"开始背，"你见或者不见我，我就在那里，不悲不喜；你念或者不念我，情就在那里，不来不去；你爱或者不爱我，爱就在那里，不增不减；你跟或者不跟我，我的手就在你手里，不舍不弃！——这是不是情诗？！"

爸爸点头称是，咂摸着道："写得真不错。谁写的？"

小可说："仓央嘉措！——爸，您是真不知道还是装的？"

爸爸说："真不知道！第一次听说！藏族人？"

小可叫了起来："不是说这个！——她们对您这样您是真没感觉还是装的？"

爸爸仍笑："她们对我哪样了？"

小可说了："那个女孩儿，让你写情诗的那个，是在勾引你！"

爸爸嗔斥："什么话！人家——"

小可打断他，态度异常严肃："爸，这些话我一直想说一直没说，今天既然说了，就希望我们能够以诚相见，可以吗？"

爸爸一惊，看看她的眼睛，点了头。于是，小可轻声再问："爸，她们对您这样，您是真没感觉还是装的？"

爸爸说："——装的。"

小可问："为什么？"

爸爸说："这样最好，免得大家都无趣。"

小可说："这种事情您经常遇到，是不是？"这次爸爸没吭，默认；小可难过得要命，也急："爸，能那么干的女孩儿，没一个好东西！她们看上的不是您这个人，是您的条件！"

小可有个室友兼好友，爱上了一位教法国文学的副教授。爱到逢他课必听，尽管她是经济专业，不懂法语。那副教授生得颀长俊秀飘逸，年纪轻轻，开一辆四五十万的翼豹跑车，随便一件衬衫都是名牌，父母颇有钱。惟一缺点是，已婚。但这丝毫影响不了室友对他的爱和追求。室友理论是，爱情不讲条件，不分先后。一次深夜卧谈，谈到好处，气氛极亲密极真诚，小可问："要是他突然变成了穷光蛋，你还爱吗？"黑暗中，室友沉默了好久，说："这么看来，爱情是有条件的了？"但对"不分先后"她仍坚持。

彼时，小可对室友观点持不认同不反对态度，事不关己的超然；此时，小可对她以爱的名义巧取豪夺的理论、行为满怀厌恶。她对爸爸讲了室友的故事以示警醒，爸爸说她杞人忧天。她但愿是她杞人忧天，可惜不是。刚才，在联欢会现场，她分明感觉到，被年轻女孩儿围绕着的爸爸，愉快极了。眼睛明亮，两嘴角上扬，脸上每道细纹里都漾着笑。男人，不管什么样的、多大岁数，都会喜欢年轻好看的女孩儿，如同花开花落草木枯荣，属自然规律，对此小可十分、十二分理解，但如这男人是她的爸爸，她不接受。

那天晚上，小可独自先回的家，爸爸和妈妈后回来的。他们一块儿进门，一块儿在门厅里换鞋，小可在一边冷眼旁观，不得不承认，妈妈跟爸爸一块儿，真的不配。妈妈不仅是老了，而且是，老得什么都没有了。没身材，没容貌，没气质，没作为。妈妈显然清楚这点，有危机感，只是她的防范措施实在让人不敢恭维。爸爸对她的做法非常反感，并且似乎是，越来越反感。如果说从前爸爸晚上滞留办公室是因为家里房子小，怕相互干扰；现在家中妈妈专为他布置了一间书房，关上门自成一体，他却还会有事没事地，留在办公室不回来。

今天晚饭爸爸又没回来，说有手术。

小可和惠涓、沈画吃饭，为弥补自己适才的刻薄，小可格外详细回答了惠涓关于下午事情的询问。用了章回体，一波三折一唱三叹，把惠涓和沈画听得眼睛老大，屏息静气。小可绘声绘色说完，沈画感慨："嗬，想不到这个郑海潮有这么大能耐！"

惠涓白沈画一眼："哪么大能耐？演个戏而已！事先人家陈总都跟他交待好了！"

惠涓这么说有她的目的。她对郑海潮并无恶感，只容不得小可对他的好感。这些天来，小可有事没事地说他，说起来两眼放光刹不住车，刚才，更是把他说成了一个力挽狂澜的英雄。在她的断续描述中，惠涓已勾勒了郑海潮的大概：外地人，在京打工，没车。有车说明不了问题，没车却很能说明问题。

小可不高兴地冲惠涓嚷："不是这样的！"

惠涓毫不客气回："那是哪样的？"

小可气得不想再说，起身回自己屋，吭，摔了门。惠涓一点不气，女儿的激烈反应只能证明她的感觉准确。这事不能放任不管，找机会一定得跟她谈。

次日小可上班，实习老师给她一份日文资料让她翻。这是实习以来她第一次接到与她专长有关的业务工作，颇激动。翻完后认真校对两遍，仍不放心，发给她一个要好的同学帮着看了提了意见再作修订后，方恋恋不舍、惴惴不安地交了出去。上午下班去吃饭，在走廊遇到陈佳。

陈佳说："邓小可，你翻的资料我看了，翻得不错！"没等小可说什么紧接着又问："喜欢南实证券吗？"小可点头，陈佳也点点头，道："好好干！"

陈佳走后，小可站在原地半天动弹不得，高兴激动无以发泄，打郑海潮电话，没接，遂给他发短信：陈佳表扬我了！！！

中午，小可在公司楼下茶餐厅吃饭，一个人趴餐厅角落的小圆桌上，边吃边看手机小说，一大盘黑椒牛柳盖浇饭不知不觉吃个精光，仍兴犹未尽，招呼走过的服务员给她来一杯香蕉酸奶。等酸奶的工夫，边看小说边用勺子刮着盘底往嘴里送；看到好笑处哈哈大笑，盘子底刮得山响，旁若无人自得其乐肆无忌惮，引附近两个女孩儿对她侧目。服务员拿酸奶来，小可接过一口气喝下去半杯——心情好，胃口就好。这时，手机响了，看清来电显示她高兴得接起大叫："郑海潮！"旁边俩女孩儿对视低道："真没素质！"

海潮一上午都在开会，手机开了静音，会议结束看手机，一大串未接电话和短信，其中小可的短信让他忍俊不禁笑出声来。笑着他想，真是个孩子，叫人忍不住要疼她、帮她、爱她的傻孩子。

小可短信内容他并不意外。他知道从此后陈佳会对小可好，陈佳是聪明人。他拨了小可电话。

"哎，你为什么事挨表扬了？"不等小可说他紧接着又说："我刚散会还没吃饭，你要也没吃的话，咱们一起，吃着说？"

小可赶紧放下喝了一半的酸奶，起身向外走，边道："没吃没吃正想吃呢！咱们哪儿见？"到门口被服务员截住，让她付账。小可面红耳赤掏钱，尴尬中全没留意响彻整个餐厅的广播声："中午特价十一点到十四点，牛肉饭加饮料十五元……"

见面地点在一家鲁菜馆，郑海潮先到，点好菜，坐那里望着门口，等。

小可到了，站门口小鹿似的东张西望探头探脑，看到他的瞬间，原本带点不安的小脸花儿一般开了，海潮不由一阵陶醉。

电话里，一路上，觉得有那么多事要跟郑海潮说，没想真的面对面坐下，三言两语就没的说了。为避免没话说的尴尬，小可只好不停地吃东西。

海潮看着她笑："哎，你这么能吃，怎么不胖呢？"

小可不满："我哪么能吃了？"

海潮道："刚刚吃了一顿——"

小可脸腾地热了："没有啊……噢，你在电话里听到有人让我结账以为我在吃饭其实我在超市——"

海潮笑眯眯道:"超市里广播'中午特价十一点到十四点,牛肉饭加饮料十五元'?"小可大窘,海潮毫无怜惜:"如果我没猜错的话—— 一般来说我不会错——你不惜连着吃两顿饭,冒着发胖的危险也要来,是想见我。说明什么?至少不讨厌我,你不讨厌我吧?"小可哑了一样看他,他对她笑:"很可能,喜欢我。既然这样,当我女朋友算了,以后我们就能光明正大地在一起吃吃喝喝了。"

小可瞪大眼睛不说话,她拿不准他是真是假,听口气完全像开玩笑。幸好这时他来了个电话,接完电话匆匆走了,走前说晚些时候给她电话。

晚上回家,小可对沈画说了这事:"郑海潮让我当他女朋友,不过我没答应。"

"但也没拒绝——你想答应吗?"

"他人挺好的——"

"人肯定挺好的,你爸都说他好。但是,这事光人好不行。"

"也谈得来。他见识多能力强人脉广,很值得一交。就算不做男女朋友,做朋友也——"

"打住打住!——男女永远不可能成朋友,尤其当他明确提出要你当他女朋友之后!"

小可不说话了,沈画说:"他经济情况怎么样?"

"还没问。"

"感觉呢?"

"不会太好。"

"根据什么?"

"他看着各方面条件那么好,陈佳为什么要跟他分?"

沈画点着头:"——因为经济上不行!"

小可补充:"陈佳那人很实际的。"

沈画说:"实际就对了!向陈佳学习,拒了他!"

小可手机响,是郑海潮,她硬起头皮接——还没想好怎么回答他,不料郑海潮根本没让她回答,上来就说:"小可,有个聚会,明天晚上,可以带夫人，或者，女朋友，咱俩去啊？"

小可吓一大跳："我没答应当你女朋友！"

他在那头笑："假装当一次嘛！……我去接你！……救个急！……要不人家都成双成对就我一个大龄单身男，多可怜啊！"

小可哈哈大笑，就算答应了下来。

惠涓不许她去。

起初惠涓态度很好："小可，不管什么聚会，也不能随便什么人约你你就跟着走，是吧？"

小可说："郑海潮又不是随便什么人！"

惠涓说："那他是什么人呢？……干什么的？不知道；家住哪里，不知道；经济状况，还是不知道！你倒给我说说，关于他你知道些什么？"

小可底气不足地说："我感觉——"

惠涓断然道："最不靠谱的就是'感觉'！感觉是什么？是主观愿望加上主观想象的一堆混合物！所以，小可，在这件事上靠谱的做法是，先把那些非感觉性的东西搞清楚了，再谈感觉！"指示小可，"给他电话，说不去了！……什么聚会啊，晚上九点才开始，完了还不得早晨了？"

沈画也劝："小可，要不算了吧，时间太晚，你一个人出去小姨不放心——"

小可说："我不是一个人！"

惠涓道："你要是一个人倒好了！深更半夜，一男一女，能有什么好？这种事到头来吃亏的总是女孩子，我在医院里我见得多了！那些来流产的女孩儿，好的，有男的陪着；不好的，自己；更糟的，大出血宫内感染一辈子别想怀孩子！"

小可叫："郑海潮不是那种人！"

惠涓毫不含糊："根据呢？——根据感觉！很多女人与其说被男人骗了，不如说被自己的感觉骗了！昨天电视还报，一个锅炉工同时把五个有文化的女人骗上了手！那人说自己是香港巨富，让在银行工作的一个女人为他从银行弄出了几千万。那人名字是假的，年龄是假的，身份是假的，总之，除了性别，全假！"

沈画在一边补充："——都说女人爱撒谎，其实，所有行当里的顶级高手都是男人，撒谎也一样！"咬牙切齿。她想起了孙景。

小可手机响了，郑海潮到楼下了来接她了，小可边接电话边向外走，惠涓噌一下蹿过去，一把拉住小可胳膊一手抽走了她手机。小可猝不及防，错愕间听到惠涓对电话说："小郑，我是小可妈妈，小可不去了，家里有点事！对不住啊！"挂了电话。

紧接着楼下响起汽车发动的引擎声，沈画被提醒，一闪身去了阳台，片刻后回来，对惠涓道："小姨，他好像有车，是辆迈腾。"补充，"如果那人是他的话。"

惠涓点点头："对一个打工的'北漂'来说，有车就不错，很不错！"

小可甩开惠涓的手，向外走。惠涓急叫："人家已经走了！"回答她的是关门的巨响，咣！

小可打车去了医院，找邓文宣。

电梯到九层，"当"地停下，门滑开，小可闷头向外走，一抬头，愣住，爸爸和那个哈尔滨的漂亮女生肩并肩站在电梯门口，尽管一年多没见，她一眼就认出了她来，她的漂亮过目不忘。

见到小可，邓文宣吃了一惊，明显一愣。是——心中有鬼吗？小可心一阵痛楚。他跟妈妈说他晚上有事要晚些时候回去，原来是这事！她冷冷地看着他们一言不发，连声"爸爸"都没叫，他们跟她打招呼她也不吭气，风度和礼貌一概没有。

漂亮女生进电梯，电梯门关。邓文宣问小可："这么晚了，你怎么来了？"

小可头朝电梯方向一歪："她怎么来了？"

邓文宣叹口气，解释："来北京出差，到科里看看。院里头有个会诊，刚完，她一直等到我回来，聊了两句。"

他说的都是实话，小可也愿意相信是：他穿着白大褂，说明他的确有工作，还说明他连送那女生下楼的意思都没有，更不要说对她有什么别的意思。但是，他没有不等于她没有！几天前，她那位坚持爱情不分先后的室友来电话说：努力初见成效，法国文学副教授正同妻子洽谈离婚事宜。

小可没头没脑道："爸，别不要妈妈！"

邓文宣斥道："胡说八道什么！"

小可仍说："妈妈是有很多缺点，但她为您付出了很多，她除了您什么都没有了——"

邓文宣生气："你这么晚跑来到底什么事？有事说事！"

小可坚持说："爸，您还爱妈妈吗？"

邓文宣脸沉下来，大步走开。小可愣了一下，追上去："爸，您生气了？"

邓文宣本不想理她，她伸手挽住了他胳膊，小臂顿时暖暖的，他不由得心软："生气！"

小可道："我没别的意思……我就是担心……我怕她们把您抢走……"

邓文宣说："小可，不管你妈有多少缺点，我不会离开她。你妈为我付出了很多是一方面，更重要的，她是你妈，我们三个是一家，我不可能让你的家破裂，懂吗？"

小可泪都快出来了，生生忍住，她为妈妈难过：爸爸的话分明是说，他已经不爱妈妈了！

邓文宣没察觉小可的情绪，再次问："你到底什么事？"

小可想了一会儿才想起她来是为什么事，本想跟爸爸好好说一说，此刻没了心情，简洁道："郑海潮让我当他女朋友。我妈不同意。"

邓文宣意外、惊诧。不是为惠涓的同不同意，不是为郑海潮的"当他女朋友"，是为女儿显而易见的倾向：她想当他的女朋友，她爱上那个年轻人了。

这时父女俩已在邓文宣办公室坐了下来，小可埋头在食品袋的小零食里翻检，邓文宣坐她对面默默看。女儿终于不可遏制地长大，长大到有了属于她的爱情。那么，以后她还会再来吗？这样坐他对面，跟他说她的事儿，高兴的事，不高兴的事，各种事。他是她的依靠是主心骨，她是他生命中的重要幸福。也许，今天是最后一件她需要他帮她拿主意的事儿了，幸福不再……

小可"咦"了一声，从袋里掏出个纸盒看："这是什么？"是椰干，邓文宣从超市新发掘出的零食。小可打开盒子取一片放嘴里，嚼着品着，对邓文宣点点头，表扬："不错！"

通常这是邓文宣最开心的时刻，这会儿只能让他伤感。镇静一下情绪他说："你妈为什么不同意，啊，那个郑海潮？"

小可往嘴里塞一把椰干："嫌他条件不好，不优秀。"

邓文宣道："你妈是关心你——"

小可不耐烦："大道理别说了！说您的意见！"

邓文宣说："你的意见呢？"

小可道："跟我妈相反！"紧接着，小可的话让邓文宣所有的伤感化作了担忧。小可说："我恰恰不希望他太优秀，我希望我们两个平等相处共同奋斗，我不想当任何人的附属品，说白点就是，我不想像我妈那样活着：把自己的人生寄托在别人身上，一天到晚提心吊胆防贼似的，活得完全没有了自我！"

邓文宣愕然，先是断然否认："不是这样的！"继而无力地辩解："小可，一个家总得有个分工，我和你妈不过是分工不同……每个人有每个人的人生，你不要受我们影响……"

小可摆手："又讲大道理！……爸，您认识郑海潮，说您的意见！"

邓文宣字斟句酌："我对那孩子印象不错。他母亲是中学教师，家庭应该也不错。我想，只要他有一份正当工作，能自食其力，能对你好，我接受。"

女儿已对他表明了态度，他不想违忤她的意愿，他希望她幸福，女儿不幸福他不会幸福。

第六章

小可打电话约海潮吃饭，电话里听着郑重其事，令海潮不安。试着问她什么事，她说见面说。下班后海潮赶往约定的江南菜馆，心里预感不祥：这会不会是他们，最后的晚餐？

　　二人相对坐下，她看他的眼神闪烁不定没着没落，直到服务员端上两碟赠送的餐前小菜，她眼睛盯牢其中的那碟酸豆角开口说了："没及时给你回话是因为，我得先征求一下我爸妈的意见。我爸说只要你有一份正当工作，能自食其力，对我好，他就接受。"打住。

　　海潮等一会儿见她没要往下说的意思，替她说："你妈不同意？"

　　小可点了头。

　　惠涓无论如何不同意，并且对邓文宣不满：年轻人不知深浅高低感情用事，你怎么也感情用事？——他就是怕得罪他闺女！邓文宣提议说叫郑海潮来家坐坐聊聊，被她一口回绝。北漂，经济情况一般，家庭情况一般，聊什么聊！

　　惠涓曾让小可明确问一下郑海潮，收入多少，有没有房。收入一般都行，但得有房。我们自己要有能力给闺女买房，你没房也行，图个闺女乐意！我们没这能力。如此，结了婚你们住哪里？但小可死活不问不说，掉过头来还指责她庸俗。也许她真的觉得不好开口问，真的认为当妈的庸俗，毕竟她还年轻。但更有可能的是，她什么都清楚，不说！怕说了他们不同意！这些天，家里为这事闹得鸡犬不宁，近几日，母女俩干脆不说话了。

邓文宣理解小可也理解惠涓，却没办法让她们相互理解。他建议小可找郑海潮谈谈，开诚布公，听听他的看法和意见。

……

海潮问小可："你妈为什么不同意？"

小可难以启齿。

海潮想了想，换了个提问角度："我可不可以这样理解，你是同意的？"

她眼睛看着酸豆角："但我爸说，得不到父母祝福的婚姻，不会幸福。"

就是说，她同意！海潮心里有了底："我跟你妈谈！"小可慌忙摇头摆手。她不想让海潮尴尬，更不想让妈妈出丑，她是真的认为妈妈庸俗。海潮问："为什么？"

小可推托："要是有个顺便机会，一块儿说说聊聊还行。这种情况下，她根本不同意，你怎么跟她谈？"

海潮对惠涓不同意的理由能猜出八九，他对小可道："那么，你跟她谈？我先跟你说说，我经济状况还好，在北京有房子……"

小可脸腾一下子红了，本能地替妈妈辩护："她不是因为这个！"

海潮好笑地想，这真是个单纯的女孩儿，只有点太过单纯。服务员送菜来了，清蒸鲈鱼。雪白的鱼肉，青翠的葱丝，是小可最爱的一道菜。海潮招呼她趁热吃，她拿筷子夹起根葱丝放嘴里嚼，实在没胃口。海潮手机来短信了，陈佳的，短信内容：明天饭局我还是建议你去。

陈佳安排了个饭局，主宾邓文宣，请海潮作陪，被海潮拒绝了。陈佳请邓文宣的理由是，感谢他对南实证券的帮助，虽说钱志国最终没能救活，但那次如是别的医生主刀，所有人，包括钱家人都会想，钱志国的死会不会因为医生水平不行？邓文宣主刀便打消了可能的遗憾和给公司带来的麻烦。吃饭时间定在25号中午，是一个周六。邀请任务交待给了小可，并让叫上她妈妈一块儿，"省得做饭了。"

一切落停，陈佳把这事告诉了海潮，请他也来。给邓家的理由是，钱志国的事海潮也参与了，她请他来算是一并感谢。真正的理由是，她想为海潮提供一个与邓文宣进一步交往，建立长久关系的机会，这样，如海潮母亲再有需要，会方便多了。她对海潮说："他们全家都来，在这种家庭氛围里，交往起来更自然放松。我不是不可以替你转达你的愿望，但不如你自己去效果好。你到场，什么都不必说，她父亲只要目睹了你我的关系，自然就能明白这里头的轻重利害。"

说得都头头是道全部在理听不出一点破绽，海潮仍拒绝了，他对陈佳有一种本能的防范，眼下，尤其不想让她掺和他和邓家的事，接着她的话他道："你这就有点逼人就范的意思了——对我尊重的人，我不想这样做。但是，谢谢你！"口气温和，态度坚决，令陈佳大为失望。

海潮看了短信，把这事跟小可说了。小可道："你要没事，去呗。你们是同学，有话说。你和我爸也认识。要不光我和我爸妈跟她，没话找话，一顿饭吃下来，累也累死了！"是心里话，但只说了一部分，没说出的部分是，妈妈如果看到海潮跟陈佳那么熟，对他是个加分的事。

海潮点点头："也好。"拿手机回复陈佳"好的"，点了发送，抬头对小可："这能算是个'顺便机会'吧？"

小可吓一大跳："陈佳在！"

海潮道："有什么不好吗？"

小可想不出什么不好，可就是忐忑："万一，我妈当陈佳面让你下不来台……"

海潮笑笑："你妈不会的。小可，有些情况我一直没跟你说——主要是你也没问——我经济状况真的还好，真的有房。你妈若不放心，我可以带她去看房，看房产证，看身份证——"住了嘴，小可脸已羞得像块大红布，海潮轻叹一声："小可，你妈没错。"又道："我不会贸然行动。我别的能力你不了解，随机应变的能力你见到了的。放心，明天你什么都别管，一切交给我！"

这话算说到了小可心坎上，他让她什么都别管，她真就可以不管，他的能力没的说，陈佳都比不了！来时很沉重的心情一下子轻松，心情一轻松就觉出来饿了。用筷子夹起块蒜瓣似的鱼肉，先择掉刺，再放进葱油酱汤里蘸，正反面都蘸足了，送进嘴里……

海潮着迷地看着她吃。看小可吃东西是享受，慢慢嚼，细细品，不急不慌，一口馒头也能让她吃出来好滋味。爱吃，吃得多，吃不胖。这种女孩子来到世间，为享受生活而来，他的责任是，不让她吃苦。

吃完饭，他们在外面走了很久，小可吃撑了。海潮陪她走，一直走到她家楼下，目送她进楼。

小可到家时惠涓还没睡，在等她。她刚进门迎头就是一句："去哪儿了?!"本来见妈妈没睡还挺高兴，想正好可以跟她把今晚上的事说说，顺便向她道歉——爸爸说话，她毕竟是为自己好。但看她这副样子，一下子就烦了。在玄关换鞋，对墙壁说话："跟郑海潮吃饭了。"惠涓登时火冒三丈——不是为她跟郑海潮吃饭，她猜着她就跟他一起，所以才不放心，才等她到这时，她火，是为她态度里的挑衅！她道："不是说不让你跟他吗?!"小可换好鞋向卫生间走，走着，轻飘飘道："您让我问他的情况，我不跟他问跟谁问? 哎，我给您问了啊，他经济状况还好，在北京有房……"惠涓冷笑："还好——有多好? 有房——多大的房? "小可气结，一步跨进卫生间，回手关了门。

自此，到次日出门，到陈佳的请客地点，母女二人再没说过一句话。

陈佳将请客地点选在了"国贸79"，包间消费水平最低一万。请邓文宣这种人吃饭，价格比菜品重要，没有高价格就没有尊重和诚意。

陈佳第一个到，邓文宣家三口和海潮前后脚到。海潮到时，陈佳和小可起身迎接他，邓文宣欠身点头招呼他，惟惠涓不动，只在鼻子里哼了一声，眼睛都没抬，以冷淡警告：别想趁这机会，跟小可套近乎。

上午，陈佳就安排郑海潮来一并表示感谢一事打电话征求了他们意见，惠涓没反对。心里是不高兴的，理由简单，不想让女儿再和这个人接触。感情是接触出来的，断感情先得断接触。但既然陈佳提出来了，她不好太过挑礼，闺女在人家手底下呢。

人到齐了，作为东道主，陈佳说开场白。感谢邓主任，感谢老同学郑海潮，出人意料的是，还感谢了小可，关于小可这段她这么说："事情刚发生时我的思路非常狭隘，貌似为公司利益着想，实则肤浅短视自欺欺人。真按这个思路处理了，我们良心不安不说，还会失去一个增强团队凝聚力的良机，小可，感谢你当时的坚持！"

小可慌得摇头摆手脸通红，一句话说不出。惠涓恨铁不成钢，扭过头去不看她。瞧她这副没见过世面上不得台面小家子气的样儿，跟人家陈总的得体、大气、人情练达没法比！心里恨，面上还得替她补台，要不怎么说儿女是父母前世的冤家！

惠涓看着陈佳热情洋溢道："哪里！小可太年轻太幼稚，没还出学校门没社会经验，得靠陈总多教多带，得好好向陈总学习！小可回家一直跟我们说，陈总水平高、能力强……"一气说了近十分钟。这十分钟里，需要时，她会朝邓文宣或小可看一眼、点下头，其余时间一直看陈佳，对坐陈佳身边的郑海潮视若无睹，余光都没过去过。

小可气愤不已，邓文宣过意不去。

惠涓总算说完，邓文宣马上跟郑海潮说话："小郑啊，你母亲回去后，身体情况怎么样？"

海潮忙道："很好！非常好！……啊，已经给学生上课了，还带毕业班呢！每次电话都让我向您表示感谢——"

这时，陈佳笑吟吟插道："这个我可以作证！海潮一直跟我说，非常感谢邓主任救了他母亲，想找个机会跟邓主任坐坐，他希望能跟邓主任建立一个长久联系。"

海潮万万没有想到，惊愕之余本能地去看小可，二人目光刚一对上，小可眼睛迅速避开，垂下，海潮心沉沉下坠。

陈佳仍在说，以开玩笑的方式："海潮可是我们同学里的著名孝子，为他妈你让他干什么吧，什么割股疗亲、卧冰求鲤——"手一摆，"统统不在话下！同学们都说他生错了年代，他要是生在宋代，皇上准得给他立座孝义坊，朝廷里给他弄个官当当……"边说边观察听众反应，目光锐利。

——郑海潮看邓小可，邓小可看桌布，脸紧绷，嘴巴紧闭；郑海潮明显急了，目光里露出焦虑还有恳求，奈何邓小可就是不抬头！……陈佳心里一阵悲凉：他说他帮邓小可是因为她父亲救了他母亲，她不相信；而今看来，果真是幌子是谎话！作为多年的同学、恋人，她太了解郑海潮了，如果不是因为爱情，像他这样日理万机惜时如金的人，怎可能为别人的事如此热心全力以赴！这个邓小可到底有什么好，值得他这样爱？

海潮在陈佳的夸赞声中无言以对，如坐针毡。别说她说的是事实，就算不是事实是谎话，这谎话合情合理合乎逻辑到你不承认都没有用。只能任她说，徒然在心里叹：他再次低估了她的决心和能力。当初他全力帮南实证券应对危机，清楚地知道会引起陈佳怀疑，他有准备；那时他没承认自己的感情只因为还没跟小可说没得到认可，现在他们彼此相爱他认为是时候公开了。他之所以最终决定来，除对小可说的那个理由，更想顺便自然地让陈佳知道这事让她死心。自以为事情会按自己的设想一一实现——他再一次犯了自大的错误！……手机在桌上振动，他看也不看地一把抓起说声"对不起"，拿着手机出去了。

他的离去正中惠涓下怀，他刚出门，她就迫不及待对邓文宣说："老邓，你说，郑海潮和陈总，一个学校出来，差距怎么就这么大呢！真应了那句老话了，人比人得死，货比货得扔！"说这话是一箭双雕，恭维了陈佳，打击了郑海潮。打击郑海潮的目的是打击女儿。

陈佳愕然，脸色非常难看。片刻后强笑着道："阿姨说话真直啊！不过呢，其实呢，我和郑海潮差距算小的了，我们班同学，大多数收入不及他的十分之一！"

惠涓一时没听明白："什么什么？你的意思是，他比你高？"

陈佳不无奇怪："当然了！"

惠涓结结巴巴问："他，郑海潮，是干什么的？"

陈佳更奇怪了："小可不知道吗？"看小可，小可仍垂着眼睛看桌布，眼睑将"心灵的窗户"完全遮蔽，什么都看不到。

惠涓替小可答："他说他是打工的。"

陈佳顿时明白，心里冷笑，嘴上哈哈大笑，笑着道："是郑海潮的风格！……他呀，就怕别人看上的不是他，是他的钱，这也算是有钱男人的通病，可以理解。”

惠涓听出了点意思，追问："那他到底是干什么的？"

陈佳一笑："他是打工的，"重音放在"是"上，"我也是，保安保洁保姆都是，但，能一样吗？虽说都在投行，郑海潮所在的中威和我们南实比，就好比——好比都是医院，拿邓主任你们医院和一家私人小诊所比！中威随便一个小组每年经手的交易额，比我们整个公司都多，郑海潮就是在这样的一家大公司里，位居投资总监！"

惠涓转对小可问："这些情况你一点不知道？"

小可不响，不动。

陈佳为海潮辩解："海潮的做法可以理解。他这样条件的钻石单身男，得多少女孩儿盯着啊，他不得不多加小心。"

惠涓想起件事来："他平常开什么车？"

陈佳说："宝马M3。"

惠涓对小可说："哎，那天他去咱家接你，开了辆迈腾——"

陈佳心里沉了一沉：他去她家接她——他们已走得这么近了？当下顾不上多想，镇定道："他没有迈腾，估计是借的。"

惠涓直着问了："他有多有钱？"

陈佳说："具体我也说不好。两年前年薪就过了百万，现在肯定更高，他业绩好，我们这行个人收入看业绩。"

惠涓道："那……二百万？"

陈佳思考、计算了一下，道："不止。"

海潮接完电话回来。接电话的工夫他想好了，事已至此惟有真诚。现在他要做的，是对小可父母更是对小可，表达出他的真诚！但推门进去未及开口，惠涓的热情扑面而来："小郑，来来来！坐坐坐！"

小可在椅子上扭动了几下，只恨没办法就地消失，妈妈的态度让她难堪害臊，浑身燥热。

惠涓的态度大转弯让海潮猝不及防，怔住，想好的话一句说不出来。

冷场片刻，晃晃手机找了句话说："公司有急事我处理了一下。"

惠涓一摆手："没关系没关系！能人为什么能？以工作为重！小郑啊，今天你来我很高兴，我正想找机会跟你谈谈你们的事。小可跟我们说，你希望她做你的女朋友——"

小可再也坐不住，抓起包说声："我去洗手间！"低头快步出去，海潮起身追出话都没说，包间门关。

尽管在意料之中，当事情确凿无疑摆到面前时，陈佳仍受到了强烈冲击，两眼直直看着闭合的门扇，呆坐无语。

惠涓笑眯眯替海潮向陈佳解释："这孩子，说也不说一声就走！——他看小可不高兴了，沉不住气了！"心情很好地抄起筷子边吃边叹："一年二百万，还不止，才二十七岁！……老邓你说，小可是怎么回事？我知道我这闺女傻，没想到会这么傻！这么大馅饼砸头上了，愣一点感觉没有！这是结果好，要是错过了呢？哭都没地儿哭去！真应了那句老话了，傻人有傻福！"夹一大筷子菜塞嘴里，"这鸡毛菜嫩！"

陈佳听到惠涓在说话，没听到说的是什么，注意力全部集中在了屋外那两个人的身上，他们此刻在干什么？

海潮在酒店门外追上了小可。

"你去哪儿？"

"回家。"

"我开车送你！"

小可停住挣扎："用什么车送？"海潮不明白，小可道："迈腾还是宝马M3？"

海潮愣住，小可说："上回你借辆迈腾来接我，生怕我看到宝马而看上了你，郑海潮，为试一试我是爱你还是爱你的钱，你真的是煞费苦心啊！"

海潮顾不上问，先解释："那天迈腾确实是借的，那天我的车限号，不信你可以查——"

小可说："不必查！就算你的车限号，你在我面前一直没说你的真实身份情况，是事实吧？"

海潮说："小可，这事我有错，你能不能容我辩解几句？记得我跟你说过陈佳追我的事——"

小可冷笑："我相信她现在还在追你！我还相信，不只是她追你，很多人追你！你被人追得都追怕了，怕死了！"

海潮急躁地说："听我说完！——我和陈佳从高中到大学好了四年，特别好，我爸去世后不久，分了，她跟我分，她爱上系里的一个'富二代'了，那时我才明白，她爱的不是我，是我爸副市长的权力。"

小可说："她现在为什么又掉过头来找你？"

海潮说："'富二代'的爸爸破产了，我呢？成了。"

小可点头："于是你就'一朝被蛇咬'了！认为所有女生都是陈佳了！"海潮欲解释，她摆手让他打住，接着道："郑海潮，我拿自己跟陈佳作了比较，真心认为我哪里都不如她。她你都看不上，你怎么可能看得上我！"

海潮叫："陈佳怎么能跟你比！你单纯正直善良——"

小可咬着牙道："仅仅是单纯正直善良吗？——我还有一个能给你妈治病的专家爸爸！"用力甩开海潮的手，扬长而去。

这次海潮没有再追，满腔怒火让他无法冷静，不假思索地，他拨了陈佳的电话，陈佳接了电话很快出来。走前跟邓文宣夫妇说公司有事她得去处理，不回来了，账她已经付了，让他们慢慢用。

见到陈佳，海潮一句废话没有："你为什么要这样做？"

陈佳恳切道："听我说海潮！——以我对邓小可的了解，还有对你的了解，她不适合你。她这种女孩儿会什么都听你的，单纯、听话、小鸟依人，让你感到自己很强大很男人，但到后来，你肯定得腻……"

海潮打断她："你觉得，破坏了我跟她，就能跟你吗？"

陈佳非常难过："海潮，我一向认为你是个宽宏大量的人——"

海潮沉声道："很多事可以宽宏大量，这件事，不能。"

陈佳按照自己的理解——她认为海潮不能原谅的是她和那个"富二

代"发生过实质性关系——叫起来："可我的第一次不是他！是你！我给了你！"

海潮道："那也是我的第一次。"

他们的"第一次"发生在高考冲刺时，海潮家，海潮父母外出不在。事情结束后，十九岁的少男少女赤裸相对相拥发誓：不论对方考到哪里，他们此生此世永不分离。想到那个美丽的夜，她的初夜，陈佳热泪盈眶："——你是男的！"

海潮说："男女都一样。"又说："陈佳，今天这事你做得可不漂亮，损人不利己，智商有问题。本来我只感觉你品质有问题——"

陈佳泪水夺眶而出："我品质有问题?! ——不错，我是在你父亲去世时跟你提出的分手，但那只是时间上的巧合，那之前我们就经常吵架，你忘了？海潮，你对我有误会！"

海潮说："今天的事证明，我对你不仅没有误会，相反，估价过高！陈佳，今天之前，我觉得你我还可以保持最低限度的联系，同学、熟人，诸如此类，今天之后，不了！"说罢转身走了。

陈佳看着远去的海潮失魂落魄。今天的事情按照她的计划一步一步实现，结果，证明的只是她的失败……

惠涓和邓文宣吃完饭到家，沈画迎了出来。惠涓看一眼女儿关着的房门，有点意外，问："小可在家？"

沈画点头："早回来了！进门就把自己关屋里，问也不说，怎么回事？"

惠涓情不自禁微笑："跟郑海潮闹别扭了，甭管她，一会儿就好！"语调、眉眼、嘴角，无处不是喜悦。

沈画眨巴着眼不明白，对惠涓提及郑海潮时的喜爱、喜悦不明白。

惠涓一颗母亲的心浸泡在蜜罐里，千言万语不知从哪儿说，择其要："这么说吧，郑海潮年收入二百万，不止。"

沈画惊得合不上嘴，勉强敷衍了惠涓一会儿，溜进了小可屋里。

"小可，你妈说的是真的——郑海潮？"得到肯定答复后，沈画惊叫："还真有这样的人啊！穷人装富好理解，富人装穷他图什么？"蓦然想起孙景的话，对小可道："谦虚？低调？"小可坐写字台前背对她，没表示；沈画走过去，伏在写字台上看小可的脸，那脸苍白忧郁。沈画不解："你怎么了？"

小可慢慢道："让我做他女朋友，真实情况不告诉我，为什么？怕我看上他的钱——他不信任我。"

沈画觉得她太可笑了，一摆手："嘻，都有一个从不信任到信任的过程！"

小可慢慢道："我曾经那么信任他，现在，现在，不了。"

沈画真不明白她为什么要较这真，诚心诚意劝："越是有钱人越希望得到纯洁的爱情，人缺什么就想要什么，你得理解——"小可手机响，她看一眼，按死。沈画关切道："郑海潮？"小可点头，沈画警告道："小可，适当生生气撒撒娇，可以。不能过，过犹不及！"小可自是不说话，手机又响，她看一眼，又一下按死。沈画看着她道："你是真的想跟他分还是闹闹别扭？"

小可说："他不是我要找的那个人。"

沈画说："你要是真的，我可就下手了！"小可瞠目结舌，呆看沈画，沈画神情异常严肃："把他电话给我！"一停，"就从让他帮我找工作入手。"

……

惠涓将炒好的蒿子秆起锅前撒上蒜末，盛出，端着向餐厅走，一眼看到沈画还坐她房间里上网，不满："画，收拾饭！"

沈画慢吞吞起来，把手机铃声调到最大，向厨房去。她刚给郑海潮发了个短信，正等回复。之前她给郑海潮短信、电话联系过几次，他只同意帮忙留意。她几次约他见面谈，他都推说没有时间。而只要他不见她，她就没戏。来北京后工作工作不顺，感情感情空白，时间毫不留情一天天过去，由不得她不心慌。

惠涓把菜放餐桌上回厨房，小可屋手机响，人不在。她过去替她看了看，显示是"郑海潮"，赶紧帮忙接起："小郑——海潮，我是小可妈妈，小可在卫生间你等着啊！"举着电话向外走，刚好小可进屋，一声不响接去电话，一声不响按死。惠涓瞪她一眼，忍住没说。这些天为这事她一直在说，说得两个人都烦了。

沈画两手端汤碗从厨房出来，小心翼翼往餐桌走，这时她屋里手机响起，响彻全家。沈画闻声急跑，两步到餐桌跟前把汤碗往上一蹾，扭头去接电话，汤水哩啦了一地一桌子，进屋后还把门关上了！

这令惠涓起疑。她在等电话，等谁的电话？如是招聘电话根本用不着躲着藏着还关门！打从沈画来家那天起，惠涓对这个漂亮的外甥女就没放心过！她不由自主往沈画屋走，到门口站住，听，不听犹可，一听大吃一惊，她听到沈画在说："是这样的郑海潮……"

——郑海潮的电话！郑海潮给她打电话干什么！

惠涓来到小可屋，跟小可把这事说了。小可强作镇定道："噢，沈画想让郑海潮帮她找工作……电话是我给她的。"

惠涓放下心来，边向外走边道："郑海潮这样的，打着灯笼没地儿找！你给我适可而止！别到时候弄假成真，你哭都没地儿哭去！"

小可坐桌前没动，心里头翻江倒海：看来沈画真的下手了，他们已经联系上了。到什么程度了？见面了没有？郑海潮觉得她怎么样？觉得她漂亮是肯定的……房门被推开，有人进来，是沈画。

小可看她，不吭，不问，静待她说。

沈画说："陪我去见郑海潮！"

小可没想到："为什么？"

沈画说："刚才他打我电话，让我找你接电话。我跟他说，她刚才不接你电话现在也不会接，但我可以想办法让她去见你。"小可看她，她说："我这么说的：'我跟小可说，请你帮我看看简历，提提建议。让她陪我一块儿去。'"不待小可说紧接着恳求："小可，我需要一个接触他让他了解我的过程，帮帮忙！"

小可思想斗争数秒钟后，作出决定："什么时间？"

沈画精神一振："我马上约他！"

见面地点在"上岛咖啡"。没见到海潮前，沈画只是从理论上认可了他，见到人后，从心里头认定了他。海潮看到她时眼睛明显一亮，虽只短短一秒，逃不过她的眼睛。她太熟悉这目光了，迄今为止，没有哪个男性见到她会无动于衷，别管老少穷富，她想方设法让他见到她，就为这个。当下放下心来，郑重地、一本正经地打开她带来的iPad，调出她的简历。

海潮专心看简历，看了会儿，摇着头说："你这简历做的，没有个性。"

沈画起身走到对面，在他身边坐下，凑过头看："这还没个性？"

她凑得太近了，头发几乎碰到了海潮的头发！小可坐对面看他们，恍然觉得这一幕似曾相识，细想，想起来了：那个干冷的冬夜，那个露着美腿的女孩儿，从爸爸侧后俯过身去，胸几乎碰到了爸爸肩头……区别只在，爸爸她可以说，郑海潮她不能说，她不要要来的爱，要也要不来！——硬起心肠一动不动静坐，冷眼看对面那两人耳鬓厮磨。

他对沈画耐心极了："你这不叫个性，叫花哨！简历不能设计得太另类，能说明情况就好。用人单位对大学生一般都有一个'形象预设'，大部分单位还是喜欢朴实一点。"沈画张着双漂亮的大眼睛认真听，眼神单纯，满是求知的渴望，他看着那眼睛问她："你给所有公司发去简历都是这份？……这不可以。发简历，一定要为你投简历的公司写出你对那个公司，对行业，对岗位的理解，最忌讳给所有公司投同样的一份简历。就说喜尔登，我们只知道它是个酒店，酒店和酒店还不一样——"

提完了意见提建议，甚至当场动手为沈画作修改，一切结束，开车送她们回家，热情周到，整个过程中，跟小可没特别说什么话。车在邓家楼下停住时，他对沈画说："沈画，你先回家，我跟小可说几句话？"

沈画怔了怔，快快下车；小可坐原处没动，等待。

海潮说："小可，谢谢你肯出来见我。"

小可昂然道："沈画想见你，我来是为陪她。"停停，"她看上你了！"

海潮万没想到，怔了好一会儿，怒冲冲道："那你为什么陪她来——怂恿她来?！"

小可自觉有一点理亏："我没怂恿……"

海潮粗暴地打断了她："这就是怂恿！邓小可，你拒绝我没关系，但你这已经涉嫌侮辱！侮辱了我不算，还侮辱了沈画！你有权跟我分手，但无权为表达你分手的决心就让别人来送死！这不道德！也太龌龊！"

小可道："嗬！不道德，太龌龊，还侮辱了沈画！想不想知道事实？事实是，沈画对我充满感激！"

"为什么感激？"

"因为她约你你不来！"

"为什么你约我我就来？"小可语塞，海潮道："你明知道我的感情，你在利用她试探我！……小可，你这位表姐的确漂亮，你就不怕我真的看上她？"

小可冷笑着说了句她从书上看到的话："是我的抢不走，不是我的留不住。"

"你不信任我！"

"我是不信任你。"

"怎么才能让你信任我？"

小可摇头，开门，下车，向楼里走。海潮直目送那纤弱的身影消失在楼门里，方长叹一声，离去。

第七章

周一惠涓轮休，在电脑上看江苏台的相亲节目《非诚勿扰》，她是这节目的忠实拥趸。开始一直跟电视看的，后来实在受不了节目中冗长的强奸式广告，改看电脑。电脑效果终究不如电视，惠涓因之痛恨节目广告商"步步高"，什么豆浆机、音乐手机，不仅自己绝对不买，逮机会还要跟别人说它不好；她倒不想想，《非诚勿扰》做节目的费用是人家"步步高"给付的。随着熟悉的音乐声，二十四位女嘉宾入场，惠涓高叫："画！你来一下！"

沈画在自己房间挑选晚上喜尔登商务晚宴穿的衣服。喜尔登是家五星酒店，沈画按海潮建议发去了简历很快接到面试通知，面试基本成功，只晚上有个商务晚宴须参加一下，如表现合格，即可录用。

沈画来到惠涓屋，惠涓指着《非诚勿扰》女嘉宾里的一位让她看："魏山山！"

魏山山就是邓文宣在北京工作的那个外甥女，研究生毕业，实验小学数学老师。瘦高、平胸、短发，乍看上去，像一个模样清秀的男孩子。惠涓对沈画说："你也报个名去？……试试！没损失！来回路费住宿吃饭，都给报！……等于做免费广告，人魏山山现在出门，都得戴墨镜！"

沈画现在成了惠涓的个心事。来京三个多月了，没头苍蝇似的到处找工作，高不成低不就。没工作就得住家里，多一个人多一摊事，这人又是个横草不拿竖草不动的主儿；说还说不得，不是自己家闺女。短时期内，行；长期下去，肯定得起矛盾，老话说了，留客三天是恩三月是仇。自己不能出了钱受了累，到头来落得个里外不是人。沈画学历差点长得漂亮，让惠涓说，她这样的抓紧找个好人嫁了才是正经。

沈画看节目里的魏山山。山山共参加了六期，播了三期后，还真拜节目所赐交到了男友：那人去她学校认出了她，主动搭讪，一来二去，交往上了。

那人叫刘旭刚，园林公司的工人，长得极帅。见他前沈画有所耳闻，见到时仍感惊艳：高个儿、宽肩细腰、小麦色皮肤，笑起来一口牙白得晃眼。沈画对山山说："以貌取人啊你！"心说，男的光长得好有什么用。私下跟小可说，他们长不了。

恋爱过程听着是动人的。

——山山班上的学生磕破了头，恰逢刘旭刚在学校干活儿——他们公司承包了实验小学的绿化业务——二话不说开车带山山和受伤的学生去医院，缝针、包扎、打破伤风针……全程奉陪，用去了整一个下午，回学校接着干活儿一直到晚上八九点。为表感谢，山山择日请他吃饭，最初担心没话，不想几分钟过去，两人就你争我抢地聊开了。他们有着很多共同话题，都热爱大自然、摄影、篮球、街舞、旅行……聊到"嗨"处，旭刚说："带你去个地方？"就要走，山山说："吃完了再去？"点的菜都没怎么吃呢，旭刚看看外面的天："来不及了！"

他带她去了一个她从未见过的奇妙地方：一座建于屋顶的花园，各种鲜花绿植蓬蓬勃勃，在夕阳的金辉下七彩流溢。由于刘旭刚指导，山山认识了很多她见过而分辨不出的植物，知道了什么季节种什么植物，懂得了什么植物对空气有着什么样的净化作用，切实感受到了园林绿化是一门艺术……花园下面是栋老房子，很快要拆，旭刚希望不久的将来，"北京能像上海广州那样，把屋顶绿化纳入正轨，这应该是城市建设的重要部分"！说这话时他目光满含憧憬。人家这才真叫热爱大自然，比起这热爱来，山山的"热爱"更像一种标签式的附庸风雅。

——半夜下大雨，山山租住的半地下室漏水，她醒时地上积水已没过了脚踝，水上漂着鞋、盆、纸、盒……她坐床上发呆，心里是老虎吃天无处下口的茫然，然后拨了刘旭刚电话。上次分手时他说："你一个人在北京，有事招呼！"半小时后他开车赶来，到后把在水里捞东西的山山轰到床上，观察片刻，先着手堵漏水的小窗，后打捞，再淘水，为了够出漂到床底下她的教案，全身泡进水里……这过程山山几次要下床帮忙，均被他粗暴吼住——那一刻山山说不出有多么喜爱这粗暴：来自异性，带着不由分说的强有力的呵护……

——有一天下班，他在校门口等她，说要带她去个地方，去哪儿没说。他不说她不问，上车跟着就走。他不说是喜欢看她惊喜，她不问是喜欢让他喜欢。一路上心里头作了无数猜测，他想带她去哪儿给她什么样的惊喜？本以为有了"惊喜"的准备不会再惊喜了，殊不知，当他把她带到那地方时，她不仅又惊又喜同时感动异常：他为她选了一处新的住房！价格合适，环境安全，离学校不太远，交通方便……天知道他看了多少房后才选到了这里，作为租过房的人，山山深知想租到合适的房子得有多难！她租的半地下室不宜再住，随着夏季到来雨水还要多，一直想抽空找房，他却一声不响地替她做了。搬家前他帮她刷了房，搬家时叫了两个手下来帮忙，一切归置好，拿来盆鸟巢蕨摆小屋窗台上。一盆绿植如同画龙点睛的那个"睛"，使小屋充满了生气。

那天旭刚走时，山山依依不舍，却找不到再留他的理由，只得送他下楼，一路不住嘴跟他说话。出楼门了，到他车跟前了，他开车门了，她仍说，搜肠刮肚说。说了些什么自己都不知道，仍坚持说，只为能跟他多待一会儿。他站车门前听她说，凝视她，静静地、温和地、若有所思地。突然，她脸红了，闭了嘴，把脸扭向一边。这时她听他说："山山，"——之前他一直称她魏老师——"带你去我家，认识一下我爸妈？"

旭刚的父母是园林场的退休职工，朴实本分。当看到儿子带回家的女孩儿是"一号女嘉宾魏山山"时，喜不自禁。旭刚妈妈也是《非诚勿扰》的忠实观众，期期不拉，周末旭刚回家会陪她一块儿看。一家人对"一号女嘉宾魏山山"印象一致不错：穿着得体，说话到位，模样清秀。仅此而已。即使有一天旭刚回家说见到了魏山山本人并且跟她说了话，二位老人包括旭刚，对她都没丝毫想法。女的研究生，男的高中生；女的教师，男的工人，这就天生注定了他俩谁也不是谁的菜。旭刚第一次见到山山时的搭讪动机非常单纯，单纯表达了一般人看到电视中人时的惊奇和开心。

一切缘于山山为表示感谢请旭刚吃饭。首先让旭刚觉得这女老师人不错，懂事、没架子；吃饭时聊，又发现二人有不少相通之处。但那时旭刚仍清醒，深知男女的恋爱、结婚，仅是人好和相通远远不够。

随着进一步接触，旭刚爱上了山山，死扛着不说。按说这事该男的先说，但具体到他们俩，不成。在不确定山山也爱他时，他宁肯让他的爱情受伤至死。只是，架不住想帮她的冲动。那天雨夜来到那个满屋是水的半地下室，看到那个孤零零站在水中的女孩儿时，他除了震惊更有疼惜。知道外地人在北京难，没想到这么难，尤其对方还是这样一个年轻单薄的姑娘。当时他就考虑到，她不能在这个半地下室再住下去，马上到雨季了。第二天，开始替她找房。看到她对自己选的房很满意，他比她还高兴，一心一意要把这事做到底做圆满，刷房、搬家、送花……尽自己所能，让这个远离父母只身在京的女孩儿生活得好一点。

把鸟巢蕨放上窗台，给她交待了养这花的注意事项，看看再没什么事了，他没有理由再待下去了，提出要走，却被她用话题岔了开来。接下来，他几次提出要走，几次被她找话题岔开。后来可能实在找不到新的话题，她同意让他走，却提出要送。走的路上，有了话题，又开始说。什么哪个孩子写作业把加法算成了乘法呀，教委领导明天要来她学校检查啊，学校的体育老师说她篮球打得不错啊……绵绵不断，密得针插不进。

他们来到车跟前，他拉开车门要上车了，她还站那里说，语速更快话更稠了。表面上，他静静地专心地听她说，事实上已然听不到她说的是什么了。心怦怦跳，耳朵嗡嗡响，全部思想凝聚到了一个点上：要不要跟她说？突然间，她住了嘴，脸红了，同时，把脸扭到了一边。于是，他不假思索说了，同样不假思索地，他叫她"山山"，他说："山山，带你去我家，认识一下我爸妈？"她一声不响点头，一声不响上车。

一切是那样自然默契、亲切温润，全没有想象中的电闪雷鸣惊心动魄，仿佛二人是前世相知的老友。

见过旭刚父母，旭刚送山山回去的路上，山山说回去就给她爸妈打电话，说。然而，这话说过一周了，没下文。她不说，他不问。二人该联系联系，能见面见面，但是，话越来越少越来越没味，为避免这磨人的尴尬局面，二人不约而同，开始减少联系、见面的次数，与这次数成反比的是，双方对对方的火气越来越大。

山山兑现了承诺，见过旭刚父母的当晚，就给爸妈打电话说这事了，爸妈不同意。之后的日子，母女二人为这事天天打电话，或者山山打去，或者山山妈打来。

山山妈说："光有爱情能过日子吗？别的不说，结了婚你们住哪儿？"刘旭刚父母只有一套一居，一居老两口住着都挤，哪里还容得下小两口，更不要说将来还得有孩子。刘旭刚现在住着的小一居是他爸单位的承租房，没产权。你可以没学历、没钱、没社会地位，但不能什么都没有，本以为北京孩子有套房子是起码的！当然当然，他父母的房等于是他的房，但是，他父母才五十多岁身体健康，拿那房说事儿完全是画饼充饥望梅止渴！

山山昂昂然道："我们租房！经济学家都说年轻人就不应该买房，年轻人买房就得靠爹妈，靠爹妈就是啃老！啃老就不对！"

山山妈在电话中毫不客气："甭跟我唱高调！啃老不对——也得有老让你们啃！……知道你这叫什么吗？吃不着葡萄说不想吃！"

山山道："我现在就租房住！就住得很好！"

山山妈说："有了孩子怎么办？别说你们要丁克啊！"

山山说："有了孩子也可以租房！而且，我们学校职工的孩子可以入本校，不用择校费不用赞助费，等于只交个书本费！"

山山妈恨铁不成钢："你孩子只上小学吗？"

山山说："上了好小学就能上好中学，上了好中学就能上好大学！当然我们收入不高，可花销也不大啊，我对衣服啊化妆品啊没兴趣，他不抽烟不喝酒，将来我争取出去讲讲课，他呢，多揽点业务，这样我们还能攒下钱！可以去旅行！国内，云南、西藏、敦煌；国外，古巴、南非、埃及，背着相机，走哪儿拍哪儿！"

山山妈语重心长："山山，听妈一句话，你说的那些事都好，但都是谈恋爱时候做的事，真要结婚，决定在一起过一辈子，你跟他，轻率了！"

山山油盐不进："就是轻率，又怎么样？年轻时不轻率什么时候轻率？我可不想才二十多岁就像个四五十岁的人那样活着：一分一厘地计较着、盘算着，吃喝拉撒柴米油盐哪样想不到都不行。为了利益放弃感情，为了还不知道什么样的将来放弃现在！现在我爱他，想跟他在一起！将来怎么样我不知道，但我知道我现在感觉很好，我生命中拥有过这样一段美好，值了！"

山山妈使出父母的杀手锏："不管怎么说，我们不同意你和他！"

山山使出女儿的杀手锏："可以不和他！这辈子我单身！"

……

一周多了，上述对话在母女间车轱辘般滚来滚去没任何进展，更别说结果，这个时候需要强有力的第三方出面，山山妈给弟弟邓文宣打了电话。邓文宣虽说是姐弟四个里的老小，却是全家人的骄傲和权威，大事、关键事，三个姐姐不约而同会征求他的意见，必要时，求得他的帮助。

邓文宣让山山周末来家一趟，他想听听她那边的说法。

周末下午，山山如约而至。邓文宣、惠涓、沈画、小可都在，当着全家人面，山山介绍刘旭刚，声情并茂，说到激动处泪水涟涟。她甚至带了个U盘来，插进电脑放刘旭刚的照片、视频，就差没做一个PPT了！

观看照片、视频阶段，医院来了个电话，邓文宣接电话后匆匆走了，没来得及发表意见。惠涓发表意见："如果你征求我意见，我不看好。"

山山毫不意外，因此不沮丧，舅妈这个年纪的女人难免有点势利。潜意识里，她不在乎舅妈只在乎舅舅。但身为晚辈大面上还是得表现出该有的尊重，她认真回答惠涓："舅妈，我知道看表面条件我们俩是有差距，可是——"

惠涓摆摆手，替她说："可是，你爱他！小伙子看着是不错，阳光，啊，阳刚、帅！他那么一帅，你那么一爱，好不好？好，现在很好！将来呢？"

和山山妈的话如出一辙，还不如妈妈，妈妈至少还能听她把话说完，山山决定沉默。不想惠涓的热情、欲望已被激发出来了，做年轻人的人生导师几乎是过来人的共有欲望，惠涓这欲望更强烈一些，她有太多人生经验要跟这个女孩子分享。

惠涓招呼关电脑取 U 盘的山山："坐下，山山！"自己往沙发后背上一靠，踏踏实实坐好，从头细问："刘旭刚收入多少？"

山山敷衍："还没细问。"

惠涓不容敷衍："不用问。园林公司工人，算他工作时间长，是个小头目，能拿四五千？算五千！你呢？三千，加起来，八千，一月八千一年不到十万，房子怎么办？结了婚住哪儿？就算你们可以先住着那个承租房，有了孩子呢？现如今一个孩子就是一个无底洞，有多少钱，都能给你吞进去！……"

这就滔滔不绝地说了开去，由养孩子的难，拐到了她当初怎么带小可上：一个人，要上班，要带孩子，要照顾小可她爸……这种说话风格山山熟悉至极，跟她妈一模一样。不一样的是，跟妈妈可以顶撞，跟舅妈不能。她没时间，她还要备课，还有作业没批。更重要的，她没心情。她跟旭刚关系已然绷到了极限，再找不出解决办法，非绷断不可。如搁平时，她可以捺住性子听舅妈的倾诉、宣泄，此刻，她做不到。

她决定采取缓兵之计。

这会儿惠涓正讲到她生小可的时候：丈夫在另一个手术室给别人手术，她自己在妇科手术室做剖腹手术，之前她一直想自己生，自己生对孩子好。从夜里两点肚子疼，一直到下午两点生不出来，只得剖腹，等于两道罪都受了……

山山道："舅妈，我和刘旭刚还没最后定，只是想先接触一下看。"

惠涓被硬生生打断，愣在那里，几秒钟后方想起刘旭刚是谁是怎么回事，斩截道："明知不行，就不要接触！我知道你对他已经有感情了，说断就断，刚开始是难，坚持住，熬过一段时间就好了！这事跟戒烟戒酒戒毒一个理儿，痛下决心绝不再沾，没个戒不掉的！……我相信那孩子像你说的，不错！很好！但是，你也一定要听我一句：好人和好人不一定能成好夫妻！……"

山山再也听不下去，硬是起身，告辞。

……

这些天山山过得，水里火里七上八下，以至于"说课"都出了问题。那次"说课"教委有人来听，对年轻教师来说"说课"是对你的信任是机会。事后，山山受到了年级组长严厉批评。

都是因为旭刚。她知道旭刚在等她消息，但见了她面，却不问！她预备只要他问她就实话实说，然后，两个人共同面对困难找出克服办法。他不问说明他不敢，他不敢是怕受到打击、伤害。如果他怕，她怎么敢说！如此，山山一个人得承受来自父母和旭刚的双重压力。

旭刚两天没跟她联系了，她若再不联系他，怕就要断了。这天下班前，她给他短信说她今天没事，想下班后去他的小花园。他只回一个字：好。

他在小花园等她。二人见面后不咸不淡寒暄了几句，就再找不到话说，山山只得假装赏花。花园里花依然美，美得凄绝；叶依然绿，绿得黯然……这时，身后的旭刚开口了："你爸妈不同意，是吧？"

山山猝不及防，本能地否认："没有没有没有！"

旭刚淡淡一笑，那一笑里的不信任、不屑、敌意毕露，山山心直沉下去。强打起精神，她道："是这样的，最近学校不是安排我'说课'了吗？我一直在做准备，这是我第一次'说课'，有些紧张……一直没腾出空来跟我爸妈说……"

他又那样一笑："再忙，打电话的时间有吧？"

山山腹背受敌内外交困，生气加委屈使她口不择言："我总得想好怎么说，再跟他们说吧！"

他又那样笑："用得着想吗？照实了说！"

这时山山手机响，她看一眼，停了几秒，没精打采接起："妈。"

旭刚高声道："正好，跟你妈说！"

山山躲开他闪到一边，对电话道："妈，我这里有点事，待会儿给你打过去！"挂了。

他还那样笑！笑着，他问她："不好说——是吧？拿不出手去——是吧？丢你脸了——是吧？"

山山终于怒了："你这么说话有意思吗？！"

旭刚道："别管有没有意思，说得对不对吧？"

山山转身就走。从小花园下去需要走一个简陋的室外梯，铁制，很陡，不能快走。山山小心地一步一个台阶下，走得很慢，有足够时间让他追，他没有追……

自此，二人再无联系。一天，邓文宣让山山有空来家谈谈这事——山山妈又给他打电话了。山山说："噢，正想跟您说呢舅舅，我跟刘旭刚分了！"

听说山山和刘旭刚分了，小可惊讶地对沈画道："真让你说着了！你可真行！"沈画好笑："这算什么'行'，这是常识！"

……

最后看一眼在电视节目《非诚勿扰》里侃侃而谈的魏山山——录这期节目时她跟刘旭刚还没关系，待到播出，二人转一大圈后回到了原点——不靠谱的爱情必须短命，沈画一笑，转身去自己屋，继续为晚上的商务晚宴做准备。

下班后，山山回到小屋，从前温馨生动的小屋变得清冷死寂。关好门背抵门站住，目光缓缓扫过，忽然一惊：窗台上的鸟巢蕨耷拉了头！忙走过去看，盆土干成了龟背，这些天来完全把它忘在了脑后，一次水没浇。试着撅一撅花枝，嘎巴一声，断了，死了！

山山眼泪刷一下子出来了，一秒钟都没耽误，拨了刘旭刚电话。电话只响一声他就接了，听得出他很意外。山山不等他说话上来就问："你在哪里？"他说在小花园，在浇水，她说一声"我马上过去"，挂了电话。

旭刚收起电话半天没动，喜悦在心里膨胀，胀到了要炸。他不知如何宣泄，原地蹦了个高，如一只气打得过满的球。旭刚继续浇花，花园里鲜花绿植蓬蓬勃勃，在夕阳的金辉下七彩流溢……他边浇花边在心里不停地跟山山说话，说得最多的话，是对不起！男女闹了矛盾，按说该男的主动，他却仍做不到主动，如同当初的告白。从今后，从这次后，这样的错误，他绝不再犯！他要相信山山，相信自己，相信爱情，相信未来……他要跟她恋爱结婚一起变老，像诗里说的，"我与你生同一个衾，死同一个椁"……

估摸着山山差不多该到了，旭刚收起管子，细心抠掉衣服上的泥点，洗手，在他对着花房玻璃用手理头发时，在玻璃里看到了山山！他回转身，看着从梯子口上来的山山，满肚子的话，不知该说哪句，快步迎上去一迭声道："山山山山山山……"

二人走近，他拉她手带她去坐，被她一把打开，她该生气她有生气的权利。旭刚满面笑容低眉顺眼，今天他决定了，骂不还口打不还手！

山山说："我来拿花！"脸板得铁块一般。

旭刚作了各种设想，没想到她会说这，一时不摸状况有点发蒙，机械地问了句："拿花？什么花？"

山山硬邦邦道："鸟巢蕨！我的那盆死了！"

旭刚呆了一呆。那盆鸟巢蕨本身不值多少钱，却是精心考虑后挑选出来的：耐阴，她的小屋窗子朝北；耐干，她事情多工作忙。当然，她可以不把他的心意放在心上——感情的事情勉强不来——但他不能容忍她让它死了，多贱的花都是条命！冷冷地，他道："花给你了你就该负责，死活是你的事跟我有关系吗？"

山山愕然。两人冷战，作为男的他不仅一点姿态没有，她巴巴地跑了来，他居然能为了盆花翻脸！"你，你怎么能这么说话？"

旭刚说："我这么说话是叫你们逼的！魏山山，请以后跟我说话客气一点，不要冲着我指手画脚吆三喝四！我就不明白了，你这种良好感觉从哪儿来的，就因为比别人多上了两天学吗？"

山山明白了，冷笑了："说这么多废话总算最后一句说到了点子上，说清楚，说明白了！"

旭刚倒不清楚不明白了："你明白什么了？"

山山一字字地道："我明白了你为什么发火，不，为什么恼羞成怒！因为你自卑！你瞧不起自己，瞧不起自己的工作，你的潇洒超脱都是装出来的！你对你没上过大学耿耿于怀，所以，我来找你要盆花都能被你上纲上线扯到了学历上！……还有，因为你瞧不起自己，你必然会以为只要学历比你高的人就瞧不起你，你怕被人瞧不起，事先就摆出了一副进攻姿态，以攻为守！知道这种心态叫什么吗？羡慕嫉妒恨！"把这些天的怒气怨气一并发出来。

旭刚笑微微道："羡慕？你特别希望我羡慕你，是吧？——自以为尖锐自以为戳到了别人痛处，你也太自负了魏老师！我还告诉你，这些话你搁十年前说，可能有点道理，搁现在——啊呸！万般皆下品惟有读书高那是从前，时光不会倒流乾坤不能倒转，活该你生在了现在！现在我发现我这辈子作的最英明的决定就是，没考大学考了职高！怎么讲？人品好！赶上了！赶上了这个大学生多如牛毛，找工作都找不到的年代！这年头，职高学生没毕业就被预订一空，多少大学生，毕了业就是失业！"

山山气得笑："对不起，让你失望了，本老师学历高专业好，毕了业不仅没有失业，还有着很好的工作并且——工作得很好！"

"你工作得很好，我呢，很糟？"山山说不出话，旭刚一笑："在你们眼里肯定是糟，可惜啊，本工人感觉很好，天天沐浴着阳光，呼吸着新鲜空气，与大自然打交道，那感觉真是好极了！……"

山山手机响了，她接电话："舅妈。"看旭刚一眼，转过身去小声道："啊，在家里。"旭刚冷笑不已，不出所料，她早跟她家、她舅舅家说过他们的事了，他们不同意他不在乎，他在乎的是她的态度，她回避！山山接完后招呼也不打就要走，被旭刚拦住。

旭刚微笑着道："为什么要跟她撒谎，不敢说你在我这里？"

山山尖叫："走开！我有事！"旭刚挡在她面前，她动手推他，他不动，挡在她面前小墙似的，还是堵移动的墙。她走哪儿，他挡哪儿，他不相信她有事，认为她是赌气。

殊不知山山是真的有事。惠涓让她去喜尔登酒店看看沈画，她不放心。下午，看着窗外西移的太阳，看看经过一系列沐浴更衣吹头化妆越发光彩夺目的外甥女，她很担心。曾劝沈画别去了，她坚持要去，说陪吃陪喝现在很普遍，没什么了不起。惠涓急了："他们是看你漂亮想利用你！"她说："我又能损失什么呢？充其量，给人免费当一次花瓶，帮了别人无损自己，很可能，会有好处！"惠涓拦不住，只能反复叮嘱："注意安全啊……手机开着啊……不要喝太多啊……"沈画到后发短信说到了，此后几个小时，再没音信。一个年轻女孩子，长这么扎眼，大晚上的陪酒，万一出点什么事，她跟二姐怎么交待！越想越放心不下，打她电话，不接；再打，还是不接。一直不接！考虑到了可能就餐环境嘈杂，电话在包里听不到等因素，就是放心不下，想让山山过去看看，山山出租屋距那个喜尔登很近，步行十分钟。

山山无奈，跟旭刚说了惠涓所托之事。旭刚提出开车送她，她没拒绝。一来，旭刚这里离喜尔登酒店很远；二来，更重要的，话说一半是非还没说清楚就这么走了，心里头堵得慌。

上车后，山山一时不知该怎么接着说，话断了再续上不那么容易。不料她不说话他也不说——还这毛病！还不自知！还是不像个男人！山山生气了，失望了，一路上再也无语。

到目的地，停车下车，山山一言不发向酒店走，旭刚迟疑一下，跟着她走，见她没反对，悄悄松了口气。

山山边走边打沈画手机——惠涓只知在喜尔登不知具体地点——电话始终没有人接，山山只得挨包间找。她走哪儿，旭刚跟哪儿。她不理他他也不在乎，现在，只要她允许他跟着她，他就很满足了。

旭刚不是山山想的那样不自知，他非常清楚他们的问题在哪里，山山的批评直戳心里，痛却痛快。她家不同意他们的事在想象之中情理之中，这种情况下，他本应该和她站在一起，好好商量解决问题的办法，他没有。他首先想到的不是她是自己——如何保护好自己。她不找他，他不找她；她来找他，他不说就坡下驴反而借题发挥，只图自己痛快全不管她能不能承受。作为男人，他自私了，怯懦了，残忍了。一路上他一直期待山山再跟他说句什么，哪怕骂他呢，她一言不发，他让她失望了。

他们来到又一个包间，她推门进去，他在外面等。这个时间段，几乎每个包间都会有个把或更多醉鬼，按说能参加商务晚宴的人都是体面人，但有前提，喝酒之前；喝了酒、喝多了后，人和人基本分不出高低贵贱。旭刚讨厌包间里的乌烟瘴气，他需要时间一个人待着想想事，他得在今天分手前，跟山山把他的忏悔他的决心说出来。

忽然，包间里传出一声女孩子的尖叫，旭刚不假思索推门冲了进去。迎面，山山被一个醉鬼搂在怀里，一手端酒杯硬往她嘴里灌，边嘟囔："这妞好，像李宇春……春哥，来来来，陪哥喝一杯……"

旭刚一个箭步过去，一手拉下搂山山肩的那只爪子，一手拿过酒杯往他脸上哗地一泼："喝你妹喝！"

屋里酒鬼们见状陡然间兴奋，一桌十来条汉子，对付这一男一女，将是场多么有趣的游戏！他们参差立起，动作快的，瞬间蹿至旭刚跟前劈面就是一拳。说时迟那时快，旭刚一手把山山揽到身后，另一手接住了近在咫尺的拳头，攥住一甩，来者飞出去跟跄着后退，跌撞到身后另一个人身上，二人同时倒地叠了罗汉。包间里立时开锅般沸腾，叫山山"春哥"的那人抹着脸上的酒水，倒地的二位爬了起来，余者不甘落后，一干人团结一心向旭刚逼近。这帮人酒喝得不少，心里头明白：眼前的年轻人不是善茬儿，须集团作战。

旭刚把山山推至墙角，自己墙似的堵她前面，左右开弓手脚并用一下是一下扎扎实实，他练了七年的跆拳道，总算派上了用场！打到醋处，没留意有人拎瓶酒悄悄从侧面包抄过来，站定，举起往他头上砸下，山山吓得一声尖叫闭了下眼，睁开眼时，看到那人手拿酒瓶直击自己头顶，瓶落开花，那人应声倒下——旭刚握住他小臂强使他改变了酒瓶落点。屋内霎时间静寂，旭刚在静寂中背护山山伫立，屋里人被他的凶悍杀气镇得噤住，一分钟前还喧闹不堪的包间浑如死水。

110闻讯赶到，在服务员指证下，警察欲把这帮打架斗殴的人带走，山山挡在旭刚面前不让他走，反复向警察说明情况苦苦哀求。警察表示理解同时表示要秉公执法，无论为什么，他不该拿酒瓶把人家脑袋开了。山山又要从头解释过程，警察不耐烦了："这事是该你处理啊还是该我处理？"对旭刚一摆头："走！"

山山死死抱住旭刚的一条胳膊不放。

旭刚低低道："撒手山山！"

山山道："我跟他说！"

警察严肃道："姑娘，看你不像是这圈儿里的，我刚才才跟你多说了两句，你要是不识时务再啰嗦，就当你涉嫌妨碍公务连你一起带走！"

山山气昂昂道："走就走！"

旭刚忙对警察说："对不起大哥！"对山山道："沈画怎么办？"山山只得撒了手，旭刚对她一笑："没事。顶多关两天罚点钱。"

山山泪眼模糊："……对不起。"

旭刚摇头，温和道："是我对不起你山山，我是个自私的胆小鬼，以后我不会了！"一边警察又催，旭刚抓紧从兜里掏出串钥匙拎着其中的一把递给山山："小花园钥匙！你去拿花！爱拿哪盆拿哪盆！死了再去拿！尽管拿！"

山山又哭又笑满脸是泪。

第八章

山山找到沈画时她喝得不省人事，歪在包间的沙发里，两个男人夹着她坐不知忙活些什么。山山在服务员帮助下半拖半拽把她弄到出租车上，按惠涓的电话指示，直接送到医院，惠涓在医院等她们。沈画脸、手、全身红肿，到了医院洗胃、输液，折腾了小半宿。这过程沈画一直昏睡，回家澡都没洗上床继续，一直睡到第二天的傍晚。其实她酒喝得不能算多，一杯白的三杯红的，医生说她属严重酒精过敏体质，切不可饮酒。

　　小可送粥进来，小米绿豆粥，细火熬的，上面浮一层粥油。沈画赶紧起身接过，舀一勺往嘴里送，刚送到嘴边，胃便猛烈翻腾着往上顶，只得将勺放回碗里，说："还是有点恶心。"自嘲："本以为，做花瓶是我的强项易如反掌，哪知道，现如今不能喝酒的花瓶不是好花瓶——"嘴唇开始哆嗦，停住不说，过好一会儿，到能说话时，失神地盯着粥碗，说："我想回家，我想我爸妈了……"小可眼圈一红，不想让沈画看到，端过粥碗转身出屋。

　　惠涓和邓文宣在餐厅吃饭，小可过来把碗放桌上，那粥明显一口没喝，惠涓抬眼看她，她摇头，惠涓长叹，看邓文宣一眼，没吭。小可开口了，谁也不看："以沈画的条件，想找到满意的工作，得有特别硬的关系。"

　　惠涓夹一根芹菜放在齿间咬，说："特别硬的关系，咱家有。"

　　小可转向邓文宣："爸，中国是人情社会，谁也不能完全脱离国情。其实就是推荐一下，最终能不能站住脚还得靠沈画自己努力，她会努力的。"

惠涓表示同意："现在给她个机会，她能豁出命去，昨天喝酒不就是个例子？"

邓文宣不能不表态："不是我不想帮忙，得看帮什么忙。你要说有病找个人啊什么的，我肯定没问题；如果她是学医的，我都可以试着想办法帮她……"

小可对妈妈苦笑："我爸他是有心无力。"

惠涓不同意："你爸他是无心无力！工作之外的事，他手下最普通的一个住院医生，都比他强！"

邓文宣想说，如果除了病人的病，还得关心他是干什么的、对自己可能有什么用处、怎么跟这个有用的人搞关系，哪来的精力？人的精力是有限的，一个人一辈子只能做一件事……终是没说，惠涓脸色已阴到极点，一触即发。

平心而论，这些事上这么多年，妻子几乎没让他为难过。从支持他工作的角度说，她是难得的贤妻。这次她是真急了。

沈画来京至今找不到合适工作一事，让她爸妈不满。她爸妈认为，凭妹夫的身份、地位，但凡他肯伸伸手，帮一把，他们女儿不至于此！电话中，沈画妈对妹妹惠涓的态度日趋冷淡，惠涓有苦说不出，恼火窝火。昨天夜里从医院回家，把为找工作差点丢了小命儿的外甥女安置上床，惠涓这段日子来的怒气怨气窝囊气集中大爆发了。指着邓文宣的脸，手都哆嗦，说："你说你，那么大一专家，那么多人求着你，全国各地天南海北，不惜花几百几千的钱来挂你的号找你看病，这种情况下你怎么就不能顺便、顺带、顺手帮一下沈画了？在你，不过是动一动嘴皮子；在沈画，是她的一辈了！可你不肯，动一动嘴皮子都不肯，你这人太自私了！披着高尚外衣的自私！……"

直到凌晨五点二人才睡，邓文宣不得不取消了上午的手术。为这手术病人住院前等了三个月，住院后等了半个月，等到今日。病人子女放下工作，提前几天从外地赶到北京，花钱住着宾馆，等待。邓文宣上班前，他们已早早赶到了医院里。猛不丁说手术取消，事先一点思想准备没有，焉能冷静？谁能冷静？大闹一场！闹到警察都来了。

警察是常驻医院的巡警。动用警力维持医院秩序，保障医务工作者安全，国际上都不多见，医患关系紧张到了什么程度可见一斑。远的不说，前不久被捅死的那个医学院学生王浩，好好地实着习呢，病人家属进来就是一刀；那孩子其实跟病人一点关系没有，至死他都不会知道这一刀是为了什么。同仁医院喉科女医生徐文，被病人追着砍，砍倒了还砍，那得是什么样的深仇大恨？而徐文术后醒来先关心的是，她的伤手还能不能再拿手术刀！据说这位女医生热爱医学，工作时间工作，业余时间为工作看书学习；不谈恋爱，几无业余爱好。很多人从医为谋生，这种人从医为热爱，"热爱"是一个职业的最宝贵要素。失去这样的医生是医学界的损失，更是病人的损失。邓文宣为此痛心疾首无力回天，只能恪遵医学院读书时所学医德独善其身："为了我的病人的最佳利益，而不是为推行社会、政治、财政政策或我自己的利益而行动。"做医生需要天赋，除医学天赋，还需悲天悯人之天赋，这类人当为医学而生，邓文宣便是。

惠涓理解邓文宣，不理解不会几十年如一日地支持。在中国当医生多难啊，首先，从业门槛高，这点上倒是跟国际接了轨：普通大学生四年毕业，医学院学生五年；毕业后得读研，不读研想进三甲医院干临床想都别想；在北京，博士才能进得三甲，还不一定干得上临床！可是，境遇、收入呢？天天早七点走晚七点回，还得在没意外情况下。辛辛苦苦一年下来，二十几万人民币——邓文宣这级别的医生在美国，五十万到一百万美元！说到底，对医生，对医学的尊重是对病人，对生命的尊重，医患关系紧张不能只怪到医生头上，医生也是人，也要吃喝拉撒，也有七情六欲！

惠涓说："沈画的事我出面办，你别拦着，行不行？"

她出"面"自然得用他的"面"，邓文宣点了头。沈画的事让他再次痛切地意识到，他不仅是医生，还是丈夫、姨夫、父亲，等等，他必须在多种角色中作平衡，平衡不好，会出问题。

周日上午，山山来家里看沈画，顺便向邓家人宣布了她和刘旭刚的事。如果从前她来家说这事时还带点征求意见的性质，这次不同，这次她说："我跟我爸妈说了，我跟刘旭刚定了，他非我不娶，我非他不嫁！"她话说这份上，谁还能说什么。慢说人刘旭刚为他们家沈画被处三天拘留，就算没事，除亲爹亲妈，别人没必要在你情我愿的事情上说三道四。

沈画从心里为山山悲哀：客观地说，山山条件不错，学历、年龄、长相、工作……仅因是外地人，就得降格以求找一个工人。她不是不相信山山对旭刚感情的真挚，但更认为，那终究是各种条件平衡下来后的结果。联想自己，即使能找到满意的工作，未必赶得上山山，不由得绝望。来北京一为事业二为爱情，身临其境方知，那一切距她并不比在家乡时更近，仿佛天上的月亮，对北京的她和家乡的她，公平的冷漠。

午饭刚罢山山就要走，怎么留也留不住。刘旭刚今天出来，她得去接他。现在一点钟不到，刘旭刚下午五点钟出来，从这儿到那儿乘公交四十分钟，她去那么早干吗？山山说想逛街——此人素无逛街习惯，去商场就是购物，出门前列张单子记上要买的东西，到后照单子拿东西结账走人——沈画、小可觉得蹊跷，再三追问，她才吞吞吐吐说，想给自己买身好看的衣服。

沈画点着头道："嗯，女为悦己者容！"自告奋勇同去，买衣服是她的强项。小可在家无事，一块儿去了。

沈画为山山选了身淡蓝套装。上衣为无袖小立领紧身套头衫，下身儿是拖曳至脚背的裙裤；100%涤纶面料，走起路来飘飘洒洒如行云流水。高妙之处在于，还符合山山平素着装习惯——此人从不穿裙子，夏天穿短裤——如此，熟悉她的人看起来不突兀，她自己穿起来也自信。只裙裤需要扦边，她们拿着来到商场的改衣部。

改衣部的年轻姑娘接待了她们。姑娘操一口外地普通话，问之，山西来的。但见她接过去裤子，划线、裁剪、锁边、熨烫……动作熟练一气呵成。闲聊中，得知她本科毕业，学经济管理。"现在大学生管什么用啊！"她说，自慰的成分多过自嘲，"多少找不到工作的，摆地摊的都有！"她在这里每周可休息一天，每天早九点半到晚九点半，月收入三千多。

这也算是在北京呢，这样在北京有什么意义？用每周休的那一天，攥着每月三千多的那点钱，去西单王府井转吗？也只能是"转"了！令沈画灰暗的心情越发灰暗。

山山来时跟她说了她醉酒那晚的情景，提到了在她身边忙活的两个男人，不用问都知道他们在她身上忙活了些什么。那晚刚一入席，她就感到了一桌男人对她的强烈欲望。酒过几巡，她旁边的那位，据说是大领导，在桌下抓住她的手放到了他腿上，她试着挣脱，挣不脱，不敢强挣，只能任他去，最后，由他把她的手挪到了他大腿根部……又几杯酒下去，她记忆断片；最后的记忆是掌心里那头灼热坚挺的小兽——领导把持不住解开了裤扣。如果不是山山及时赶到，接下去会发生什么事，怎么想都不过分……这就是她要的北京吗？如果是，不要也罢。都说逃离"北上广"逃离"北上广"，先要逃离的，就是北京啊！……

山山换上新衣飘飘洒洒走了，沈画和小可替她拎着换下的旧衣服回家。路上，沈画对小可说了自己的决定，微笑道："有时间一定去看我啊，看看那个远离北京的小镇。小地方有小地方的好处：空气好、人少、东西便宜、人情味浓……噢，那里有个人现在还在等我呢，他条件不错，你去时见见，帮我参谋参谋。"

小可一句安慰话都说不出，只能接着她的话找话来说："那，当初你来北京时，那人同意吗？"

沈画笑着："肯定不同意啦！可他给不了我想要的生活，有什么办法。他一心想结婚，我不想。我不想才二十多岁就过那种一眼望到头的生活……上班下班，带孩子做饭，今天和昨天一样，明天和今天一样，那种复印机复印出来的日子，跟谁过我也不想，他条件再好也没用。"一笑补充，"当然，这说的都是当时的想法啦！……现在想想，他很难得，在我们那儿跟郑海潮在北京的地位差不多。"

闻听"郑海潮"三个字，小可脸当即僵了一僵。沈画注意到了，关心地问："你和郑海潮怎么样了？"

小可若无其事地："分了。"

沈画追问："为什么嘛？"

小可看沈画一眼："我不相信他。"

沈画完全无法理解："就因为他刚开始欺骗了你——所谓的？"

小可摇头："因为他条件太好太优秀了，我不相信太优秀的男人。"

沈画点头，这就可以理解了。在邓家住这段时间，她比较清楚小可对她爸妈婚姻状况的感受，如此，她这种优裕环境里长大的文艺范小清新，说那样的话作那样的选择，也算合乎逻辑。

一辆兰博基尼跑车从她们身边一闪驶过，车主是长发女孩儿。沈画之所以能从一闪中注意到了车主，盖因那车实在太引人注目，通身艳粉！从来北京，没见过第二辆这颜色的车。不用说，自己去4S店涂的。只要喜欢，就可以做到，这是什么样的生活境界！望着前方滚滚车流中时隐时现的艳粉，沈画深吸口气，下决心为她的梦想作最后一博。

沈画在中威公司前台等郑海潮。

事先没联系。没联系的理由也想好了：路过，顺便进来看看。事先不能联系，联系了万一被拒就没了余地。得跟他面谈，重要的甚至不是"谈"是"面"——见面。男人是视觉动物。她不能忘记海潮见到她时的眼睛一亮，那一亮里有欣赏，有赞叹，有欲望。

从前台女孩儿那儿得知郑总确实在公司后，她坐下等，靠墙有四个连在一起的塑料椅。

电梯门开，郑海潮送光瑞药业老总向飞出来，向飞正在争取中威的投资以上市。之前与多家投行进行过接触，最终锁定了中威。中威郑海潮给出的意见和建议与他不谋而合：脑神经外科新药"脑神宁"的研发成功是光瑞药业上市的利好，目前必须尽快提高销量占领市场份额。药物是特殊商品，其推广主渠道不是广告是脑神经外科专家的临床试验报告和药物评估论文。

二人走出电梯，海潮对向飞道："向总，就算您能熬过今年——这还算是乐观估计——照这势头，明年很难熬过去。如果'脑神宁'不能尽快占领市场，我怕是没办法为您做什么的；换言之，光瑞能不能上市不取决于我，取决于您……"

他住了嘴，他发现向飞走神了，眼睛直愣愣看着某处，他顺他目光看去，看到了坐在墙边的沈画，二人同时站下。

沈画正拿着手机玩"削水果"，这时感觉到了什么，抬起头，腾一下子立起，同时，脸腾一下子红了。海潮身边的那个中年男子——中等身材、长方脸、浓重的剑眉，有点像香港演员吕良伟——不就是，孙景的"向总"吗？显然他也认出了她，她从他看她的眼睛里看得出来。

两个男人向她走来，她脑子里一片空白。

海潮招呼她，她听到自己"嗯"了一声；这时听海潮转问身边的男子："向总，您——认识她？"

沈画等待宣判。

如果这位向总说认识她，就得说出来怎么认识的她，那么，她来这儿的目的肯定泡汤不说，她和孙景的事儿也将在家人、熟人中当笑话传开。命中八尺莫求一丈——今天她就不该来自取其辱，该老老实实收拾东西，清清爽爽离开北京！

向总开口了，回答是："不认识。"她蓦然抬头，他对她一笑。"就觉得这女孩儿漂亮。"转对海潮，"郑总不觉得吗？"

海潮笑："觉得觉得！"遂问沈画："沈画，你——"

沈画忙说："我没事。路过。好奇。进来看看。"

海潮点点头，对向飞郑重道："介绍一下，沈画，我女朋友的表姐。"

沈画心剧烈一跳后沉沉下落，他当然知道她为什么来这里，端出"女朋友"直接拒了她！

向飞剑眉一扬，笑问："郑总有女朋友了？……郑总看中的女孩儿肯定不一般，什么时候让我们见一下啊？"

海潮推却不过："啊，你很可能见过……邓小可。"

向飞一懔:"邓文宣的女儿?"

为"脑神宁"的推广,光瑞药业列出了九位脑神经外科重量级专家的名单,邓文宣位居其首。公司对每位专家情况进行了充分调查了解,包括家庭成员情况,以期能找到突破口。迄今为止,九位专家接触到了八位,只邓文宣接触不上。邓文宣不仅是专家中的专家,更以廉洁正派著称,成为了所有药业公司的主攻目标,导致他过度防范黑白不分偏激固执,很让向飞头疼。

向飞注视海潮:"这样的重要资源你为什么不说?"

海潮道:"如果说了有用、双赢,我能不说吗?"转对一边的沈画介绍:"沈画,这位是光瑞药业的向总!"

向飞伸出手去:"向飞!"沈画机械地握住那手,向飞凝视着眼前的美丽脸庞:"留个电话?"

海潮笑了起来:英雄果然是难过美人关啊!

山山妈来电话了,她拗不过女儿,让弟弟邓文宣帮着劝劝。邓文宣跟惠涓商量,是不是让山山带刘旭刚来家坐坐,万一那孩子真的不错呢?

惠涓考虑了一会儿,说:"别来家。"来家意味着某种认可,"在外面一块儿吃顿饭。名义是,为沈画的事表示感谢。"

明天就是邓家请旭刚吃饭的日子了,山山忧心忡忡。她很清楚这次吃饭是对旭刚的考查。她不怕考查,但怕舅妈当旭刚面说出什么难听的话来,怕旭刚受不了。舅妈那人说好听点是透明直率有一说一,说不好听是不管不顾随性粗暴。

这天是周五,山山和旭刚相约看电影,进影院前山山接了惠涓个电话,名为提醒她明天吃饭的事,实为——在山山听来——给她打预防针,说:"你妈刚又打电话来了,专门给我打的,让我明天帮着看看。我答应了。答应的事我就得做,你说是不是啊?"就差说:我提前都跟你说了啊,到时候别怪我当面不客气啊!

旭刚察觉到山山情绪的异样,整个晚上心不在焉,看电影看到可笑处全场大笑,她坐那里愣愣发怔。从电影院出来,他问她:"怎么啦山山?"

山山决定说，得让旭刚有个思想准备："是这样的，我舅妈那人，怎么说呢？人很好，就是有一点点势利，这个年龄的女人容易这样，到时候不管她说什么，你不许生气……"

旭刚笑起来："看你一晚上没精打采，就这事啊！早说啊！放心，到时不管她说什么，我这耳朵听，那耳朵冒，为什么？——跟她没毛关系！"停停，温和道："山山，这件事上，我要是生气，只跟你生气，明白啦？"

山山抱住了她那侧他的胳膊，那胳膊结实温暖。

邓家四口到时，海潮已等在了餐厅包间，是惠涓通知的他。事实上，决定这次请客，把小可和海潮撮弄到一起是惠涓的重要动机。上次跟陈佳在国贸吃饭小可生了海潮的气，最初以为那不过是小孩儿们的小打小闹，是所谓的爱情调味剂，过几天就好。没想小可就是过不去，再没跟海潮出去过，让惠涓着急。感情这事，说穿了就是习惯。等他习惯了身边没你，更糟的是，习惯了另外一人，你哭都没地儿哭去！几次问小可，小可说："觉得跟他不合适。"再问哪儿不合适，不说；问急了，说："分了分了分了别问了！"

小可没想到海潮在，有些天没见了，见到他的第一个感觉是委屈，她竭力克制住想哭的冲动，对他笑了笑。

国贸吃饭后陈佳再没理过她，她再没接到过一件与业务有关的工作，昨天更是整整打了一天字，打得手指尖疼，到下班时间翻翻，没完成全部资料的七分之一——实习老师给她份文件让她一周内录完，并特别指出是"陈总交待的"。于是小可知道，陈佳开始整她了。明知挨整还得硬挺，她需要南实证券给她开实习证明。下班后加班打字，直打完一天的页数方才收工，出公司时，天都黑了。

海潮招呼她，拉开自己身边的椅子示意她坐，惠涓在背后用力推她，众目睽睽下她不想显得矫情，走到海潮身边，大大方方坐下。

海潮对她低声道："还生我气？"这些天来，一直想约她见面好好聊，一直忙，没顾上。小可不知该怎么回答，没说话；海潮不知该再说点什么，也沉默，一时间，气氛有一点尴尬。

一直密切关注他们的惠涓忙开口道："海潮，几点了？"

海潮抬起左腕，看一眼表盘，道："差十分十二点。"

那看表的动作亲切熟悉，男子气十足！小可无可奈何地发现，不管他有多少对不起她的地方，不管她多么的不应该爱他，她爱他。

惠涓道："哦，还不到时间……但他俩作为晚辈，是不是该早到一点？海潮你那么忙，都早早地来了！"真心不满。

小可赶忙道："妈，到时候您说话注意点！千万别当面让人下不来台！不管怎么说人刘旭刚帮咱家那么大忙——"

惠涓哼一声："什么帮咱们家忙！他其实是为山山！"

小可说："反正您别管就是了！"

惠涓说："你以为我想管？我愿意得罪那人？但是，山山她妈昨晚上特地给我打了个电话，"她强调了"我"字，"让帮着把把关，我答应了，答应的事情就得做！"

昨天接完山山妈电话她给山山打了电话，没别的意思，通知一声，没想山山刺猬似的，不等她说先反驳，滔滔不绝一大篇，有句话深深刺伤了作为中年妇女的她，那句话是：我可不想才二十多岁就像四五十岁的人那样活着！——你可不想！这是你想不想的事吗？你看我们可怜，我们看你可笑！青春是一个人人都有的大礼包，你满怀希望、自以为是，一层一层拆开来，很可能里头是空的！就你这想法、这选择，到头来，十有八九，你不敌我！

小可不知惠涓为了什么，但听出了她对山山情绪很大，有点急："不是不让您做——"

惠涓打断小可："我认为他们不合适！既然不合适，就不要拖，长痛不如短痛。我说过，这种事跟戒烟戒毒一个理儿，真下决心戒，没个戒不掉的——"她住了嘴。

包间门开，服务员引山山和旭刚进来。旭刚显然精心收拾了一番，越发帅了，英气逼人，令见多了帅哥的沈画都不由眼前一亮，在座的人里只惠涓不为所动。当大家齐齐起身招呼他们时，她只微微欠了欠身体。

在一片轰轰烈烈的热情洋溢中，这表现相当扎眼。

山山不由又开始心慌。尽管事先有思想准备，没想到惠涓会如此露骨的无礼！山山认为，惠涓如果不是凑巧嫁给了她舅舅，她和她就是路人。路人和路人，你尽可以不赞成，没必要反对，更没必要这么一马当先冲锋陷阵！我和旭刚碍你什么了？把我们搅黄了对你有什么好？山山看旭刚一眼，只要那脸上稍有难色，她拉上他就走——爱谁谁！但旭刚不仅神情平和，而且，坐下了，她只得机械地跟着入座。

人到齐了，坐好了，招呼打过了，下一步，该进入这顿饭的主题了，主题是感谢刘旭刚。这主题是惠涓提出来的，饭局也是她一手张罗的，按说该她说话了，她不说。其他人没有说话的准备，一时间，屋内陷入沉默。

惠涓不说话倒不是成心。她感觉到了山山的明显敌意，一惊之下清醒，意识到了自己的过分。她是好心，好心不一定有好报，若为自己闺女她不图回报，为一个外人，有什么必要。思路变了，事先准备好的说辞就得随之调整，没马上说话，盖因在调整中。

见惠涓没开口的意思，小可、海潮、沈画齐齐把目光集中到在场的另一位长辈邓文宣的身上。邓文宣不善寒暄，尤其这种场合。咳了一声，没说出什么，只好又咳一声，小可想爸爸如果再说不出什么只有她说了，没等她说，有人开口了，是刘旭刚。

旭刚说话前先扭脸对山山一笑，让她安心，他看出了她的恐慌焦虑；然后，平静直视对面的邓文宣和惠涓，说："叔叔、阿姨，你们这么忙还抽空出来和我吃饭，谢谢了！"话题选得自然，态度平和诚恳，原本僵硬紧张的气氛一扫而光，所有人活跃了起来，包括惠涓。

山山侧头看旭刚，目光里满是赞许，旭刚在桌下轻拍她的腿，仿佛说：没事。

旭刚"没事"是山山来吃这顿饭的底线，同时也是对旭刚期望值的高限。此时旭刚的表现超出高限落落大方不卑不亢，甚至于——不夸张地说——有种"一览众山小"的强大气场！一度，山山担心旭刚拿不出手。这么说不是瞧不起，而是，每个人都有他的短板，郑海潮都不可能十全十美。让旭刚与这类平素他极少接触的人吃饭、应酬，怎么说都是难为。

小可松口气，与海潮、沈画交换着会心的目光；邓文宣谁也不看，只看旭刚，目光专注；惠涓猝不及防，有一点慌，道："哪里……别客气……"找到了话说："小刘，沈画喝酒那件事，多亏了你！"

山山一摆手："嗨，他练过跆拳道！"以谦虚的方式炫耀。

海潮便看旭刚："嚯！……练了几年？"

旭刚道："七年。"

海潮对小可道："嗯，看来我也得考虑练点什么了，别到你需要的时候，我一点用没有！"

本就是凑趣的话、没话找话的客气话，不想惠涓连这都不爱听，看着眼前的碟子沉声道："话不能这么说……各有各的用，好比鸡下蛋狗看门。论打架，海潮是不如小刘——"

旭刚马上道："论别的，我不如郑总，不，应该说天上地下！"对海潮笑笑："一直听山山说你，成功人士！"

海潮忙道："什么成功人士，运气罢了……"

邓文宣开口了："小刘啊，你具体做什么工作？"

山山抢答："园林工程设计艺术指导！"

旭刚一挥手："那不过是为方便联系业务，给了这么个叫法，其实就是工人，专门从事园艺工作的劳动者，俗称园丁。"扭脸对山山一笑："哎，说起来咱俩还算是同行哎，都是园丁！"所有人都笑了，屋里气氛越发轻松。旭刚征求山山意见："山山，既然话说到这儿了，我把我的情况跟叔叔阿姨详细说说？"山山一秒钟都没耽搁地点头，不知不觉，她已把自己和旭刚一并、完全、放心地交给了他，一切由他处理。

旭刚说了，不慌不忙："我是独子，父母有住房有收入，身体健康。我目前住着父亲单位一小套承租房，工作稳定，我喜欢这份工作。月收入四千左右，加上奖金、提成，好时能拿到六千，生活足够了。我说这些的意思是，请你们放心，并请山山父母放心，我会对山山好，尽我最大努力让山山过上她满意的生活……"

邓文宣聚精会神听，听完后对惠涓说："他们是认真的。"朝旭刚坐的方向一点头，又道："我觉得这孩子不错，你觉得呢？"

惠涓点了头。心里道：这种事，错不错的，看怎么说了。搁山山身上，愿打愿挨，当然没错。搁自己女儿身上，她豁出去同所有人为敌也得出面挡住！——她们懂什么，她们知道什么是婚姻什么是生活？年轻时把爱情当一切，可以；赶等老了知道爱情不是一切的时候，晚了！来前她作了最坏打算，万一需要，她该当恶人就当，现在邓文宣说"不错"，她何乐而不为？

海潮对小可耳语："刘旭刚是条汉子！"

小可点了点头。

海潮笑问："这是什么的力量？"

小可抿嘴一笑。

海潮道："吃完饭，我带你去个好玩儿的地方？"

小可没马上点头，海潮等。同时与他等的，是沈画；坐在小可的另一边，屏息静气。今天除了惠涓，沈画是现场另一个严密关注小可和海潮关系的人，关注到不放过他们的耳语。想法是，只要小可不接受海潮，她就还有希望。

海潮催："小可？"

小可点了头，沈画扭过脸去。

……

一行人走出餐馆，兵分三路。旭刚和山山，海潮和小可，邓文宣、惠涓回家，沈画跟他们走。年轻人送邓文宣他们先上车，沈画上车后看着站在车下的两对人：同样的俊男靓女，一对让人艳美，一对让人怜悯。换作她，宁肯单身跟俩老头老太太回家，也不会跟刘旭刚那样条件的人花前月下。车启动，行驶，沈画透过车窗目送海潮携小可向他的宝马M3走，想，最后的希望没有了，她该走了，离开北京，回家。

第九章

晚上，海潮带小可去了小巷里的一间咖啡屋。屋里墙上挂着牦牛头骨，洗手盆的前身是喂牲口的食槽，窗玻璃涂满油彩图案，两个吉他歌手毫无悬念穿得破衣罗梭……十足的文艺、小资。

活动结束刚出门，小可迫不及待地问："你在哪儿知道这里的？"

海潮说："豆瓣。"

小可惊讶至极："你上豆瓣？！"

爱上豆瓣网的很大一部分是学生，时间充裕，因为时间充裕或说闲得无聊，上豆瓣网寻求些文化和精神、音乐电影图书什么的，时不时，搞一些今天这类小清新的"线下会"。海潮这种人，忙起来时脚打后脑勺，怎么会有时间有兴趣上豆瓣？

海潮的回答是："你上豆瓣！"重音落在"你"上。

小可说："我上是正常的——"

海潮道："我知道你上是必须的！"小可不说话了。海潮说："小可，一直想约你好好聊聊，这些天比较忙……你怎么样？"

小可眼圈红了，镇定一下，说了公司里陈佳的事。海潮听完好一会儿没吭气，然后说："小可，还记得刚认识时我跟你说过的话吗？"

小可说："什么话？"

海潮看着她的脸色，小心地道："——你不适合职场。"这一次小可没反驳，她其实早意识到海潮的话是对的了，作为职场中的成功人士，他确实比她有经验得多。海潮看她一眼，说："考没考虑过考研呢？"

小可长叹："考虑过。但想，遇到困难就退、就躲，将来会不会一事无成？"

海潮笑起来："这不叫退、躲，叫适时调整！能不能成功的第一要素是，你的选择适不适合你。发现不适合，越早放弃越主动……不抛弃不放弃作为口号说说可以，现实中，死抱着完全不适合自己的目标不抛弃不放弃，那不叫执着，叫一根筋！"

小可默默听，一直点着头，而后说："经过这么一番折腾，我发现我的长处是善于学习……"

海潮心里一块石头落地！他一再跟她说她不适合职场，她一再坚持。她这种无谓、不科学、不自量力的坚持牵扯了他很多精力，精神上、心情上、时间上。就算她适合职场，都在投行工作，不是你加班就是我加班，哪里还有两个人的时间！她要是肯读研，就太好了。心里一轻松就想跟她开玩笑，笑着，他纠正她："你不是善于学习——是善于上学！"

小可却不笑，若有所思地沉吟一会儿，点点头道："可能……一想到毕业离开学校心里就空落落的，还以为大家都是，根本不是。好多人不喜欢上学，沈画就不喜欢，我真心喜欢。学校多好啊，不用看谁的脸色，没那么多勾心斗角的事，文化氛围浓……"

海潮总结："比起来学校还是单纯，适合你这种人。喜欢就上，读完了研还想读，读博；再想读，博士后！"

小可道："第一步，得抓紧时间确定考哪里的研。"

海潮说："你们学校的金融系就很不错！"

小可点头："嗯，将来争取留学校里当老师。每天看看书、上上课、写写文章、做做学问……"

海潮笑着接："——拿拿工资、放放寒暑假！"

小可被逗得大笑，笑声风铃似的，海潮含笑看着她笑，好久没听她这样笑了。

这天，小可到学校向老师咨询考研的事。老师姓欧阳，四十岁的正教授，就学术职位来说，相当年轻。学问好，讲课极富感染力，才情激情四射，学生时代就被人冠以才女之名。

欧阳老师却建议她考日本的东京大学，出于两方面考虑：一、东京大学金融专业国际一流，小可学经济、日语好，综合评估，东大是最好选择。二、现在才准备考研，意味着比同届同学晚了一年大了一岁，那么，将来的从业竞争力会受影响，如果从东大这样的名校毕业，这一两岁的年龄差距就不是问题。

小可首先想到了海潮，去东京大学读书意味着得出国两年。她说："东大可不是随便什么人想考就考得上的……"心里想让老师给她找一个不必非去东大的理由。

老师却接着她话斩截道："现在是个机会！地震把日本的留学生政策给震松了，相比往年同期，咨询留学日本的学生少了很多，但学校的教学质量和学校品牌并没因为地震受到影响。你日语好，专业对口，有实习经历，现在开始抓抓紧紧努力，很有可能捡个大便宜！"说完又道："其实，就算没这个地震，你也没问题，你天生是块学习的好材料。唉，小可，你要是个男生，前程不可估量……"

这话——女生不如男生——小可无数次地听人说过，不管在学校里还是在社会上，听得她很烦，忍不住道："我觉得只要自己努力，男女是一样的，您不就是一个活生生的例子？"

欧阳老师闻此发出短促的一笑："哈！"过一会儿，慢慢道："也许我不该这么说，但是我真心认为，对女生来说比较靠谱的做法是，找个好男人嫁了。"

小可再也不说什么。欧阳老师三十八岁结婚，四十岁离异，一个人带着个才一岁的孩子，生活得颇为狼狈；"狼狈"是旁观者的局外看法，个中有多少具体痛苦外人很难体会。小可想，她的结论来自她个体的生活经验，可参考不必照搬，可忽略不必反驳。总之，不管谁说什么怎么说，她对自己的人生定位不会动摇：她是一个独立的个体，她不想依附于任何人。

回到家，沈画在屋里收拾东西，她准备离开北京回家。小可帮她收拾，跟她说了说欧阳老师关于考研的建议。沈画听罢淡淡一笑："瞧，咱俩都面临着何去何从，你的多么豪华！"

小可喃喃："对不起。"

沈画摇头一笑，二人继续干活儿，沈画说："你这事——去日本读研——郑海潮什么态度？"

小可道："还没跟他说。"

沈画道："他不会同意。"

小可道："如果他真的爱我——"

沈画觉得她简直可笑："哈！——如果他真的爱你，也需要朝朝暮暮！"

东西彻底收拾好了，已收拾几天了。来时一只箱子，走时两只，外加三只需要托运的纸箱。遍布四处的零碎杂物透着凄凉，小可动手清扫，沈画坐椅子上歇息，眼睛失神地看着某处，不动，无语。望着她小可想，自己是不是真的有一点身在福中不知福？

沈画预备走的头天下午，意外接到光瑞药业人力资源部的电话，请她择日去公司面试。挂掉电话她沉思许久，手机短信提示——向飞的短信！短信说：我已经换了司机。看完短信沈画决定，去！当下动手开箱子向外拿东西。她当然知道向飞要她因为什么，她不在乎。哪个单位发展都需要人才，只要她好好工作用能力证明自己，他会接纳她。眼下她面临的问题只是，说服邓家同意。

邓文宣对光瑞药业无孔不入见缝就钻的做法极为反感。现行医疗体制下医院经费普遍不足于是"以药养医"，决定了药业公司将医院、医生当作药物销售的主攻目标，为此他们专门设立了"医药代表"的职位。医药代表工作的时间、精力百分之九十花在医生身上，送钱送物是基本的，为联络感情，有的医药代表甚至能做到去幼儿园帮医生接孩子，去医生家打扫卫生洗衣服……吃人嘴软拿人手短，接受了人家好处就得替人办事——如果能够选择，邓文宣反对沈画去。但这次他没的选，他必须同意。

在沈画去光瑞的头天晚上，邓文宣抽时间跟她进行了一次长谈，通过她告诉光瑞，别打他的主意。先简单跟沈画讲了医院和药业公司的关系，他道："我用药的原则是，该用的药，用；不该用的药，绝不用，给钱、给什么都不用！你明白了吗？"沈画点头，邓文宣进一步明说："总之，这次去光瑞药业，不管他们因为什么要你，最终路能不能走好、走下去，靠你自己！"潜台词明确：别想靠我。

沈画郑重点头承诺。

向飞安排沈画做他助理。现任助理怀孕了，还有一个月生，正好可利用这段时间带一带沈画。

这天，沈画捧着前任助理指定的药学杂志学习，电话通知她去向总办公室开会。她到时，向总办公室沙发上已坐好一圈人，向总在他阔大的办公桌后，与沙发有着三米左右距离。

沈画迈小碎步到沙发跟前坐下，坐下后打开本子，拿出笔，眼看向总面带微笑，微笑里不自觉掺入了一点人们面对权势时的谄媚。

曾经，仗着自己是邓文宣亲戚，仗着是他请她来的，沈画对面前的这位老总多少有一点小觑，心里头觉得二人满可以平起平坐一下。但到公司后第一次见，她纠正了这错觉。

那天，前任助理带她去他办公室领受任务，他坐办公桌后遥遥望她一眼，就再没看她，只对前任说话。并非冷淡，冷淡倒刻意了，是典型的公事公办。他是老板，她是新来的员工，仅此而已。沈画一下子就感受到了他们之间的距离，懂得了下与上的不可僭越。

这次仍是这样，她进来后他只看她一眼，马上对沙发边上的一人点头示意："你接着说。"

那人说："邓文宣主任上周四出专家门诊，我们的人去挂了他的号——"

沈画全身一个激灵，抬头看向飞；向飞眼睛里根本没她，只看说话的那人，指示："——不讲过程，说印象！"

那人字斟句酌："一个典型的、学者型的、专家。"

沈画低下头去记录，向飞声音回响：

"跟这种学者型的专家打交道，一个原则——不谈钱，跟他们谈钱徒然使他们戒备使他们反感，进而，殃及我们的产品。对不同的人要用不同对策，钱不是万能的。我们知道'脑神宁'是脑神经外科的好药，但是同类的好药不止我们一家有，还是那句话，这种时候，谁能够先让用户了解你谁先占领了市场，谁就是赢家。邓文宣是脑神经外科的著名专家又以正派为业内人士称道，这种人的影响力号召力，怎么估量都不过分……"

沈画以拼命记录来掩饰内心的不安。当初邓文宣找她谈话时，她有点不以为然。按她想法，就算向飞真想通过她利用邓文宣，也得过段时间，先作些铺垫含蓄一点，不可能赤裸裸上来就来。而她呢，则可利用这段时间好好工作展现自己的能力。没成想向飞却就是赤裸裸上来就来，须知，她上班一个月时间都还不到！

向飞是急，这不是他素来的风格，他深知，感情投资急不得。当年袁世凯为搞掉政敌给太监李莲英送礼一送若干年，待时机成熟方让李在慈禧面前给自己政敌造了些谣，一举将政敌扳倒——此为历史上作长期感情投资的成功案例，向飞熟读史书传记焉能不知。但是，他没时间了。公司现状一如中威投资总监郑海潮所言，就算能熬过今年，明年一定熬不过去。如果"脑神宁"不能尽快占领市场，谁也无力回天！

沈画作记录，走笔如飞，笔下写的什么全不知道，脑子里一直在紧张思索：如果接下来向飞真要提出让她去做点什么，她该怎么说？

向飞什么都没对她提。再急，他不乱来。他叫她来只让她听，让她脑子里时刻绷紧这根弦。他对那人说："你再去找邓文宣！记住原则：不谈钱，或者说，事先不谈。想让这种人在众多同类产品中选择我们，不要企图收买，只能感动。换句话说，感情投资。"说完，换了下一个话题，邓文宣之事到此打住。

沈画无端觉得，向飞在说"感情投资"时，朝她身上瞥了一眼。

这天沈画上班，要求九点到，她照例八点多就来，带着职场新人特有的热情、谨慎和急于表现的殷切，前任助理回家待产，她现在独挑大梁。路过偌大工作平台，只有保洁阿姨的身影。踏着轻快的步子到办公室，掏钥匙开门，门自开，推门进，赫然见向飞端坐办公桌后。总裁和助理共用一个套间，总裁在里，助理在外。向飞眼睛盯着置放桌子右侧的那台 21.5 英寸液晶显示屏，右手食指滑动鼠标，看得全神贯注，直到沈画轻唤"向总"，方如梦初醒般抬头，招呼声："来了？"看一下腕上的表，"这么早！"

沈画脱口而出："您更早！"

他笑了："我压根没走。"说着身体带着转椅向后一撤，立起，两臂向上、向后使劲抻着，道："昨天下班后开了个会，会结束时两点多了，干脆在这儿眯了会儿。"示意一下那组沙发。

沈画轻声惊叫："那您才睡了——"

没等她算出时间，向飞说："七点醒的，想看一看'脑神宁'的销售情况。"沈画没敢接这茬儿，这是个危险话题。好在向飞马上又道："你来得正好，给我去买早点，十点我得到中威！"

沈画再次惊叫："能行吗？"

向飞笑笑："这算什么！需要的时候，我能几天不睡；完事之后，能一睡几天。天大的事情，只要想睡，上床就着。这里面——"他指指脑袋，"像安了个开关，一按开，立刻就醒；一按关，马上就着。"又一笑，"——也是天赋。"

——还是精神。沈画默默想，是成功人士特有，必须有的坚韧！

公司楼下附近有不少早餐店，沈画绕远去了麦当劳。央视 3·15 晚会曝光麦当劳有出售过期食品现象等于为它做了最好广告，逻辑是这样的：曝光的必是企业存在的最严重问题，那么，比起地沟油、有害添加剂、人造肉之类，麦当劳等于没有问题，属放心安全食品！——沈画当然要让向总吃安全食品！通过一个多月的接触，不知不觉间，她对向飞已有了发自内心的忠诚。

向飞去中威前，交给沈画一份信息部写的关于"脑神宁"的论文，他还没来得及看。让沈画看并不指望她能提出什么，只为让她尽快熟悉业务。

下午向飞从中威回来，让沈画谈谈对论文的看法。沈画是有看法的，只拿不准该不该说。曾从小可那里听说了个词儿叫"公司伦理"，这词儿包含的意思里有一个似乎是说，公司内部的人应该互相补台而不是拆台。论文她认真看过三遍，印象糟糕，不像论文像广告。比如里头竟会用出这样的句子："脑神宁"的出现，是填补脑神经外科用药重大空白的惊艳一枪！沈画的顾虑是，实话实说算不算违反了公司伦理，拆信息部的台？她迟迟疑疑地道："药我外行……"

向飞从她的迟疑中看出了问题，鼓励道："就说你外行的看法！"

沈画说："我觉得，这篇文章不像论文，自夸的痕迹太重，客观的论据太少。"向飞意外地看她一眼，马上拿起论文看，没看几行眉头皱了起来，把论文一掷，拨了个内部号码："过来一下！"既不作自我介绍也不问对方是谁，可见他之愤怒。

沈画坐桌前整理前任交下来的资料，总裁办公室门关着，向飞的声音穿透门扇传出："你们觉得你们这篇论文行吗？"没听到回答，向飞声音再响："临床对象年龄——没有！男女比例——没有！禁忌人群——没有！过敏反应——也没有！有的只是，老王卖瓜！这不叫论文叫广告，广告还是，九流的！就这文章你们想发医药杂志？做梦！花了钱也只能发报纸中缝！"

沈画桌上的座机响起，销售部的电话。

公司请了一部分医院的科主任去坝上玩，回来时车抛锚了。医院科主任是公司供药的主攻对象，是"县官不如现管"里的那些个"现管"，组织他们旅游是公司重要攻关手段——如今送吃喝没人稀罕，送东西很难送上心坎，直接送钱财务不好通过，送旅游便成了为上乘选择。来回路费吃住全包；考虑到科主任工作忙有可能出不来，老婆孩子可代为前往。同时还有进一步打算：公司上市后，资金再雄厚些后，送国外旅游。向飞对此相当重视，每一次的旅游安排都要拿给他过目。所以当旅游出现问题时，尽管已采取了补救措施——从旅行社另要车去接了——及时汇报请示仍是最聪明做法。打电话的人说完情况，希望沈画马上向向总汇报，看向总有无指示。

沈画让对方"稍等"，放下电话去向飞办公室，预备敲门时，向飞声音再次訇然传出："——我不关心花多少钱，我关心钱花在了哪儿！一个烂编辑，你们给他钱干吗？"信息部的人似乎在说"不给钱不给登"之类，向飞吼："就你们这种文章，给了钱他也不敢登！给钱就登他那个杂志明天就得垮！……"

沈画没敢敲门，到办公桌前拿起电话："向总正开会，稍后我向他汇报。我个人补充点建议，是不是马上通知酒店，晚上多准备几个菜？算是给客人压压惊。"对方连声称"好"，挂了电话。

信息部人走后，沈画对向飞汇报了车抛锚一事及处理方法，同时说了自己的建议。没表功的意思，只是出于新人的小心谨慎，力求情况准确无误。向飞对她一个新手居然能提出如此到位的建议大为赞叹，加上论文一事，从心里对她另眼相看。

本来，他让她做他助理，除想近距离接触以了解邓文宣动向，看有无可乘之机外，还觉她形象好，不管搁屋里还是带出去，养眼，作用相当于人们说的"花瓶"。"花瓶"在向飞那儿并无贬义——随影视娱乐时尚界迅猛发展，美色已成稀缺资源——只是说，他对她其他方面能力没敢期待，你不能期待女孩儿才貌双全。

向飞当即、由衷、重重表扬了沈画。

晚上回到家，沈画抑制不住满心的喜悦得意，对小可道："你总说职场这不好那不好，我怎么没这感觉？从前没入职场我没发言权，现在我要说，上班的感觉好极了！每做完一件事，得到领导的认可、表扬，感觉好极了！"

小可很不高兴，不想太伤人，含蓄回击："职场和职场能一样吗？"

沈画听出了她话里的意思："你是说，我能有今天的一切，是因为向飞有求于你爸，是吧？"不待小可说是不是，正色道："这么跟你说吧小可，目前你爸的存在对我不仅没有帮助反而是负担，需要我额外分出精力来应付！"

小可非常非常生气："你这是——过河拆桥！"

沈画说："我不想过河拆桥，但我讨厌别人否定我的存在我的价值！"她手机响，她看一眼，脸上冰一样的冷硬瞬时化成水样的柔软，接电话时的声音也是："向总。"眼含笑意，笑意发自心里。

向飞要出差南京，让沈画同去。沈画从小可桌上拖过纸笔，飞快记下电话那头向飞要她做的种种出差事宜：订机票、订酒店、通知光瑞南京分公司接机、带所需资料、记向飞身份证号码……收起电话欲离开小可房间，去自己屋上网查航班时，被小可拉住。

"向飞让你和他去南京？"小可问，沈画点头，小可进一步问："单独去？"沈画眉毛一扬，下颌一抬："没错！"

小可急道："画姐，你不能单独跟他去！"

沈画都有点讨厌她了："别把人想得那么阴暗！"

小可道："他肯定别有用心！"

沈画干脆道："那你说怎么办？"小可说不出。沈画说："我认为他不是那种人。我是说，不是那种直奔主题的粗人。如果他真有你说的那个用心，肯定也得先玩玩优雅玩玩暧昧。玩这些是我的强项，你有千条妙计我有一定之规：所有的弦外之音，所有的暗示，听不懂！"

小可说："人家要是明着示呢？"

沈画扔下一句："再说。"匆匆离去。

第十章

惠涓在厨房里择菜，芸豆老了，两边的丝儿很难择净，择着择着她突然就烦了，把芸豆往盆里一扔，转身，腾腾腾向外走。出厨房门，冲家里不知谁嚷："不行，这事还是得跟她妈说！"直奔客厅电话。

邓文宣赶紧道："要说早说，现在说有什么用，人已经走了！白白让她妈担心！"

惠涓道："让她妈勤打电话盯着点儿！一个年轻女孩儿，单独跟男上司出差，能出出什么好来！"

邓文宣安慰她："沈画有能力，能保护好自己！"

惠涓从鼻子里向外出冷气："我从来就不担心她的能力，相反，担心她太有能力、太实际，为达目的，什么事儿都能干、敢干！上次陪酒，不就是个例子？"拿电话："真出了事，我们负不起这个责！现在我只但愿，那向飞是个柳下惠！"拨沈画妈电话。小可在屋里听到这话哈哈大笑，惠涓气道："还有心思笑！这沈画要真当了小三、二奶——"

小可从屋里出来："放心，妈，她当不了小三、二奶，人家向飞离异，单身！"

惠涓道："那就当情妇！"

小可道："怎么知道人家当不上正房？"

惠涓没心思跟她贫，举着电话等："这孩子不能留了，得赶紧让她走，丢人不能在我的家里丢——"猛然闭嘴，那边沈画妈接电话了。

沈画和向飞在南京待了三天。

三天里，二人同吃、同住、同工作、同活动，形影不离——"同住"是同住一个酒店，各住各的房间。那是家五星酒店，向飞住2208室，沈画住他旁边，2210。

那是沈画第一次住五星酒店，刚踏进大堂一颗心就提了起来，兴奋、激动、愉悦在惶恐不安下涌动，她很好地掩饰了，但在用卡开房间门时，被向飞看出了破绽。她开不开那门，将门卡翻来覆去正插反插，门就是不开。这工夫向飞从2208室出来——说好放下东西先去吃饭——走来，接过她手中的卡，帮她、教她开了那门。沈画脸通红地诺诺："我是第一次住五星……"向飞淡淡道："什么事都有个第一次，你还年轻。"

他的轻淡不仅化解了尴尬，更指明了前景：都有第一次，有第一次就可以有第二次第三次第N次；她还年轻，年轻就有希望有未来。

当晚吃完饭回房间，沈画进门后愣住：走前敞着的窗帘已然合拢，沉甸甸一垂到地；床罩被取下，衬白被单的毯子掀起折出一个三角，三角上卧一枝玫瑰。轻轻移步过去取那玫瑰，手被扎了一下——以为是假花！玫瑰旁有卡，卡说：祝君晚安。把花放鼻下，一股淡雅的甜香，嗅着花香她默默想：这才是生活啊……

那三天除工作外，在向飞带领下沈画大开眼界，她甚至见到了《非诚勿扰》的主持人孟非！——向飞有同学在江苏电视台工作。见到孟非真人的一瞬她怀疑自己是不是做梦。

那是如梦似幻的三天，三天里，只两件小事梗在心头难以消化：

一是她妈。一天恨不能打来八百个电话，夜里也打，也许她觉得夜里更得打？相当于查铺。她老人家就不想想，她女儿就真的和老总睡在了一起，电话查铺管用吗？

二是与向飞每晚的分手。她和向飞在酒店共住四夜。每天回来不管多晚，他跟她在2208室门口分手。他插卡开门，她恭候他进，待门在他身后缓慢自动合拢，向自己房间去。每每听到他房门合拢时的那声轻微"咔嗒"，沈画放松的同时，感到失落。三天四夜，一男一女，同进同出形影相随，他不仅没有"明示"，暗示都没有一点，叫她不能不怀疑自己于他，是不是没有魅力？

她不知道为抵御她的魅力向飞做了多大努力。向飞不是柳下惠，但他清楚，沈画这样的女孩儿不会甘于只做情人；同时他还清楚，自己不会接受这样的女孩儿做妻子。如此，二人关系搞僵，接下去，邓家与他成仇。他不能与邓家成仇，不能为贪一时欢娱误了立身之本。

沈画回北京到家时，家里刚吃完晚饭，惠涓把碗收拾进厨房。沈画从箱子里取出条新睡裙，去掉包装袋，两手提着来到厨房门口，让惠涓看。

"小姨，杭州产的真丝睡裙，好看吗？"

惠涓瞥了一眼，随口说句："好看。"

沈画追问："您真觉得好看？"

那是条吊带睡裙，黑色，穿上的效果就是半裸，以惠涓的审美观念，怎可能"真觉得好看"，她只是不想扫人兴："嗐，我觉不觉得的，你喜欢就行。"

沈画说："是送您的！"

惠涓不反对别人送她东西，何况沈画在家白吃白住这么久，但如东西送不到心坎上，她不领情。沈画送她这玩意儿，往好里说，是没用心；事实上，说不定、很可能，是别人送她她看不上、不喜欢，拿来糊弄她的。当下没好气道："你什么时候见我穿过这！"

沈画浑然不觉："没穿过才要穿嘛！"

惠涓再也不想掩饰嫌恶——对睡裙和沈画做法的嫌恶——道："这玩意儿，穿上等于没穿，你让我穿？我什么时候穿？穿了给谁看？"沈画被这一连串的问号问得蒙住，两手提着睡裙僵在了厨房门口。惠涓意识到自己过了，叹道："我是嫌你乱花钱，刚开始工作还在试用期没多少钱……放我衣柜里吧！"

沈画把睡裙放惠涓衣柜里，转身去小可屋，她有好多话要说。几天里发生的事情让她兴奋不已激动不已不吐不快。

"……见到孟非的那一瞬间，我觉得自己是在做梦。在下面看，他就是一普通人，普通得不能再普通了，撂人堆里找不出来的那种。他活生生站你面前，跟你说话，只跟你一个人说而不是对着成千上万的观众，那感觉真是奇妙！……总之，这次出差，两大收获：一、熟悉了业务；二、步入了，不不不，见识了上流社会的生活！"

小可不怀好意笑着插问："没有'三'吗？"

沈画正色道："绝对没有！这几天我和向飞同进同出同吃同住，他一句暧昧的话没有，一个表情一个眼神一个暗示没有，总之人家压根没那意思，你们纯粹是庸人自扰！"

小可感慨："能在你面前保持淡定的，还真不一般。"

沈画点头也感慨："事先设想了无数应对措施，到头来一条没用上。"一顿，"——搞得我很有挫败感！"

二人同时放声大笑。惠涓出现在门口："画，你要没事，去把碗刷了？厨房手套破了，我去买双手套！"

沈画道："你刷吧小姨！我东西还没收拾完呢！"

惠涓万没想到，瞪眼看她两秒，扭头就走。

小可也没想到："走走走，刷碗去！咱们一块儿！"

沈画待惠涓从家中消失后道："没听你妈说吗？手套破了。我不可能不戴手套刷碗。"把双手伸到脸前看，那手的手掌很小，嫩粉，十指细长圆润，说："手是女人的第二张脸。"

小可手机来电话了，海潮的。电话中他声音匆忙："我正忙，刚看到你短信！这周我一点时间没有，下周我们再约？挂了啊？"用了问号，但都没容小可回答。听着那头电话挂断的嘟嘟声，小可作出了决定——之前数次约海潮见面，想跟他当面商量考研的事，他一直忙，没时间——小可的决定是，考日本东京大学。

她把这决定用短信方式通知了海潮。海潮的回复方式也是短信，短信说："正在开会。晚上去你家找你。"

这天吃完晚饭，小可把客厅茶几收拾了，摆上茶杯，洗好水果，等海潮来，心中紧张不安。海潮的不直接表态就是一种表态，而她，不准备让步。

海潮进家，寒暄过后，惠涓让他和小可去小可屋里玩儿。海潮坐客厅沙发上没动，片刻后道："叔叔、阿姨，你们同意小可考东京大学？"

邓文宣、惠涓同时一愣，听海潮口气他好像不同意。他们以为他同意，逻辑是，他不同意小可怎么可能单方面作出这么重大的决定！

当下顾不得细想，邓文宣谨慎回答："我们尊重她的选择。"

惠涓也道："我们是觉得，她要去，我们同不同意的，有什么用。"

海潮心里有了底，转对小可："小可，你想没想过，去日本读研意味着我们得分开两年？"

小可老老实实道："想过。"

海潮心一沉，生出怒火，面上仍镇定，开玩笑地说心里话："想过还去，你是不是有点自私了？"

小可镇定地："海潮，这些天我多方作了咨询，如果考研的话，东大是我的最佳选择。"又道："学校每年有很长的假，一放假我就回国。还有，现在通讯手段这么多，联系起来很方便的……"

这工夫惠涓回过味来，敢情海潮不同意这事！当下对海潮一挥手："这孩子就这样，想起一出是一出！"转对小可："现在全世界都往中国跑，你倒好，去日本！日本的核辐射——"

小可不耐烦："又来了又来了！……是全日本都核辐射吗？就算是，又怎么样？少活几年而已，人又不是为了活着而活着！"

惠涓生气道："不是为活着而活着——也不能只为自己活着！本来我以为这事你跟海潮商量过了，你们都同意的事我们不便多说。要知道海潮不同意，打死我我也不同意！"心里道，别的不说，单只说为这事跟海潮闹分了手，有什么好。手一挥："日本不去了！这事就这么定了！"

小可谁也不看，道："我想去，"

惠涓毫不含糊："不准去！"

小可叹道："妈！我是成年人了，我的事情让我决定好不好？我有我的想法——"

惠涓"哼"一声接过去道："——还有你的追求。你以为就你有想法有追求？谁都是打年轻时过来的，谁都有追求！要都像你似的今儿东明儿西整天做梦，说走拍拍屁股就走——不能够！"

小可不想再跟妈妈费口舌。真到事上，爸妈不能把她怎么样，他们对她的爱无前提无条件，尽可以暂时搁置一边，眼下真需要她对付的，是海潮。她对海潮道："海潮，你不同意我去的理由是我们得分开两年，我可不可以理解为，两年你等不了？"

海潮说："两年我可以等，这不是问题关键。关键是，我不能理解你为什么作这个决定，有什么意义，有什么必要。"

小可说："欧阳老师说——"

海潮摆摆手："小可，两个人在一起要有分工，一个去奋斗，一个安安稳稳做自己喜欢的事儿——"

小可没反驳他的观点，她不想辩论，更不想吵架。只接着他的话道："去日本读研就是我喜欢的事。"

海潮说："前提呢？前提是两个人在一起！"

小可的决定让海潮心寒，突然发现这个看起来水晶般可以一眼望穿的女孩儿，有不为他了解的地方，更不是他以为的那么容易驾驭。

小可不说话了，海潮也不再说，客厅里冷场。

惠涓示意邓文宣说话，她感到了事情非同寻常。邓文宣说了："海潮，我们先试着理解一下小可的想法？"

邓文宣比谁都了解自己女儿——外表柔弱，内心倔强，她认准的事情，除非你能说服她，强压没用。他不希望小可去日本，不是因为日本现在情况不好，是舍不得她一走离开他两年，日本情况好也舍不得。但女儿态度坚决，他不愿违背她的意愿。

海潮回答邓文宣说："我理解，但很难接受。"

小可说："你是说，只要我去日本，你就不等我？"

海潮说："我是说，不到万不得已，没必要人为制造分离！"

小可说："我认为是万不得已！"

海潮说:"我不认为!"

惠涓说:"我也不认为!"

邓文宣示意惠涓不要急着掺和,对海潮:"海潮,你不同意小可去日本的理由,仅仅是认为要分开两年吗?"

惠涓道:"这理由还不够吗?小可已经不是小孩子了,我在她这岁数,都怀上她了!"

这让小可反感至极:"您说这有意思吗?"

惠涓说:"有意思!这意思就是,你现在是谈婚论嫁的年龄,不是做梦的年龄!"当着海潮面,话只能到这儿,没说出的部分是:就郑海潮那条件——不到三十岁,有车有房,年薪几百万,书香门第,长得还好,再上哪儿找?找到了,整天看着都不定得住,你可倒好,大撒把,去日本!两年不在一起,这事准黄!

海潮忙道:"阿姨,我不是这个意思。"

惠涓板着脸:"我是这个意思!"

邓文宣生气喝道:"惠涓!"对海潮:"这样,让我们先理解一下小可,理解了,才能谈得上沟通,好不好?"

海潮说:"我的理解,小可想有自己的事业和作为。"

邓文宣看小可,小可点头:"对!有什么错吗?"

海潮道:"没错,但没必要。"对邓文宣道:"叔叔,我的想法是,两个人有一个奋斗,够了!您说小可一个女孩子何必这么折腾,未来两个人在一起,我的就是她的……"

家中电话响,惠涓手从邓文宣背后伸过去,接起拐角茶几上的电话:"请问你是哪里?"

——来电话的是女人!小可害怕似的闭了闭眼,海潮在场,妈妈的表现会让她羞愧。爸爸大概也有同感,抓起身边的晚报遮在了脸前。妈妈的声音在客厅回响:"请问你是哪位?……请问你找他有什么事?……"

从前小可对妈妈的这种做法只是反感,年龄大了后有了些理解,最近,竟生出了同情——相同的感情!

国贸吃饭不欢而散到妈妈张罗那次见面的饭局，间隔了十来天。十来天里，海潮倒是一直跟她联系着，电话短信都有。但也只是联系，例行公事的那种。比如，今天有雨，记着带伞。再如，今天忙不忙啊？晚上早点休息……对他们之间存在的矛盾闭口不谈。后来，去咖啡屋那天他跟她说，这段时间他太忙了，想等忙完了再找她，当面，好好谈。

那段时间，陈佳的冷淡和敌意让小可在南实备受煎熬度日如年。不能跟爸爸说，徒然让他为她担心。只能跟海潮说，正闹着矛盾又不好说，一心希望海潮主动提及——不提。以他的智商情商，不会想不到陈佳会怎么对她，那段日子，为他的避而不提她几近崩溃。

去咖啡屋时他所作的解释她都理解了，接受了：当时他工作正处关键时刻，稍有疏忽公司损失过亿。——但是，最激烈的思想活动她没对他说，当时她在反思：为什么两个人闹了矛盾，她几近崩溃像是到了世界末日，他却能镇定自若按部就班工作？结论是，他的精神世界不止爱情这一根支柱，而她一度，在那爱情里迷失了自我。

海潮说，将来他们俩在一起由他奋斗，她靠他即可。——她相信他的真诚，只怀疑这真诚能持续多久。妈妈跟她说过当年与爸爸的恋爱，给她看过爸爸写的情书，热烈得烫人。而今，那爱情荡然无存。爸爸没了爱情还有事业，妈妈没了爱情一无所有。

小可曾下决心不找太优秀的男人，事到临头方知，这件事由不得自己，她不幸爱上了海潮。去咖啡屋那次她告诉自己，爱是可以爱的，但不能像妈妈那样爱，不顾一切飞蛾扑火。这回数次约见面商量考研事海潮一直没空，更坚定了她的信念：提升自己！不能被他拉得太远！

不是没想过坚持去日本的后果。仍然坚持是权衡后的选择：在他，如果两年都不肯等，何谈一辈子；在她，万一失去爱情但可以收获自我。

惠涓问了一大圈后把电话交给了邓文宣，海潮等邓文宣接完电话，接着刚才的话继续对他道："叔叔，我认为两个人在一起得有分工，一个主内，一个主外，像您和阿姨。"

邓文宣说："你的意思是，小可主内？"看看小可，摇头一笑："她不行。主不了内。我看她也就能做做学问。"他只顾表达他对海潮大男子主义的反感，全然忘掉身边妻子听了会有什么样的感受。

惠涓强笑着插道："小可也就能做做学问——我呢？也就能做做家务？"

邓文宣顾此失彼，声厉内荏："你说你这人！说小可的事你硬要把自己掺和进来干吗！"缓和下口气："我是想让海潮给小可一个更充分的理由。"转向海潮："海潮？"

海潮生硬道："要说的都说了，没有更充分的理由了。"

这明显不让步的对抗激怒了邓文宣，他说："海潮，如果我没理解错，你的意思是，你奋斗，小可做你的附庸？"

海潮说："我不认为这是附庸！"

邓文宣一挥手："这不是你认为不认为的问题！一句话，你反对小可去日本的理由，我不接受！小可是做学问的材料，不是做家庭妇女的材料！"

惠涓身体挺得笔直："等等等等！……老邓，在你眼里，我是做什么的材料？……家庭妇女的材料，是吗？"一扭脸，对海潮："海潮，现在，我正式向你介绍一下你阿姨我：小学，班长大队委；中学，学习委员数学课代表；大学，会计专业，好多女生为学不好数学苦恼，我根本没办法理解，数学多优美啊，怎么能学不好？结果——结果最终我为这个家付出了我的全部，包括数学，成了医院一个小学四年级文化就能干的收银员，一个……家庭妇女……"眼睛都红了，不知是由于火太大还是由于眼泪。

小可叹口气，起身过去坐惠涓身边，手搭她肩上摇："妈，妈，妈！爸不是那个意思，您想太多了——"

惠涓对小可一笑："他是那意思，他瞧不起我。他不说，我不说；他说了，我不能不说！……你爸什么人？我是什么人？你知道明里暗里喜欢他，没事就跟他套近乎的女孩子有多少？我理解那些女孩子，更理解你爸！把你爸跟我放一块堆儿，我都替他冤得慌：好好的一朵鲜花硬是插在了牛粪上——我是牛粪！"

起身走——她想哭，海潮在，不能当他面哭。她进了卧室，关了门。但仅只几秒，那门又开，她出现在门口，不看邓文宣不看海潮，直盯盯对小可道：

"小可，去日本！趁自己还年轻还有机会，多学些本事！……依我意不想让你去，舍不得！我希望你夫贵妻荣大树底下好乘凉，身子不动扇子不摇就能过上好日子！可惜啊，希望是美好的，现实是残酷的，你妈就是个例子！……小可，记住妈的话，谁有不如自己有！别说你们没结婚不是夫妻，就是夫妻，不到最后死了埋进一个坑里，不算一家子！"

吮，关了门，客厅死一样沉寂。几秒钟后，邓文宣起身去了卧室。

——海潮懂得了小可。懂得了她的犹豫反复、她的没安全感、她的消极悲观来自哪里为了什么。待邓文宣消失在卧室门后，他移至小可身边，拉起她手合自己手里，那手冰凉。

海潮温和地："小可，你不信任我。"

小可承认："我是不信任你。"

海潮表态："我保证——"

小可苦笑："你什么都保证不了。"

第十一章

晚上十点多了，向飞办公室门仍然紧闭会仍没开完，公司上市在即，各种事情千头万绪。沈画坐外屋办公桌前不停看表，身为助理她不便离开，回家太晚怕小姨生气。焦虑间听到向飞门开，里头人陆续出来，沈画送他们走后，拿包预备走，被向飞叫住。"耽误你几分钟时间。"他说，进他办公室，不一会儿转回，手里拿着个纸袋。"给你个东西看。"把纸袋递给沈画，"这是'脑神宁'最详细全面的资料。"沈画接过抽出翻看，向飞声音在耳边响："拿回去！请邓文宣看！"沈画翻资料的手一下子僵住，没敢抬头。向飞声音继续："目的是，请他给'脑神宁'写论文。他没时间，我们写，他只要签上他的名！"

　　沈画抬头，乞求："向总——"

　　向飞一摆手："这事如能办成，未来公司上市，我给你五万干股！"沈画一震，向飞目光敏锐："那将是很大一笔钱，到底有多少现在说不好，但保证比你打一辈子工挣的多得多！……通过接触，我感觉你是个对生活品质有很高要求的女孩子。"

　　沈画默然，向飞不着急，静等。沈画终于开口："向总，您看人很准，不错，我是对生活品质有很高要求，说白点就是，拜金。可惜，您说的这件事我根本做不到！"

　　向飞有一会儿没说话，然后说："你明天不要来上班了。"沈画一惊，向飞道："在家里集中精力把这些资料看一看，看完了，我们再谈……走，我送你。"

沈画到家时十一点多了，在楼下特地向楼上看，家里灯全黑了。小心掏钥匙开门，进家，脱鞋，摸黑找不到拖鞋，光着脚走。摸到自己房门口，门不知为什么关着，没顾上多想，开门进屋开灯。随着灯亮，赫然发现有个人脸冲墙躺她床上，吓得她尖叫出声。

床上人被她惊醒，翻过身来，是惠涓，嘟囔着说了句"怎么才回来"之类。

沈画这才注意到，床上床单换了，被子枕头也都换了，她用的东西被卷成一卷放在椅子上。沈画顾不得问，先答："公司加班，要上市，事特别多……"

惠涓摆手表示没兴趣，说："我得在这屋睡，你上小可那儿挤挤。"沈画看看她脸色没敢多问，答应着去抱自己卷放一边的被子，这时听惠涓又道："以后，我就得住这屋了。你抓紧时间租房子出去住。"说罢翻身冲墙："走时把灯关上。"

惠涓同邓文宣分居了。

晚上她对海潮所说一字不假，她不是一个没追求或说没能力追求的人，但当现实要求两人只能有一个人去追求时，她选择了牺牲。"牺牲"一词不准，牺牲是不计回报地舍弃，她不是。她把自己的追求转移、寄托到了邓文宣身上，把他每一步成功都视作自己的成功，没想在邓文宣那里，她只是个一般的家庭妇女。

沈画和小可分两头躺在小可单人床上，得知事情原委后长叹："这可真是，城门失火殃及了我这条可怜的鱼！你说你去日本跟我有什么关系，却就是有了关系！"暗夜里，小可再没说话。

次日，惠涓起床洗把脸就走了，小可、邓文宣、沈画分食了冰箱里的半袋面包做早餐。餐后，邓文宣上班，小可进自己屋关了门，沈画房间被惠涓占去，拿着向飞给她"脑神宁"资料在客厅里看。

小可出来倒水，沈画看看她的脸色："小可，你干吗呢？"

小可眼皮子都不抬："看书。"

沈画问："那个，啊，海潮跟你有联系吗？"这次不是刺探，是关心——这时她的情感目标已然转移到了向飞身上——小可眉头微微皱起，沈画赶紧把话题岔开："你爸你妈的事我们得想想办法，不能看着他们这样下去！"

这是沈画真正想说的话，这事从昨天夜里就一直在她脑子里萦绕：只要惠涓和邓文宣分居，邓家就没她的房间；如果她住邓家，还有可能假装不经意地，让邓文宣看看"脑神宁"资料，偶尔，假装顺嘴地跟他提几句，接下去——她都想好了——把别的专家发表的关于"脑神宁"的文章搜集来，放在他目光可及的地方……慢慢渗透，一点点来；邓文宣固执，并不封闭。从向总交给她任务时起，她就开始在脑子里考虑如何实施完成，什么都想到了，邓文宣可能的反感都想到了，没想到会遭遇这样的变故。她很想完成向总交给她的任务，不仅是——主要不是为那五万干股，主要的是，她愿意为向总分担困难，希望让向总满意！

这半天她貌似在看书，一个字没看进去。倒是想出了个办法，但需要小可的配合，几次想去跟她说，一看她屋紧闭的门就想起她那张脸——板着，没任何表情——不敢贸然。好不容易她出来，抓住机会赶紧说了。

小可意志消沉："我妈正在气头上，现在说什么她也听不进去，等过两天再说吧。"

沈画说："这事不能等！……我想搞一个家宴，今天晚上，大家一块儿，把山山也叫来。你爸没问题，只要你妈同意，这事就算成了一半。听你说的情况，我认为他俩没什么大事，不过是话赶话僵住了，这时候需要我们给他们制造一个台阶！"

小可实在没情绪，但还是点了头。

沈画说："我通知你妈，你通知你爸！——做做你爸的工作，让他姿态高一点，他是男的，家庭矛盾没对错！"

小可再次点了头。她身心疲惫，奈何沈画的建议全都在理儿，必须得做。

她们分了工，小可在家打扫卫生，沈画去超市采购。小可不会做饭，只能沈画主厨，谁主厨谁采购。

沈画准备了八菜一汤的菜谱。东西买齐到家大半天过去了，进家择、洗、切，准备各种作料，不时上网查一查某个菜的做法，又是大半天时间。小可一点忙没帮，打扫完卫生就走了，借口是去医院叫她爸。沈画一个人张罗五个人的聚餐，扎扎实实体会到了家庭妇女的不易。

惠涓到家时沈画没听到，在厨房背倚灶台捧一本《"脑神宁"药理分析》专心看——火上炖的鱼怕煳，守着点放心。这时，她感觉到什么，抬头，看到了站在厨房门口的惠涓，有点奇怪，还不到下班时间呢！她招呼："小姨！怎么这么早就回来了？身体不舒服？"

惠涓摇摇头，又点点头。

下午上班不久，惠涓碰到了一个各色老头，按说来医院看病的什么人没有？搁平常她不会往心里去，今天不行，今天她心情糟到了再容不下一丁点的糟心事情。老头应交费九百九十九块九毛六，实交一千。惠涓没零钱，问他四分钱不找成不成，说不成，她扔给他一毛钱钢镚，他还说不成，说公家不能占他便宜他也不能占公家便宜。惠涓盯着他看了几秒，一言不发起身走，留下了一个无人收费的窗口，任那窗口前的长队骚动、喧哗。

惠涓进家后，先是注意到了家里的整洁，循着红烧鱼香味儿来到厨房，看到了厨房进行中的操办和兢兢业业的沈画。

之前沈画给她发短信打电话，让她务必回家吃晚饭，跟姨夫一块儿，好好谈谈。她没理她。这事谈没用，得行动——这个家她不再管了！只要她管，她就没有价值，如同健康，拥有时不会觉得宝贵。

早晨起来，这么多年第一次，她没进厨房，看都没朝它看一眼，洗漱完直接走人。早点在医院食堂吃的，豆浆、蛋糕、海带胡萝卜丝，才五块钱。当下决定，以后就在食堂吃了，一天三顿，晚上吃了饭回去——他们怎么吃，随他们便！

经过清扫的家和厨房的一幕，让惠涓体会到孩子们很重视她的存在和感受，心当下有点热、有点软，说一句："画，你这不会做饭嘛？"沈画在家住这么长时间从不下厨房，说是不会做饭。事实上她大学时就学会了做饭，跟广东同学学的——大学四年光吃食堂谁也受不了。

沈画脸一红，嗫嚅："对不起小姨，我——"说不下去。

惠涓替她说："——你是为保护手。"拉过她一只手，跟自己手并排放一起，端详着自语："有个词儿叫，噢，玉指如葱！你呢，是玉指如葱的那个葱，我呢，是晾晒好了准备过冬的那老葱——家务活先老的就是手……"

大门外传来脚步声、说话声，惠涓扭头就走，去了她现在的卧室，关了门。

小可和邓文宣回来了。一路上，小可劝邓文宣，邓文宣貌似专心听，心思全在女儿身上，一直想：她和海潮目前是个什么情况？她只字不提。她不提，说明情况不好；他硬问，徒然把他的焦虑加她身上。父女二人就这样嘀嘀咕咕貌合神离地回到了家。

他们到家不久，山山到了，拎着瓶红酒。山山本来要和旭刚去酒吧听他们共同喜欢的一位摇滚歌手唱歌，接到沈画短信后，把旭刚辞了。

八菜一汤陆续上桌摆好，蔚为壮观。

待大家坐定，沈画进屋请惠涓，等了许久，不见人出来。终于出来了，拒绝坐邓文宣身边，搬起留给她的椅子，挤坐沈画、小可之间，自始至终，看都不看邓文宣一眼……

这过程中，邓文宣耐心一点点消失。为孩子们今晚上的安排，他把工作都作了调整，心里也打算按女儿说的，不管谁对谁错，他认错，以让这个家恢复以往的平静，平静是他现在对家庭生活的惟一要求。

为这平静，昨晚他跟她说了很多，解释、检讨、道歉，她不依不饶；今天他率先做出求和姿态，她反而变本加厉装腔作势，让他心生厌恶看都不想再看她一眼，抄起筷子说声："吃饭！吃完了各忙各！"夹一筷子香菜拌木耳送嘴里，嚼着，对沈画点点头："味道很好！加了芥末、醋……"

惠涓冷眼看他，心突突跳。沈画赶紧拉她，用目光求她，她甩开沈画的手直视邓文宣，开口："你挑衅啊？"

邓文宣道："我怎么挑衅了？"

惠涓道："你这就是挑衅！"

邓文宣不想再说一个字，坐又坐不住，放下筷子起身要走，被小可死劲拽住："爸！爸！爸！"眼泪汪汪。

邓文宣坐下，深深吸口气，对惠涓道："惠涓，昨天晚上我跟你说了很多，现在当着孩子们的面我再说一遍：这么多年来你为这个家辛辛苦苦付出了你的全部我非常感谢！下面我要说的话没别的意思，只希望你别再委屈——我要说，你是做了很多，但我也没有闲着。"

惠涓愣住。邓文宣说的是事实，只以前他从来不提，眼下他突然说起，让她一时不知怎么回答。就他的话接着说？结果势必是两个人各自评功摆好，那她还真占不了上风——这个家能有今天的社会地位、经济地位，谁都清楚，她自己也清楚，主要靠他。

邓文宣说完便不再看她，抄起放下的筷子继续吃。他的本意是点到为止息事宁人，却不料在惠涓眼里，那是一副"你没话说了吧"的胜利者姿态。她看着他吃，一口菜一口饭一口汤，脸色越来越阴，凝定不动，仿佛酝酿着爆炸的炸弹。

然后，身体挺直，眼睛下垂，她要发作——

沈画抢在她前面开口，说出的话让所有人意外。

"那不一样。姨夫为这个家当然也尽了全力，但跟小姨不一样。"大家齐齐看她，被她话中明显的倾向性吸引。邓文宣更是筷子悬在半空，目不转睛。沈画迎着他的目光，对他点点头道："姨夫，您知道今天我干这一天家务活的体会是什么吗？非常辛苦，更重要的，琐碎、枯燥、重复，毫无乐趣……我反复想，如果天天让我这么干，一年三百六十五天，我干得下来吗？答案是，NO！……当然我知道您也很辛苦，论程度一点不比小姨差，只能更辛苦，但是——但是您所有的辛苦和付出都能得到社会的认可，能变成钱变成荣誉变成地位固定下来。小姨呢？她这么多年的家务劳动如果得不到家里人得不到您的认可，就算是被扔进了一个无底的黑洞，无影无踪无声无形！"

小可抓住邓文宣的胳膊，手下使着劲，眼睛传递着焦急和乞求，嘴里道："爸！爸，我觉得画姐的话有道理……"

邓文宣沉默，几秒后抬起眼睛："——很有道理！"看着惠涓："对不起。"

这声"对不起"是郑重的、发自内心的，所有人都有感觉，惠涓更是热泪盈眶。强压下哽咽，惠涓说："老邓，知道女人图什么吗？就图句话！话说到了，你让她给你干什么都——"话音刚落泪水夺眶涌出，她起身就走，去了过去的沈画房间现在的她卧室，关了门。

桌上沉寂，好一会儿，沈画起身道："我去看看。"

没等她去，屋门开，惠涓抱着自己的铺盖出来，边向主卧走边对餐桌边的沈画说："画，你把自己的东西收拾回去吧。"又对邓文宣说："老邓，让沈画住家里吧，房子空着也是空着。这孩子长得太扎眼，真出去自己租房，还真让人不放心……"

山山第一时间给旭刚短信通报了邓家情况的进展，旭刚第一时间将短信内容通报给了坐他对面的海潮，海潮轻轻嘘了口气。不管怎么说，邓家老两口的冲突由他和小可的事引发，他有一定责任。

此时他们坐在路边的一家大排档，旭刚带他来的。

中午确定晚上没工作时，他约小可出来，小可跟他说了邓家晚上的安排。他只得给刘旭刚打电话，约一块儿坐坐。旭刚当即在电话中笑了起来："拿我填空？"海潮也笑："互相填空。"

这是海潮第一次来这种大排档，露天摆一片塑料桌椅，人多得座无虚席。开车时常路过这类地方，每每不解：就算露天凉快，能凉快到哪儿去？肯定不如空调屋，现在餐厅都有空调。身临其境方体会到开车路过时体会不到的野趣，当下对旭刚感慨："这地儿不错！有股子大块吃肉大碗喝酒一醉方休的劲儿！"话音未落，两个短打扮的年轻女孩儿走来，四条笔直的长腿踩着弹簧似的从眼前交替晃过。

旭刚目送女孩儿远去，接茬儿补充："——还有着流动的美丽风景！"

海潮笑起来："常来？"

旭刚点头："年轻时不懂事，觉得在街上喝酒特男人，没事招呼着一帮哥们儿上这儿来，吃、喝、侃，周围人都怕我们，别人越怕我们越觉有面子。现在岁数大了，知道这不是什么有面子的事了，可是习惯养成了，改不了了。想喝酒了，再高级的地方，不如这儿！"拿手里的啤酒瓶与海潮面前的酒瓶一碰，一大口灌下去，身心舒泰；海潮看着他，蓦然生出些羡慕。

旭刚瞟他一眼："别这么愁眉苦脸的，没什么大不了的！你去跟邓小可道歉，甭管谁对谁错！……跟女的你不能讲理，女人是种不懂得什么是'理'的动物，跟她们讲理就是对动物弹琴！"

海潮叹："事情没你想的那么简单——"

旭刚道："也没你想的那么复杂！记住我的话郑总，这不是你们做生意，不能等有了解决方案再说，感情凉不得，凉透了，再好的方案都白扯！"

海潮一惊。刘旭刚工作、生活单纯，思想方法简单，有时却比他的深思熟虑更能直抵事物本质。只是这次他和小可这事，仅靠道歉不能解决问题。想着，长叹一声："唉，真羡慕你们！"

旭刚一笑："你现在是特殊阶段，看谁都比自个儿好。赶明儿和邓小可风调雨顺了，马上就能变回那个趾高气扬的郑海潮！"

海潮道："我哪里趾高气扬了——"

旭刚手一挥："你自己不觉罢了！话说回来，你有这资格！三十岁不到，年薪——"

海潮摇头摆手："你们这叫只看贼吃肉没看贼挨打——挣得多，能让你白挣？投资跟赌博有点像，风险很大，区别只在赌博靠掷骰子我们靠分析计算；心理也像，不管上次挣多少，下次总想都投出去，想赚到更多的钱。但毕竟你用的不是自己的钱，别人相信你把钱交给你去投资，赔一次，你的信誉有可能永久受损，甚至是，永久归零。"

旭刚问："你归过零吗？"

海潮道："目前还没有，以后不知道。投资这行，市场好的时候投什么都赚，不好的时候，四大投行能说倒就倒——"说到这时蓦然一怔，凝神思索片刻，掏手机给小可发短信，短信说："我支持你去日本。"

四大投行能说倒就倒，他怎么能保证自己一辈子顺风顺水？从这角度上说，他在小可事上的大包大揽，把两个人的未来交由一个人掌握，至少是有些不负责任。潜意识里，他在为同意小可去日本找理由说服自己。不管是性格决定职业还是职业重塑性格，海潮对既成事实接受的速度比常人快许多。既已感觉到小可不会让步，那么，他让步。要让步，早比晚好。旭刚说话："感情凉不得，凉透了，再好的方案都白扯！"

山山带小可赶到，小可绕过七七八八的桌椅向海潮走，走近，众目睽睽下扎进他的怀里。

……

那天夜里小可到家时，快十二点了，沈画仍在桌前看向飞给她的那袋子资料，这会儿看的是《论不同级别专家对药物销量的影响》，听到门响，马上拿本书把正看的资料盖上。资料所述在邓家是敏感话题，她不想引起误解失去来之不易的大好局面。晚上吃饭她说的那番话原只想试着调解一下小可爸妈的矛盾，没想到误打误撞取得了这样惊人的好成绩。

小可探头进来："还不睡？"笑盈盈的。

沈画笑盈盈看她："看来你们俩这是——和好了？"

小可抿嘴一笑，说："画姐你真行，今天你说的那些话真棒！"接到海潮短信她就和山山急急忙忙走了，没顾上夸沈画今晚上的出色表现。

沈画道："那是！"憧憬地，"看来，我不用出去租房住了，只要没结婚没有自己的房子前，就可以住这里了。住这儿一月最少省三千，一月三千一年三万六！我准备——用娇兰！"娇兰是法国顶尖级的护肤品，15毫升一小瓶眼霜近两千，沈画一直想用一直舍不得。"好多女明星用眼霜当面霜搽脸，效果就是好就是年轻，眼霜多细腻多好吸收啊！"

小可笑："嗯，等咱有了钱咱也用眼霜搽脸——"

沈画一摆手："NO！我用眼霜搽身上！"

两人相视无声大笑——不敢出声，老两口已经睡了。

次日沈画上班，到办公室门口用钥匙开门，门没锁，进去后看到向飞在办公室里。他一夜没走，一夜没睡。经过了数轮谈判，与中威合作的合同也拟定了，但中威郑海潮提出要求：签合同前，"脑神宁"的推广速度要提高30%。夜里，他与几个中层领导开会研究了数个推广方案，不论哪个方案，专家的认可推介都是核心。

得知向飞从昨晚到现在没离开过公司，沈画表示马上去给他买早点，被向飞叫住："资料看完了吗？"沈画点头。向飞示意她坐："谈一谈？"沈画坐下，心情紧张。向飞看看她："脸色不好。没睡好？"

沈画说："没睡……看您给的那些资料……我看得慢，好多专业术语得现查，外行。"

向飞有一会儿没吭，而后道："让你为难了，沈画。"

沈画忙道："没有没有！我学到了很多东西，现在不学以后也得学——"

向飞摇头："不是指这个。是指，"顿顿，"——让你找邓文宣。"

沈画不知道该说什么，哑巴似的看向飞。

向飞不看她，看手里的签字笔，按一下，将笔尖按出，再按一下，按回，发出清脆的"咔嗒"声，在连续的"咔嗒"声中他说："今天，我想跟你彻底谈谈这事。不错，当初让你来公司是因为邓文宣，这个我认为你也清楚。清楚了还来，我想是两个可能：一、脸皮厚；二、自信。开始我认为是前者。你脸皮厚我就也厚，你利用我我不能让你白利用，我们互相利用心照不宣。带你去南京，住五星酒店，安排你见孟非，都是为这'利用'作的投入，同时也为让你迷恋，迷恋上流社会的生活。那种生活如同吸毒，上了瘾很难自拔。也如同吸毒，它必须首先，有金钱垫底。直到前天，我提出给你干股。"

说到这儿，向飞手停止了动作，"咔嗒"声随之停止；沈画不敢说话，不敢看他，甚至不敢思考——向飞的话令她意外，本能地觉得，谈话到了最关键时刻，她得集中起全部精力，听他下面要说什么。

向飞说："我操之过急了，甚至可以说是，病急乱投医！我不该逼你，这件事超出了你的能力范围。硬要你去做你做不到的事，结果是什么？害了你还无益于我，不，也害了我。"

沈画抬起眼睛，与向飞四目相对。向飞凝视着她那双美丽的眼睛，说："为什么说害了我呢？通过这一段的工作、交往、接触，我认为你是个很好的工作人员：心理素质好，有悟性、有直觉，肯吃苦。尽管见识少起点低专业不对口，但这些都可以通过努力弥补。管理学上有句话：用人不在于如何减少人的短处，而在于如何发挥人的长处。——真要逼走了你，对我对公司，都是损失。"

沈画无论如何没想到他说出的是这番话——初入职场的年轻人最看重的就是这样一份认可——眼睛不期然发热。

向飞仍在说："跟你说这些是想请你理解我的心情：马上要与中威签合同，急、做事情不理智。我向你道歉。同时向你保证：以后，你是你，邓文宣是邓文宣！……去吧，给我买早点去！"

沈画起身向外走，到门口，站住，转身对向飞道："向总，我认真看了全部资料，认为'脑神宁'是好药，我由衷希望邓文宣也能够得出这样的结论。我知道您非常着急，我非常想为公司——"一顿，"——为您做成这件事情！但是，正如您刚才所说，这事超出了我的能力范围……对不起！"一声"对不起"发自肺腑，泪水同时涌出。

向飞急道："该说对不起的是我！……不许哭！……哭出来让人瞎想，影响我形象！"

沈画被逗得笑了一下，震落了泪，她转身快步走开……

晚上，沈画洗完澡擦头发，擦着，停了手，出神地对着卫生间镜子看。镜中是一张青春勃发的脸，带着水滴，如同露珠……小可出现在镜子里，她进来沈画竟没听到。

看着镜子里的沈画，小可感慨："你皮肤真好！"

沈画嫣然一笑："是不是更好了？"

小可细看："真的哎！"

沈画半自语："难怪人说，爱情是最好的护肤品。"从没想到自己会爱上向飞，从前只是想得到他，没敢奢望爱。

小可惊讶："你——有男朋友了？"

沈画摇头，马上又点头："有目标了。"

小可追问："什么样的人？"

沈画道："你认识。"

小可愣了愣，在她认识，沈画也认识的人里想了一圈，想到了一个，不敢相信，又想不出别人，试着问："不会是——向飞吧？"看沈画表情，正是。小可叫："他四十多了！"

沈画接道："——他还结过婚，他还有孩子。但同时，他还有钱有事业。更重要的是，人也好！不错，他四十多了，可年龄大小是相对而言，拿一个三十岁一月几千的打工仔和四十岁身家上亿的老板比，谁年轻？后者！"

小可道："画姐，你得慎重，我认为你这不是爱，是刚踏上社会对成功人士的一种——"她想想，找到了合适的词："——崇拜！"

沈画慢慢道："崇拜，是爱的基础。"

第十二章

中威决定投资光瑞药业，几轮谈判下来，光瑞最终给出的条件相当优惠。这天，中威投资总监郑海潮与光瑞药业总裁向飞正式达成了合作意向，谈判结束，海潮送向飞走。

海潮说："向总，问您个事儿？……如果我们再抻几天，您会不会带着一份更优惠的合同过来？"

向飞一笑："有可能。我们现在别无选择，只有你们。"

海潮怔了怔，没想到他会这么坦率，一笑，道："向总，我欣赏您的真诚，但您不怕过于真诚会导致对方漫天要价？"

向飞说："我欣赏这样一句话：谁都不缺真诚，问题在于谁先掏出来。我决定先掏出来，希望用真诚换得真诚。让贵公司了解我的真实处境，了解了后签订的合同，才可能切实有效合作顺利，不如此，失败是早晚的事！"

海潮听罢自愧不如，郑重道："向总，如果您能过了这个坎儿，贵公司前景无法估量，您有着做大事的思路，这个坎儿我和您一起过！"

向飞沉默片刻："郑总，我也问你个事儿？……这么多投行不看好我们，你根据什么坚持到现在？"

海潮不明白都这时候了他怎么还问这个，据实回答："我请专家看过'脑神宁'的药理报告和临床报告，他们的反馈与您跟我说的基本一致……"

向飞打断他："你身边就有专家，专家里的专家，为什么不找他？"

海潮明白了，直言："如果我不是邓小可的男朋友，或者，这件事于我没有利益，我可以找他。"

向飞默然叹息。套用国歌的一句歌词，光瑞"到了最危险的时候"，重提这话出于有枣没枣打一竿子的思路——还是没枣！

傍晚时分，沈画带着"吉野家"送外卖的人向会议室走，向飞声音由会议室传出："……爬山到半山腰遇大雨该怎么办？向山顶走！山顶风雨更大但不足威胁生命，山下风雨小却可能遇山洪暴发。对于风雨，逃避它，你可能被卷入洪流；迎向它，有可能获得生存——所以，我们选择了后者！……"

沈画听着，热血沸腾的同时沉重，决意与向飞风雨同舟。她到会议室，向飞让大伙先吃饭，人们纷纷起身拿饭，向飞说："吃完不休息了。我们现在是跟制药业大鳄们赛跑，尽快将'脑神宁'推出，时间得由每一个环节上省出。大家辛苦辛苦，公司上市之后，我承诺，在座每一位，一个月的假，带薪！"

没有往常这种情况下的起哄笑闹，人们打开盒饭，掰开筷子，默不作声吃，气氛凝重。沈画看向飞，他正埋头扒饭，她那个位置只能看到他头顶，当下惊讶地发现，那头顶原来一片纯粹的黑里，隐现出了丝丝的白！

这天会开完九点多了，沈画走前将"脑神宁"所有资料用一个纸袋装好，提着回家，直接提进了邓文宣书房。

小可在邓文宣屋，请邓文宣帮着看一下给东京大学老师做的学习计划，做学习计划是申研第一步。本来让海潮看最好，海潮为光瑞上市的事忙得抽不出时间。当邓文宣得知小可没拿到南实证券的实习证明时，大不以为然。国外大学收研究生不仅看学习计划、学习成绩，更看有没有相关实践经验。道理小可懂，之所以没去开证明是想，即便陈佳肯给她开，也不会开出什么好的来，这样的证明，拿了何用？邓文宣的意见是不能事先预设结果，得去做了再说。沈画进来时父女二人正为这事争论。

简单打过招呼，沈画神情严肃一言不发，动手把纸袋里的资料一本一本拿出：《"脑神宁"临床报告》《"脑神宁"药理分析》《脑卒中"脑神宁"的临床应用》……很快，在邓文宣面前排成扇形的一摞。邓文宣和小可看着她，神情中有意外，更有惊奇，小可还有担心。这个家只她知道沈画对向飞有了感情，她担心沈画感情用事，做傻事。

书和资料全部取出摆好，沈画说："姨夫，这是我们公司研发出的新药'脑神宁'的资料，请您看看？"

邓文宣强忍不快，出于礼貌随手翻看，道："噢，这事我知道，他们找过我，很多次。"打住。

沈画等了等，见没有下文，说了："姨夫，您为什么就不能看一看呢？"口气里竟能听出来责问，小可吓一跳，看沈画，沈画脸上是一副"风萧萧兮易水寒"的大义凛然。

邓文宣翻资料的手一下子定住，抬头说："沈画，我理解你的心情，想对公司有所贡献。但是，新药进入市场有它的程序，'脑神宁'如果真是好药应该经得住考验，你找我没用。"

想想公司同仁为研发推广这个项目的付出和努力，想想公司老总向飞近期出现的白发，更不要说还有广大等待新药救治的患者，面对邓文宣石头般冷漠、顽固、麻木、无动于衷，沈画反感的同时，心生愤慨。她极力平静情绪，回答邓文宣："我找您是基于这样的考虑：我看过市场分析部报告，您这个级别的专家对一种药的认可否定对市场有至关重要的影响。"

邓文宣打断她："这个我比你清楚。"

清楚为什么拒绝?！沈画在心里质问，嘴上求："姨夫，请您百忙中抽点时间看一看？"

她的纠缠让邓文宣忍无可忍，望定沈画直言不讳："向飞答应给你什么好处？"

屋里一下子静极，都没想到邓文宣会说这个，会这么直接。几秒钟后，小可打破寂静："爸，您怎么能这么说话？"

邓文宣道："我这么说有我的根据——他们找我时，总会承诺各种好处！"

小可道："您是您，画姐是画姐。画姐是为工作，在其位谋其政……"

沈画打断小可的和稀泥，直视邓文宣："向飞答应了给我好处。"邓文宣和小可屏息静气，沈画说："答应公司上市之后给我五万的干股，我拒绝了，因为，我记住了我去公司前您跟我的谈话！"

邓文宣道："那你为什么——"手在面前的资料上一扫，代替了后半截问话。

沈画答："因为'脑神宁'真的是好药！"

邓文宣强忍怒气："是不是好药，我说了不算，你说了更不算——你完全不了解药！"边说边把面前资料摞一起，下逐客令："没别的事了吧？我和小可正谈事。"

失望和愤慨使沈画心里的话冲口而出："是，我不了解药，但您也不了解'脑神宁'！不了解就拒绝，太粗暴了吧？太主观了吧？太不负责任了吧？"

邓文宣吃惊得一时无语。

小可急叫："画姐！你不要感情用事！"

沈画反驳："跟感情无关！"

小可道："你以为无关！"

邓文宣听出了点意思："什么感情？谁跟谁的感情？"

小可赶紧把桌上资料划拉到一块儿，抱起推沈画走："走走走画姐，我和我爸说事呢！"

此时沈画已激动得全身战栗热泪盈眶不能自已，定住不走，对小可叫："你爸这样做是不对的！"

小可也叫："向飞的话你不能全听！他是个商人！"

沈画叫："商人也有好坏！"

小可说："你当局者迷！他在利用你！"

邓文宣看都不看沈画，只问小可："她和向飞怎么回事？说实话！"小可噤住，沈画把脸扭向一边神情倔强。这时邓文宣已不需要回答，他只是感到难以置信，望定沈画道："你怎么能做出这种事来？"

由于失望、绝望，沈画有些不管不顾："这种事？什么事？且不说我和向飞八字还没一撇，就算真是您以为的那样，也合情合理合法——他离异，我单身！"

邓文宣万没想到沈画竟敢对他放肆泼蛮："沈画，从前以为你只是被你妈惯坏了，有些不好的习惯，现在看来远不只这样，你不仅不知轻重没有分寸，更重要的，没有是非观念惟利是图——"突然收住了话不想再说，挥挥手，低声道："你走吧。"

小可如获大赦，赶紧抱着资料拉沈画走，邓文宣声音从后面传来："出去住，租房住。"

沈画怔一下，加快步子出去，头都没回。

次日，向飞早早地来到办公室，等沈画。

昨晚下班前沈画跟他说了她想就"脑神宁"跟邓文宣直接沟通，他表示可以一试。走前问她想好怎么谈了吗，她说就谈"脑神宁"，光明正大开诚布公地谈。"脑神宁"是好产品，这是公司争取邓文宣支持的全部也是惟一资本。作为一个有影响力的专家，邓文宣有责任向市场推介。向飞同意沈画思路，进一步强调指示：一、不谈钱不谈利益只谈对病人的好处；二、做好被拒绝的准备；三、有消息，不论好还是不好，及时沟通。并当场调试手机，道："把你加入我的白名单。这样，不论几点打电话来，我的手机对你永远是开着的。"一句"我的手机对你永远是开着的"让沈画全身热血奔涌。

昨天晚上、夜里、早晨，向飞没等到沈画消息，没消息就是一种消息，但他仍心存一线希望。

沈画到了，向飞只消看她一眼，马上打消最后仅存的希望，心里沉重失望得无以复加，还得照顾下属情绪："没关系，我们尽力了。这种事，成了，意外之喜；不成，意料之中。对下步工作安排、节奏不会有任何影响。"

沈画点点头，没说话。当天下午，请假提前离开了公司。

沈画回邓家搬家，马上租到房不可能，跟山山商量先去她那儿周转几天。小可边帮她收拾东西边劝她不必走这么急，她不响。邓文宣话都说这份儿上了——没有是非观念惟利是图——她自私，不等于没有自尊啊。

把临时要用的东西收拾好，装满了两只大箱子，小可建议沈画跟公司要车送一下，沈画不肯。她没告诉向飞邓文宣赶她走的事。

小可说："为什么不告诉他？得告诉他！于公于私，这都是加分的事！"于公为公司，于私为向飞。

沈画苦笑："当初向飞为什么要我？为你爸；现在被你爸赶了走，我在他眼里便没了价值。"

小可说："他不是说，你有能力是个很好的工作人员吗？"

沈画道："就算他说的是真的，我是个很好的工作人员有能力有价值，但现在我有了负价值，而且，负价值远远大于正价值。这负价值就是，向飞有理由认为你爸可能因为我而迁怒公司，你爸是他万万不敢得罪的人物！"

小可惟有叹息，不得不承认，沈画的顾虑一点都不多余。

晚上，惠涓、邓文宣下班回来，同时注意到了沈画房间的空荡和凌乱。邓文宣有些意外，没料到沈画会走这么快，他还没来得及跟惠涓说呢。惠涓惊异："咦，怎么回事？"就要给沈画打电话问，这时，邓文宣跟她说了事情经过。

惠涓听后，半天说不出话，最后憋出一句："你让她走，好歹跟我说一声啊！"

邓文宣解释："当时情况特殊——"

惠涓道："再特殊，跟我说一声不难吧？这么大事，把我外甥女撵了走，说都不说一声！这要让她妈，让我娘家人知道了，怎么想？——打狗你还得看主人吧？"

小可送沈画后回家，惠涓一把拉住她："小可，当初你爸说我是家庭妇女我还不乐意，现在才知道，那都是高抬我了！我哪赶得上家庭妇女啊，整个就是个自带薪水的老妈子！……"

邓文宣生气道："惠涓，有什么事说什么事！我让沈画走是因为——"

惠涓说："因为她向你提了要求开了口！她过分，她不知轻重没有分寸惟利是图——你拒了她不完了吗？有必要轰她走吗？"

邓文宣说："这孩子思想意识有问题——"

惠涓说："什么问题？看上向飞了，看上他钱了——"

小可急了，对邓文宣说："爸，人家沈画没这么说！"

惠涓道："她没这么说架不住你爸这么想！"

邓文宣质问惠涓："那你说，她看上他什么了？"惠涓一时回不上话，邓文宣道："她和向飞如果是这样一种关系，我们还容许她在家里待下去，你都想不出以后会出什么问题！"

惠涓说："你不出问题她就出不了问题，她总不至于刀架你脖子上逼你！"这次轮到邓文宣回不上话了，惠涓看着他冷笑着又说："你是因为沈画替我说了两句话，不忿、生气、报复！"

邓文宣倒吸口气，半天，说出俩字："小，人！"

惠涓道："对！对对！我是小人，沈画也是，我们家人都是！我们家人配不上你，我更配不上，配不上不配，好办得很——离！"转身对小可："你帮我上网查查，离婚都什么手续！马上查！"……

刚刚有所缓和的关系陷入冰点。晚上睡前，小可跟海潮通话说了这事。

海潮觉得沈画简直疯了："她怎么敢直接找你爸说这事？一、她凭什么？二、她在你们家住这么长时间不了解你爸吗？不了解，说明她没脑子。了解了还这么做，更没脑子！"

小可道："我看她是，被爱情蒙蔽了双眼。"

海潮道："她和向飞到这步了吗？"

小可说："她到了，向飞没有。我认为向飞是在利用她。"

海潮沉吟："要真这样，向飞过了。但说到底，是沈画的问题，苍蝇不叮无缝的蛋，她这样下去会死得很惨！"

小可说："我再说说她？"

海潮在电话那头道："没用，你说一百句抵不过向飞跟她说一句！我找向飞，你负责你爸妈那边。"

海潮决定插手向飞和沈画的事，这事如不解决任其恶化，有可能影响光瑞上市。

见到向飞后海潮开宗明义："向总，您不该指使沈画找邓文宣！"

向飞道："我没有指使。"

海潮说："是她主动要去？她为什么这么主动？"

向飞道："我也不知道。之前我跟她提过，她拒绝了，突然间又主动要去，我同意了。如此而已。有什么问题吗？"

海潮说："她跟没跟您说过，她对您有了一种特殊感情？"

向飞镇定道："没有。"

海潮追问："您想没想到过呢？"

向飞反问："你到底想说什么？"

海潮再问："您为什么要这样做？"

向飞两手一摊："我什么都没做！"

海潮一字字道："您在跟她玩暧昧！——先是跟她开诚布公，而后跟她推心置腹，接着对她全方位赞扬肯定！向总，您还要怎么做才算是做呢？四十出头，离异单身，身家过亿，真正钻石级人物。您明明知道，您的存在本身对女孩子就是一个巨大诱惑。"

向飞试图抵抗："我比她大那么多，结过婚还有孩子……"

海潮不想再兜圈子，正色道："向总，您明明知道爱不爱一个人起关键作用的从来就不是他的弱点，是长处。基辛格说过，权力是一剂春药，同样，金钱也是，您二者兼有！"

向飞无以抵抗索性承认，大笑道："说得对说得好！郑总就是郑总！我在你基础上补充补充？……这世上所有的爱，都是各种条件比较平衡后的结果，你在意什么，什么就是你的春药！最烦女孩子跟我说：我什么都不爱，就爱你这个人！——我这个人是什么，一把骨头一堆肉？"

海潮道："向总，您可以不相信爱情，可以看破红尘，可以玩世不恭，这是您的自由，您怎么生活我不管也管不着，您怎么对别人我也不管也管不着，但我不希望您这样对待沈画！"

向飞笑着作揖："疏忽了！沈画既是邓小可的表姐那就是郑总的姻亲，对不起！……不过呢，就算我方法上有点问题。你的说法是，玩世不恭了，我利用她了。但是，她损失什么了？"

海潮说："这正是我要告诉你的，她被邓文宣从家里赶出去了！"

向飞大吃一惊："这她真的没告诉我！"

海潮道："你知道从邓文宣对这事的激烈反应中我想到了什么？在邓文宣脑子里，'脑神宁'已经跟'龌龊'连到了一起！向总，你动用沈画实在是一大败笔。现在我们的当务之急不是请邓文宣帮忙，是请他不要帮倒忙了！"

向飞安慰自己："邓文宣不至于——"

海潮一摆手："稍微设想一下，如果他去参加某个专业会议，如果有人问到他关于'脑神宁'，他肯定会流露排斥，他已然不可能完全客观！这种人的正作用有多大，副作用就有多大！"

向飞继续自我安慰："这种概率应该不大。去参加某个会议，人家恰恰问他'脑神宁'——"

海潮斩截道："向总！……我们必须做到万无一失！"

向飞喟然长叹："你有什么好主意，或者，想让我怎么做，你说！"

海潮道："让邓文宣知道你和沈画是清白的！"

向飞叫起来："这怎么让？！……把沈画开了？……这对她太不公平！"

海潮道："——也不一定有用。"

向飞满腔愤恨："这样的人怎么会成为专家！简单、粗暴、刻板、生硬、僵化！"

海潮道："他变成这样你们得负很大责任！长期以来在你们这些人的包围下，他难以分辨无从分辨也没时间没精力分辨，怎么办？一刀切！对来自熟人的要求一概抵触抗拒，最终，因反应过度失之客观……"

向飞颓然摆手："这些不说了吧，说眼下？"

海潮说："我们都再想想？沈画这边好办，只要你不再去招惹她，她自己会慢慢冷下来。"一笑，"班门弄斧了，这方面，向总比我有经验！"

向飞送海潮后回来，看沈画坐办公室对着电脑工作，他注意地向她电脑屏幕上看，网页显示的是药品销售信息，但在屏幕左下方，有着被"最小化"了的窗口。他走过去，俯身接过她手里鼠标点开了那个窗口，霎时，各种房屋租赁信息充满了整个屏幕，沈画脸一下子红了。

向飞不去看她，只滚动着鼠标看屏幕，很随意似的问了句："邓文宣不让你在家里住了？"

沈画默认。她早该想到，这事瞒不过向飞，向飞和郑海潮现在是合作关系，过从甚密。她没说话，无话说，只能等向飞表态；接下来，向飞的表态让她大感意外。向飞说："我西城有套小房，一直空着，你去住。"沈画没这个思想准备，慌得摇头摆手道"不用"，向飞仍看电脑："你不去住也是浪费。"

这工夫沈画冷静了些，态度随之坚定："真的不用！"

向飞颇意外，停住滚动鼠标的手，扭脸抬头看她："为什么？"

沈画说："我跟魏山山说好了，我们俩合租，相互有个伴。"山山现在跟一对年轻夫妇合租，男女混住有诸多不便。

听着合情合理，向飞便没再坚持。让她去住是良心不忍，她不接受他乐得顺水推舟。关键时刻多一事不如少一事，万一她认为他此举别有深意，岂不节外生枝。郑海潮的警告必须重视。

周末，沈画和山山看房，旭刚上密云干活儿去了。一连看了三处，乘公交、挤地铁、上下楼，不是房子不好就是环境不好，看第三处房时沈画真想闭眼一跳河，好赖就它了。那房在一栋老式五层楼的顶层，哪儿都好，只天花板上有大块水渍，不用说，下雨时准漏。如果不是山山有过房屋漏雨之痛，她们肯定就把这房租下了。下公交车，二人向第四处房走，烈日当头，脚下柏油路晒得发软，沈画涂了防晒，戴了墨镜，打了遮阳伞，仍担心皮肤会受到紫外线伤害。

路上时有名车驶过，车主不乏年轻女孩儿，沈画目送她们消失，若有所思地对山山道："向飞说，他在西城有套空着的小房，让我去住，我说不去。"

山山道："有这等好事！……你为什么不去？"

沈画道："我去了你怎么办？"

山山笑起来："拉倒吧你！"

沈画也笑了，问："山山，你说向飞为什么让我去住？"

山山的回答根本不过脑子："看你可怜！"

沈画不爱听："可怜的人多了！"

山山说："那你说为什么？"沈画不吭气，山山道："你认为他对你有想法！"沈画点了头。山山说："那正好呀！你对他也有想法——"

沈画说："我拿不准我们的想法是不是一致。"

山山道："你想结婚，怕他只是想跟你玩玩儿？"沈画默然，山山道："那你还真不能去他那里住。"

第四处房好得出人意料，两室一厅干净整洁，家具家电宽带俱全，房主是个文质彬彬的中年妇女。因没通过中介省了中介费，只要四千块一月。但有一条：确定了租，须当场签合同交半年租金，因她还得上班不可能像中介那样随叫随到。这让山山有点犹豫，推说身上没带那么多钱能不能改天再说。旭刚走前一再说让她们先看、多看，不要定，看好了，等他回来看了后再定。沈画不肯，说她带了卡，她去取，她先全部垫付。她受够了找房的辛苦，受够了山山的那对奇葩邻居。有一天邻居男明知沈画在家，撒尿大敞着厕所门，被沈画撞上时他居然边继续撒尿边扭脸冲着她笑，扭脸时身子一动，尿液洒了一地！在沈画坚持下，顺利租下了房，两人一人预付一万二。

……

搬好家布置好后，小可应邀前来参观：整齐干净的房子，南北通透，南屋窗台摆两盆绿植，一盆瓜叶菊一盆芦荟，瓜叶菊开满幽静优雅的紫色小花。小可由衷赞好，沈画道："晚上一块儿吃饭？庆祝我们的乔迁之喜！"

小可想想："叫我妈也来？让她看看。她一直惦着你这事。"

沈画说："你妈来了你爸怎么办？"

小可苦笑："我爸晚上不在家。就是在家，他俩也不说话。"

惠涓欣然同意前来，并把做好的饭菜带了来，沈画她们去超市买了熟肉买了酒，摆了颇为丰盛的一桌。

四个女人围着餐桌坐下。起先惠涓说她不喝酒，开车来的，架不住孩子们一起劝：难得咱们四个聚一块儿没别人，能喝的都喝一点；不能开车不开，车放这儿打车回去。劝到最后沈画说："您不喝，光我们喝没意思！"说得惠涓眼泪汪汪，为这话中透出的对她的存在的重视。

红酒汩汩斟进了四只杯子，惠涓举杯："画、山山，祝你们找到了这么好的房子！"

沈画则道："祝小姨永远年轻！"

小可、山山跟道："永远年轻！"

哛，四只杯子碰到一起，惠涓仰脖将杯中酒一口喝下。

喝到后来，除沈画没喝外，其余仨人都喝多了，惠涓喝得最多，话最稠，瞪着双血红的眼睛对女儿念叨："小可，去日本、读研！妈支持你！……跟你说，不，跟你们仨说，女人靠谁也靠不住，只有靠自己……"

沈画摆手："小姨，我不赞成小可去日本，放跑了郑海潮，后悔一辈子。女人干得再好，不如嫁得好！"

惠涓笑："那我倒问你了，我嫁得好不好？……好！过得好不好？……不好！……告诉你们个事啊……你们知道我多长时间没过组织生活了？"三个女孩儿不明白，惠涓笑得咯咯的："连这都不知道，还年轻人呢！……单位是组织，学校是组织，这你们知道吧？……同理啊，婚姻也是一级——组织！……在组织，就得过组织生活，明白？"

沈画按住惠涓端杯子的手："小姨，您喝多了！"

惠涓拿开那手喝下杯中的酒，继续："这种事儿，男的占主动，他想过，你不想过也得过；他不想过，你想过也过不了……"

沈画道："小姨，别再跟姨夫闹了，闹时间长了真可能把他推出去了，我姨夫这样的，在外头抢手着呢！"

小可醉醺醺证实："是滴是滴！有一次，我去找他，好多女学生围着他……签名留念，有一个特执着的，还让他写情诗……"

惠涓笑："嚯，还，还情诗！……他写了吗？"

小可点头，念诗："你见或者不见我，我就在那里……你爱或者不爱我，爱就在那里……你跟或者不跟我，我的手就在你手里……"

惠涓听着，笑："水平见长啊，比当年给，给我写的那些烂诗强多了……"沈画瞪小可一眼，对惠涓说："那不是姨夫写的，是仓央嘉措！"

惠涓笑着咬牙："借花献佛更无耻！"

沈画正色道："小姨，咱不能再这样下去了，势均力敌时可以硬碰硬，现在，不成！"

惠涓听了只是傻笑，笑着笑着，突然放声大哭起来："知道，女人老了就不值钱了——"

沈画道："您的问题就在这里！小姨，永远年轻谁也做不到，永远有魅力可以做到！"

惠涓说："什么都不干，天天，上美容院，我也可以……"

沈画说："您的问题不在外表，在心里！"惠涓瞪着双醉眼看沈画，不懂。沈画道："比方，我送您的那件真丝睡裙您为什么不喜欢？"

惠涓说："噢，那个呀，太透、太露……"

沈画断然指出："NO！您是觉得老夫老妻没这个必要！"

惠涓一怔，饶在微醺中仍有所悟，沈画看她听进去了，趁热打铁："小姨，听我妈说您年轻时特别浪漫，喜欢诗，爱看话剧，还时不时地跟我姨父在家里搞烛光晚宴……"

……

这天夜里，邓文宣做完手术到家已是凌晨两点。摸黑开门进家，悄悄向卧室去，进去后转身轻轻关门，身后床头灯突然亮起，他吓一跳——这几天他一直独居卧室没想到屋里有人——回头看，妻子坐床上，显然是她扭亮的床头灯，吊带透明睡衣使她上身裸露着近一半，微笑着朝邓文宣看。

邓文宣毛骨悚然。

第十三章

惠涓吞吞吐吐问小可，可否去沈画她们那儿小住？小可一开始没明白——意思明白，不明白为什么。

那天夜里惠涓依沈画建议做了，没成功，邓文宣推说累了，上床后背对她用毛巾被紧紧裹住了身体中段，生怕谁非礼他似的。惠涓失望，但不气馁。24 号是他们相识三十周年纪念日——最近实在找不到更有含金量的日子——她打算在家庆祝一下。

小可明白过来后惊喜："您是想——重温二人世界？"惠涓不好意思地点头。改进夫妻感情仅一次庆祝不够，日常点滴的温馨浪漫更为重要，这过程中若总有个成年子女在旁边盯着，至少是一个心理障碍。小可挥挥手："这有什么不好意思的，这就对了！刘旭刚有句名言：感情凉不得，凉透了，再好的方案都白扯！"

沈画和山山对小可去她们那儿小住表示热烈欢迎，能为邓家长辈做贡献让她们高兴，孰料小可在那儿仅住一夜，次日，不仅她得回家去住，沈画、山山也得一并搬走。

——租给她们房子的不是房主是房客，次日晨真正的房主开门进家，得知她们被骗表示了同情，愿意给她们一上午时间搬家，房主丈母娘一家晚上从外地来京，要住这里。他本来安排了一天时间打扫卫生做饭，小时工都请了。

中午，三个女孩儿拖拖拉拉把箱啊包的从电梯搬到邓家门口，小可掏钥匙开门。进门后愣住，妈妈在家，她怎么没去上班？

惠涓也愣住，她们怎么回来了？又是箱子又是包的，出什么事了？小可跟妈妈说发生了什么事，这工夫，沈画、山山四顾，发现家里的布置非同寻常，餐桌铺了桌布，摆了鲜花、烛台……显然，要来客人，什么重要客人，还要在家里并且是上班时间，接待？

惠涓听小可说完，沉着脸道："你们回来，不能先跟我说一声吗？"

山山和沈画没敢吭声。小可说："想到了家再给您打电话说，不知道您没上班——"

惠涓哼："都到家了还说什么！"

山山待不下去了，借口下午有课拉开门溜走；沈画也想溜时，被惠涓叫住。

惠涓道："你俩准备在家住几天？"

沈画嗫嚅："还不知道，现在说不好……"

惠涓道："——大致！五天？十天？一个月？我得有个思想准备，我不是一头蒙上眼睛就能拉磨的驴子……"

小可看不下去："妈，情况都跟您说了，您替她们想想！"

惠涓道："我替她们想，谁替我想？！……好好好，都跟你们说了吧！那天从你们那儿回来后，当天晚上，我就开始按照沈画说的做。露肉的睡裙？穿！你不主动？我主动！话剧？看！家务？做，照着高标准做！可你爸他，就是跟我没话。这才发现情况比我以为的还要严重，严重得多，我和你爸，早就没有话了！你小时候不显，那时我们还有一个共同目标——你；现在回想，这么些年来我们的话题都是围绕着你，你吃什么穿什么上哪个学考多少分，现在你大了，用不着我们了，我们共同的目标就没了。就算这样，我都没放弃，今天晚上，我准备拿认识三十周年当借口，弄一个，一个……烛光晚宴……"

闻此沈画、小可对视，当即达成了共识。二人将门口的东西送进屋堆地上就走了，沈画去公司上班，小可背着电脑去了星巴克，同时没忘通知山山，让她晚上晚些时候回家。

邓文宣下班到家时天已经黑了，家里没开灯，但见餐桌上烛光跳跃，心里一阵纳罕，接着开始紧张，不知妻子又搞什么新花样。这段日子，她没少折腾，床上的事不提了，时不时，还要花钱买票看什么演出。从前，人家送票她都不去，对她来说有电视够了；坐家里，嗑着瓜子吃着水果，舒舒服服看，想看什么看什么，不想看了关，怎么都比跑外头强。去剧院没地儿停车不说，还没选择，不想看也得硬撑着看完。

惠涓闻声迎出，烛光中都能看出她化了妆，欢快地问："知道今天什么日子吗？"

邓文宣不知道今天什么日子，但知道她得问这个，刚才脑子里已提前想了一圈。他的生日、她的生日、结婚纪念日，都不是，实在想不出还有什么日子值得她这样大做文章，直言道："不知道。"直言即是表态：没兴趣知道。

惠涓不屈不挠欢快："是咱俩认识三十周年的纪念日！"

邓文宣一声叹息，惠涓的欢快随着他的出声叹息戛然而止。盯着他的眼睛，她问："你怎么啦？"

邓文宣一不做二不休反问："你怎么啦？"

惠涓道："指什么？"

邓文宣决定说，否则任她这样折腾，于她，是徒劳；于他，是折磨，很具体的折磨。比如那晚看完话剧，她非拉他去小吃街吃夜宵，他不好扫她兴陪吃，是夜，因胃胀没能睡好，次日手术前喝了一大杯咖啡提神。可是，话都到嘴边了邓文宣说不出口。说为了解决问题，可他的那些话不论怎么说对她都是刺激是伤害。她站那儿一言不发静等，他虚弱地抬手示意一下烛光跳跃的餐桌："惠涓，你觉得这个……还有最近你弄的那些个……"还是说不下去，住了嘴。

惠涓咯咯咯地笑起来："什么这个那个的，说不出口，是吧？我替你说：千方百计不怕麻烦地，巴结你；费尽心思不要脸皮地，挑逗你！"

邓文宣赶紧接住她话说："惠涓惠涓！你的心情我理解，只是你的这些做法我实在——"停住，斟酌，试图找到一个准确又温和的说法。

惠涓替他说："不敢恭维？接受不了？"声音猛然拔地而起："你到

底喜欢什么样的做法？你说！我做！"见她这样，邓文宣再不开口，垂下了眼皮。一旦他现出这副样子，她再说什么他也不会说了！惠涓也不再白费唾沫，越过去一伸手，叭，开了厅的顶灯，转身去了厨房。片刻，手拿垃圾袋出来到餐桌前，将一盘盘动都没动过的菜刷、刷、刷，往垃圾袋里倒，簇新的烛台也拿起来朝里扔。

邓文宣拦她："好好的东西！你这是干吗！"

惠涓头都不抬："再好的东西，没用，留着干吗！"

邓文宣说："以后用嘛！"

惠涓抬起头："以后用？干吗用？烛光晚宴？……你喜欢吗？……你不喜欢！我也不喜欢！我不仅不喜欢，还讨厌、恶心、肉麻！以为你喜欢，结果你也不喜欢，正好！"

将餐桌的全部东西扫光，惠涓电话通知小可，今天晚上、以后，她睡客房，也就是从前沈画住的房间，至于她们三个怎么睡，自行商量解决。

十点半，惠涓洗完上床，小可到家，向惠涓汇报她们商量的结果：租到房子前，山山去旭刚家住，旭刚去他爸妈家；沈画暂时跟小可一屋，租到房子马上搬走。惠涓阴着脸听完，让小可叫沈画回来。在家住就得守家里的规矩，晚上十点半前必须到家。

沈画在歌厅唱歌。被向飞叫去的，有重要客户。她让小可转告小姨，她现在走不了，几点回去还不知道，让她们先睡不要等她。

沈画一夜未归，小可先发现的。夜里偶然醒来，床上只她一人，看手机，凌晨三点。打沈画电话，反复打，没有人接，非常担心。无奈下拨了海潮电话，海潮那儿有向飞的号码。海潮说这个时间段她的手机号打向飞电话打不通，只能他来打，他的手机号可24小时打进。

十分钟后，海潮给小可回电话说沈画喝多了，被向飞带回了家。同时嘱咐她不要跟爸妈说，以免激化矛盾。

向飞知道沈画不能喝酒，没想到这么不能喝，几杯啤酒就成这样。结束时还能走路，上车后便昏睡过去，叫都不醒。这个样子送她回邓文宣家，害他害她，只得将她带回了家。

到家后他把她安置到了二楼的主卧。儿子房间太乱，其他房间长年空着得现收拾。她躺在大床上沉沉地睡，美丽、毫无防范，这对任何生理正常的男人——正派的和不正派的——都是难以抗拒的诱惑。向飞禁不住伸出一只手，用手背轻轻触碰那肌理细腻的面颊，她一动不动没反应。向飞思想斗争激烈。

手机响，他接电话。这个时间段能打进来的电话，必是要人要事。

海潮的电话，问沈画情况。随着与海潮的交谈，向飞熊熊燃烧的激情潮水般退去，对着电话苦笑道："当初要她，因为她跟邓文宣有关；现在我的心情是，巴不得她跟邓文宣无关！她是个很好的工作人员，现如今，漂亮还肯吃苦有能力听招呼的女孩儿，是稀缺物种！……"

海潮听出了其中的感情成分，笑了："后悔让她去《非诚勿扰》了？"

为让沈画死心——向邓家证明他们清白先得让她死心——有一天，向飞假装顺便似的说，如果沈画还没有男朋友，建议她去《非诚勿扰》试试，如需要，他可以帮忙。当时他明显感到了她的震惊和失落，硬起心肠做不知状。海潮的警告不是杞人忧天，"初始值的极微小的扰动而会造成系统巨大变化"——"蝴蝶效应"绝不仅限于气象学领域，关键时刻，必须考虑到任何可能出问题的最小细节。很快，他得到了想要的反馈：沈画把这事跟小可说了，跟小可说了等于跟邓家说了。

电话那头海潮道："你这招够绝！"

向飞叹："也够损！……说实话，今天打电话叫她陪客户以为她得拒绝，结果，她二话没说！你说她到底是为什么？"

海潮在电话那头呵呵笑："你想让我说——她是因为爱你！"

向飞不笑，沉默许久后，长叹："是。但是，不敢想！"

海潮道："——你认为她只能是爱你的钱。"

向飞苦笑："除此而外，我还有什么值得她爱的地方？人到中年，离异有子……"

那天夜里剩下的时间，向飞在楼下沙发上度过。楼上另有三间卧室，他没去。不为抵制诱惑——与海潮通完话他欲念全无——而是怀一种圣徒般的虔诚，尽量拉开自己和沈画的距离，以证明他对沈画感情的纯粹。心底里奢望着，以纯粹换得纯粹……

清晨，惠涓发现了沈画不在，心"咯噔"一下抓起电话就拨。等接电话的工夫，脑子里已浮现出无数血淋淋的可怕画面，甚至都想：怎么跟她妈交待？好在沈画很快接了电话，电话中说，她一直在歌厅刚散没多会儿，直接在那里眯了会儿，没给家打电话是怕打扰大家，现在她马上要去上班……其实沈画多虑了，她根本用不着费心编谎话，她接起电话的那一刻惠涓就放下了心来，惠涓现在对她的关心已降至最低，人在就好。

小可打着哈欠过来了："妈，画姐夜里来电话说结束时间太晚了怕回来打搅大家，跟公司的几个女孩子在酒店睡了。"

惠涓有一会儿没动，片刻后扭脸看小可："她什么时候来的电话？"

小可翻着眼睛做回忆状："十二点？一点？反正不早了！"捂嘴又打了个大大的哈欠：不习惯不喜欢为谎话编细节，以哈欠遮脸。

这时，惠涓说出了她刚与沈画通过话的事，末了她问："是她撒谎还是你撒谎？"

无奈，小可对惠涓说了实话。惠涓上班走后，她给沈画打电话把这事说了，让她有个思想准备。

沈画收起电话后想，邓家是不能住了，那么，住哪里呢？从前理论上知道租房不易，现在扎扎实实体会到了租房之难，尤忌过急。最后，她决定求助山山，租到房子前，在刘旭刚家周转几天。不是没考虑到刘旭刚可能想借此机会跟山山同居，但想，同居不差这几天。

——困难再多再大，不对向飞说，不给他增加负担。经过一夜共处，她对向飞的感情里多了一分敬重，还有——姑且算——关爱。

早晨沈画醒来，发现自己睡在那张正对着浴缸的大床上，一个人，身上衣裤全在，只脱了鞋。起身，挨屋找，楼上没人；从楼梯口向下看，看到了和衣睡在客厅沙发上的向飞，睡得很沉很香，像个大孩子。这一夜，他比她辛苦得多得多。她只需做花瓶充当一下男人们谈话的背景，他却要真刀实枪与客户周旋、沟通、谈判……看着沉睡的他她想，他为什么不上楼睡呢？只能有一个答案：抵制诱惑。这证明她对他有吸引力。她吸引他，他没有乘虚而入，为什么？因为——爱吗？苦思间，她的手机响，声音来自楼下。怕吵醒向飞，她赶快下楼找手机，越急越定位不了声音到底来自哪里，这工夫，向飞被吵醒，抓起沙发旁茶几上她的包，向她示意。

沈画从包里取出电话，是小姨。这期间向飞静静听她与小姨通话，她收起电话后他问："夜不归宿——你估计她会怎么处置你？"沈画一笑："最坏的结果，借机赶我出去喽！"向飞认真地道："就是她不赶你，你也不能再在人家家里住了。"沈画深以为然："明白！不能过分相信亲情，这是我到北京来后的重要收获！"向飞摇头："不是不能相信，是不能滥用！老话说，鱼放三天臭客住三天嫌，常来亲也疏久住让人厌——你小姨能容你这么长时间，很不错了！"沈画一震，蓦然看向飞，这是生平头一次，听一个第三者站在客观立场上，给她讲她所不懂的人情世故。

早餐是向飞准备的。鲜榨的西红柿汁兑上蜂蜜倒进透明的玻璃杯里，端给她，说可以治酒后头痛头晕。被自己的老板伺候着沈画很不好意思，接过杯子没话找话："管用吗？"他道："嗻，管不管用的，没害。"

——这是他一贯的说话风格，客观、到位、圆融；全无沈画以往接触的男生们那种声厉内荏的夸夸其谈、咄咄逼人、不容置疑、不留余地。从向飞身上，沈画看到了什么叫成熟什么叫智慧，这令她着迷。

向飞道："这次是我的疏忽，以后你不许沾酒！"话题由酒说起，谈到了中国的酒文化，气氛在他侃侃的说话声中，变得轻松自然。此时他们坐在厨房的圆桌旁吃早餐，这种情况下的单独相处，开始时免不了尴尬。

"……要论喝酒的风气，比中国厉害的有的是，远的不说，俄罗斯。但这种方式，明知道喝多了不好却还要劝别人多喝的方式，我国世界第一，无二！"沈画问："为什么呢？"这次不是装嫩，真的不解，很不解。向飞说，酿酒的主要原料是粮食，中国自古以来就是农业大国，粮食够吃了后的多余部分，国家才允许拿来酿酒，于是形成了这样的认识：酒业兴旺代表着国家富足。几千年来的富足才有酒喝，到今天，给演变歪曲成喝酒就能富足。进一步演变，不喝酒就不真诚，不真诚不可能成事。于是乎，想成事就得喝酒，喝了酒就能成事，形成了一整套当今中国特色的酒文化……

向飞娓娓说，沈画凝神听，向飞刚一说完，沈画马上提出她心中那个问题："向总本科读的什么？"向飞说中文，沈画点头："难怪！"向飞一笑："我知道在你，在人们眼里我的形象：一个只懂经营利润至上的商人。"沈画本能地想否认，向飞摆手表示不必，说："最开始我带着一个祖传偏方开了这个制药公司，自以为高尚，心中充满了治病救人的激情，真正干起来才明白，在商就得言商，其他什么都次要，必须时，都不要……刚挣钱时，想有了多少钱就去哪儿玩儿，再有多少就给自己买辆什么车；等到钱越挣越多，才发现在这个挣钱过程中，你已经丧失了花钱的欲望，挣钱成了目的，成了惯性。换句话说，到这时，你已经成了一个名副其实的商人！现在我已无法从挣钱上头得到快感，治病救人也已成虚妄——市面上有那么多效果差不多的药不差你这一家——有时候真想甩手不干，却就是放不下。"沈画看他："放不下——什么呢？"向飞沉默好久，抬头："责任吧……"沈画闻之动容。

小可的电话是这时打进来的，收起电话向飞问她什么事，她笑笑说："没事。关心。"

没接触有钱人时，只道他们挥金如土花天酒地；走近方知，他们能有今天很不容易，并且，只要继续走，艰难、挑战、危机如影相随。这种情况下，她不想再给他增添烦恼，他身上压力已经很大了。

沈画给山山打电话，说了她的处境和诉求，山山说得征求旭刚的意见，毕竟那不是她家。

旭刚一秒钟都没迟疑地回绝："不行！首先，你舅舅他们为什么不能容她？再有，既然她都在向飞家住了，为什么不能接着住？这里头有多少事我们不知道，不知道不能瞎掺和！要不万一她真闹出什么事来，你我难辞其咎！"他对沈画素无好感，这次山山因她白扔一万二也让人吃了苍蝇似的窝囊。

山山同意，只是为难："怎么跟她说呢？"

旭刚想想："这么说：我向你求婚了，我们需要一个单独相处的空间。"山山呆呆看他，旭刚正式道："山山，嫁给我！"

沈画逼他把求婚提前了几天。他给山山买了个佳能5DII，单机近三万，加镜头等配件五万七，用额外接业务、加班的钱买的，这几天正在挑合适的包，预备配齐后，作为订婚礼物，正式向山山求婚。但山山对首饰没兴趣。

沈画无处可去，只能回邓家。到家惠涓和邓文宣正吃饭，小可跟海潮出去了。进门后她先检讨、道歉："小姨、姨夫，对不起，昨天夜里让你们担心了！当时喝多了，实在动不了了……"一口气说，全没注意惠涓对着她一个劲儿皱眉摇头，严格地说她注意到了，只是照惯性理解为那是惠涓对她的不满、指责，于是加快语速说："昨天夜里住向飞家实在是迫不得已——"

邓文宣闻此抬头："昨天夜里你住在向飞家？！"不待回答转问惠涓："你怎么说她跟几个女孩儿住在酒店？"

沈画傻了。小可电话里说的确实是"我妈知道了"而不是"我爸妈知道了"，只是她想当然地认为，她妈知道了就等于她爸知道了，以她的年纪阅历还不会了解夫妻间种种复杂关系微妙心理。

惠涓认为沈画"跟向飞睡觉"是伤风败俗的大事，当然社会上不这样认为，现如今跟老板、上司睡个觉根本不算是事，但她、她家，不能接受。她因此不愿意让丈夫知道，所谓"家丑不外扬"，这里的这个"家"是她的娘家。为此特别嘱咐小可别跟她爸说，理由是：你爸本来就反感向飞，多一事不如少一事，这个家已经够乱的了。

沈画和惠涓面面相觑，眼睁睁看邓文宣放下筷子起身，一言不发去书房，关了门。

沈画问惠涓："这事我姨夫不知道？"

惠涓脸色铁青："现在知道了。"

沈画懊恼："现在怎么办？"

惠涓反问："你和向飞到底怎么回事？"

沈画道："真的什么事没有，就是喝多了——"

惠涓严厉道："说实话！"

沈画道："我说的是实话。"

惠涓压住怒气："沈画，你也看到了的，我是诚心想帮你；如果对我你都不说实话，那我真的没办法了。"

沈画仍只道："我说的是实话。"

惠涓终于失去了耐心，吼："你当我是什么？傻子？三岁孩子？你一个姑娘，夜里住老板家，孤男寡女——什么事没有？！什么事没有你们整宿地在一块儿干吗，谈工作谈理想谈人生吗？"

邓文宣书房门开，邓文宣出现在门口，面容严肃："惠涓，你来一下。"惠涓赶紧起身快步进屋，门复合上。

事到如今，沈画心反而沉静下来。他们肯定在说她的事，但不管他们说什么，她尽可当耳旁风吹过。只是，这里确实不能住了，一晚上都不能。想着，她快步去房间，房间里她的箱子、包都还堆地上没打开，正好，再搬时不用收拾了；她只需带上今晚必须用的东西和明天换的衣服就好，今晚先住旅馆，明天再说明天！正收拾东西，手机响，一看，妈妈的电话，此前一直坚强的她眼睛刹那间湿润，这个世界上，不论怎样，她还有父母关心着，她还有属于她的家！按下接听键，叫了声："妈！"饱含深情。孰料话音未落，妈妈已在耳边开始了河东狮吼："你是怎么回事？！"沈画愣住，听了会儿，明白：小姨给妈妈打电话说了。

给沈画妈打电话是邓文宣的意见。事情发展到这个地步再不采取措施，沈画早晚得出大事。他希望借助沈画父母的力量动员沈画回去，这孩子不适合一个人待在北京。

听着电话中妈妈不由分说的指责谩骂沈画愤慨至极：把武断当事实，伤害她，伤害她的妈妈，他们怎么可以？！盛怒之下不失理智：她不能跟他们闹，她和他们完全不是一个量级。不要说他们是长辈，单说邓文宣的身份，她就不能不有所忌惮。她边听着妈妈的辱骂边拿起收拾好的包，向外走，走前没忘对惠涓说："小姨，我出去一下。"

待妈妈发泄完后，沈画开始跟妈妈说，说的全是实话，包括对向飞的感情，包括向飞的婚姻现状，包括公司状况，直说到手机没电。好在最终，妈妈相信了她。

沈画去旅馆办入住手续。把身份证递出时猛然间收回，她想到了一个疏漏：目前情况下她单身住外头，邓家一定会凭着他们的主观臆断再去惊动、搬动她的父母；这次妈妈选择了相信她，下一次怎样就难说了。如果闹到父母决定让她回去的地步，她只能回去——她绝不回去！

走出旅馆大门，站在闪闪的霓虹灯下，沈画不知该怎么走。此刻，最有能力有义务帮她的人，是向飞；她最不能找的人，也是向飞。除为避嫌，她不想让他看到她的落魄。如果他知道她等于是被邓文宣扫地出门，他会作出什么样的选择她拿不准，好商人也是商人……

晚上十点十分，沈画敲响了旭刚家的门。

旭刚还没走，说好待到十点钟走。他并没想跟山山同居，感情上想，理智上知道不能，乘人之危非君子所为。十点钟一到他马上起身告辞，出门后想起一事，开门返回告诉山山，马桶有点漏水睡前把马桶盖盖上，否则夜深人静时会有点吵。山山点头。旭刚再向外走，到门口时又想起件事。厨房他凉了壶水，预备山山夜里渴了时喝；怕她情况不熟，不厌其烦进厨房把凉水壶提到了床边的桌上。完后仔细想过，确实没什么事了，对山山道："我走啦？"山山没说话，似是默许。

旭刚向外走，这时山山叫声："旭刚。"旭刚站住，回头，山山道："跟你爸妈打个电话，说你不去他们那儿住了？"

旭刚如五雷轰顶，确认似的看山山眼睛，那眼睛迎着他的目光，亮晶晶晃得他头晕……

沈画正是这当口敲的门。她当然知道上门前应先打个电话，不约而至并非想强加于人，而是，手机没电了。进门后举着黑了屏的手机和充电器先找到电源插上以表明自己所言属实，这过程中，简单对他们说了自己的困境。充上电，开了手机，手机刚开便有电话打进，是惠涓。

沈画接电话，亲亲热热叫："小姨！……刚才手机没电了。……在山山这里。……她在！您等等！"让山山接电话，同时对旭刚自嘲一笑："不相信我在你们这儿，信任严重危机！"

于是旭刚明白，今晚自己必须得走了。

第十四章

惠涓接沈画妈一个很长的电话，长到先是把她手机打没了电，马上又从座机打进来。中心意思只有一个，让惠涓帮帮她女儿和她。沈画想留在北京，女儿的愿望就是母亲的愿望。有首歌叫《只要你过得比我好》，唱爱情的，其实真正能达到这境界的，只有父母对子女，倒过来都不可能。沈画妈同意了沈画留在北京，担心和疑虑并没消除。那么，既满足女儿愿望又保证女儿安全的办法只有一个：在邓家住，好歹有大人监管。为表明心迹，提出每月付惠涓两千块房钱，并给出了付房钱和收房钱的理由：邓家毕竟是妹妹和妹夫两个人的，姐姐跟妹妹不需谈钱，跟妹夫得谈。

沈画妈无意中点到了问题关键，却不知关键症结：她妹妹和妹夫之间的问题，与钱无关。

沈画妈比惠涓大两岁，姐妹感情很深。小时父母工作忙姐姐代替了父母很大一部分职责，包书皮、听写、检查作业，都是姐姐的事。她上大学时姐姐已参加工作，每月都要从有限的工资里分出一部分来补贴她零用。现如今姐姐有事求到头上，话说到这个份儿上，她怎么能做到置之不理？

这天，邓文宣手术完到家快十点了，想赶紧洗洗睡，换上拖鞋径直去卧室，到门口，愣住。床上两个枕头两床被子并排铺着，浴衣放他枕头上。这情景是夫妻结婚多年来的常态，却是这段日子的非常态。这段日子夫妻分居，主卧惠涓去都不去；邓文宣早晨起来被子掀一边就走，晚上回来拉过来就睡。怔忡间，惠涓刷着牙从卫生间探出头来主动招呼，呜呜噜噜地问："回来啦？"

邓文宣头皮一阵发麻，不知妻子又要搞什么花样。妻子漱了口出来，关心地问："吃饭了吗？"

邓文宣被动应答："吃了。"

惠涓又道："那你先洗！早洗早睡！"

邓文宣刷牙的工夫，惠涓站一边吞吞吐吐说了："刚才我二姐来了个电话，求咱们留沈画住家里，唉，还是不放心吧。"紧接着道："我把必须让沈画回老家的道理跟她说得清清楚楚，没用！人只信她闺女的！信了又不放心，让住家里让我替她看着！我怎么看？慢说我不是她亲妈，就是亲妈，也看不住！……"边说边偷眼看邓文宣。

于是邓文宣明白，妻子的反常是为这事。妻子是个要强的人，不要强她不会这么折腾；话说回来，这么要强的一个人放下自尊求他，足可见她的决心。他稍有异议，等待他的便是一场轩然大波。早晨八点上手术台到晚上八点下台整整站了十二个小时，此刻他没一点多余的精力和心情，遂马上道："住家里住家里。不然万一真出点事儿，我们心里头不会好过。"也是一种急功近利。

惠涓没想这么大事会这么容易就解决了，意外、感动："我二姐说，每月给咱家两千块钱。"

邓文宣摆手："不要！她家不富裕，我们家不缺钱！"

惠涓低声道："谢谢你，老邓！最近这段时间我——"

邓文宣生怕她从头说，忙道："不说了！过去的事情了！我洗澡了？"

惠涓赶忙退出，邓文宣关了门。隔着门板，惠涓道："听说你们科刚来了个协和的博士，给沈画介绍一下？"

邓文宣脱衣服："她不是跟向飞吗？"

惠涓叹："那种关系，能当真吗？现在只有赶紧给她找个正经人，有个归宿，我们才好让她走……"住了嘴。卫生间已响起哗哗的淋浴声。

沈画搬回邓家。到家当晚惠涓跟她进行了长长的谈话，其中一条，晚上十点半前必须回家。为大局，沈画当场全部答应。

小可真心欢迎沈画归来。离开南实证券一直预备考研，天天一个人在家看书，海潮工作忙不可能每天有时间陪她，沈画住家，好歹是她的一个同龄伙伴。

这天，小可在网上填表申研，其中一条要实习经历。爸爸早就说过，国内大学偏重学分，国外大学重学分也重实践。小可毕业时需要的实习证明是海潮帮她找家小公司混了几天，开了个证明交差，申研却不想这么干。南实证券在业内算是有影响力的投行，她扎扎实实在那里工作过，能得到南实证券的实习证明，有可能加分。当然，前提得是，好的实习证明。

晚上沈画下班回来，小可跟她说了自己的苦恼。不想跟爸妈说，徒然让他们焦虑；不能跟海潮说，因牵涉到陈佳。让海潮为现女友去求前女友，不厚道不说，也不一定管用。跟沈画说并不指望解决问题，至少是一个无害的宣泄口。没想沈画听罢，当即给出了中肯、可行的意见："就找南实证券开证明！开得好了用，开得不好再另想办法！"

小可去南实证券。提前给实习老师短信说了这事，实习老师让她下午来。到公司找到老师，说证明已开好在陈总那儿，让她找陈总取，陈总想顺便跟她聊聊。小可闻此暗叹，陈佳跟她能聊什么？无外乎发泄！由此推论，开出的证明也好不了！直觉想放弃，最终还是硬着头皮去了。

——幸亏她去了！陈佳见到她不仅没表现出丝毫不悦，发泄更谈不上，相反，对她实习期间的努力和贡献给予了充分认可，其中还特别提到钱志国一事，言辞诚恳充满感情，让小可一下子回想起她们那段风风雨雨充实忙碌激情飞扬的日子。实习证明不用说，开得相当好，从工作态度到能力，全方位肯定。小可意外的同时，对陈佳满怀感激，也有歉意，更有敬重。

小可走时陈佳一直把她送到电梯口，等电梯的工夫，说："哪天有空，一块儿聚聚？算是给你——送行吧！"

小可慌道："还早呢！还不一定能考上呢！"

陈佳郑重道:"好好准备!你没问题!"

晚上见面,听着小可对陈佳满含歉意的赞美,海潮在心里叹,这孩子太单纯了,她这样的在职场待下去,死都不知道怎么死的。陈佳的心理再显然不过,她巴不得小可远渡重洋远走他乡!

这时他听小可问:"你不觉得我说得有道理吗?"

海潮一笑:"陈佳希望你走得越远越好,去日本恐怕她都嫌近。"

小可不得不承认,海潮的分析更合逻辑。当下有些失望、沮丧,还有种上当受骗后的气愤。她问海潮:"如果——我是说如果,咱们俩分了,你会跟她吗?"

海潮道:"绝对不会!"

小可好受了许多,停停又道:"保证等我?"

海潮含笑反问:"你说呢?"

小可点点头:"但你心里不希望我走!"

海潮仍含笑反问:"换你呢?"

海潮电话响,他看一眼,犹豫一下还是接了:"你好陈佳!"小可注意听,海潮听了会儿对电话道:"啊,她拿给我看了,谢谢你啊!……行行行没问题,有时间一定!挂了啊?"挂了。对小可道:"跟我说给你开实习证明的事。"

小可道:"向你邀功?"

海潮道:"怎么可能……为找话说吧!"

小可问:"她说什么事你说没问题?"

海潮道:"说找时间一块儿聚聚。"

小可生气道:"没问题吗你?"

海潮笑起来:"那你让我怎么说?……你们女的拒绝男的,是自尊;我们男的拒绝女的,是残忍!"

小可道:"不许你跟她聚!"

海潮大笑,露出那口整齐的白牙。小可看着他的笑容,心里突然涌上强烈的不舍。

与海潮分手后小可回家，全家人都注意到了她的心神不定，到家什么都不说，径回自己屋，关了门。

惠涓对邓文宣担心道："跟海潮闹矛盾了！……整天在一起还闹，这要真去了日本，两年——"

邓文宣听得心烦，直接推门进女儿房间。小可正坐在桌前想事，见到邓文宣，抬起头来："爸，我不想去日本了，我们学校的财经学院就很好……"

邓文宣道："你不是刚知道你们学校的财经学院很好！为什么不去日本了？海潮说什么了吗？"

小可道："他什么都没说，但我感觉他舍不得我……"

邓文宣叹："早没感觉？"

小可道："早我不信任他……"

邓文宣沉默片刻："这是大事。你自己定。"

小可问："您没意见？"

邓文宣有意见。一切的决定，去与不去，都是围绕着海潮转，父母的想法感受感情全不在她心里！但他没说。年轻人都有个视爱情高于一切的阶段，这个时候，聪明父母选择接受而不是吃醋。

当听说小可决定考本校财经学院不去日本时，海潮重重嘘了口气，一个在爱情面前过于理智的女孩子多少有一点病态。

陈佳来电话了，钱志国表弟陪钱志国父亲来了。

南实证券为钱家捐的钱打过去后，老人一直感激得要命，这次专程从河北乘大巴来，给他们送来了一编织袋红岗山桃、一编织袋酥梨。"他们"是指陈总、陈总的法律顾问和那个帮他儿子说话的小姑娘。

陈佳在电话中对海潮道："你呢，是陈总的法律顾问；小姑娘呢，是邓小可。你看，咱们怎么把东西——分一分？"

海潮笑道："还真'分'啊？不够麻烦的！跟你的同事们分了算了！"

陈佳也笑："就这么定了？"

海潮道："定了！"

陈佳说："到时候他们问起，你可得说我给你们了，还得跟邓小可说，免得穿帮！"不等海潮问怎么回事，接下来说了她的打算：请他们吃一顿饭。老人乘长途车背来这么两大口袋水果，值不值钱另说，心意重，请顿饭是起码的。既要吃饭，陈佳、海潮、小可是必须到场的三位，海潮觉得没什么不妥，爽快答应下来。

小可觉得别扭，依她，这辈子不见陈佳。但海潮已经答应了，陈佳说的事是正事，自己不好太任性，便同意了去。

吃饭时间定在当日晚上七点半，钱志国父亲他们次日要返回河北；地点是"唐宫海鲜舫"。由于正值下班高峰，海潮和小可分头前往。

海潮到时小可还没到，只陈佳一个人等在订好的包间里。海潮不无奇怪："钱志国家的人呢？"

陈佳说："临到下午说不来了，家里有事。我安排人买票提前送他们走了。"

海潮不快："为什么不通知我？"

陈佳道："他们不来我们就不可以一块儿吃顿饭了？"海潮不说话，陈佳笑吟吟看他："你不相信我！你认为我为能和你一块儿吃饭编了个借口，编借口我也不会这么编——把邓小可叫来……你以为我愿意看着你们俩在一起吗？事实是，我正要给你打电话告诉你事情有变时，老板叫我马上过去，跟老板谈完事快七点了，这时你们肯定已经在路上了，我就想算了，按原计划吧。"

得知钱志国家人不来了时，小可有点心慌。作为海潮现女友，跟他的前女友一块儿，这样的三个人共进晚餐，是件奇怪且尴尬的事。海潮看出了小可的紧张，格外体贴地起身为她拉椅子，招呼她坐。钱志国家人的不到使他警惕，陈佳做任何事都有目的，不管她什么目的，不能让她伤到小可。

陈佳对小可热情地道："小可！气色真好，到底是年轻！"待小可坐下，她关心地问道："哎，听说你又不去日本了？"

小可看海潮，以为他告诉的陈佳，海潮对她摇头，问陈佳："你怎么知道的？"

陈佳道："张岩告诉我的……噢，张岩是她的实习老师。我让她跟小可保持联系。"转对小可："张岩跟你说过没有，让你东大毕业回来首选我们南实？"

小可点头："说过。"

陈佳表示遗憾："没想到你又不去了——舍不得海潮是吧？"小可不知该怎么回答，陈佳笑笑："可以理解。"夹起一块排骨放小可盘子里："来块无锡小排！味道很不错！"安排好小可，朝海潮方向微微侧过去身体，关心地问道："海潮，听说你们和光瑞签了？"

海潮没想到她会谈这个，愣愣道："是。"

陈佳说："一直想跟你探讨这事，电话里说不清，今天是个机会。海潮，光瑞是家靠占有市场先机发家的公司，不具长期生存的能力。正确态度应当是保持观望，当它表现出生命力的时候再行介入。"

海潮看一眼小可，简洁地答："这么说不知道你能不能理解，光瑞给我们开出的条件相当诱人。"原因当然没这么简单，他只是不想跟陈佳多说。三个人在一起，应当是三个人的话题。

陈佳却接着他的回答道："——风险更诱人！你不在乎冒险，对吧？"

海潮又看眼小可，索性一点头："对！"

陈佳看着也不看小可，径对海潮，"他们开的是包销！你得先买单！条件开得再好也是空头支票！海潮，能撤早撤，如果失手，你将可能赔到一无所有，现在情况不那么紧急是因为光瑞的'胃强泰'市场影响力还在！"

最后一句话点到了实质，也是痛处，海潮不由得顺着说了："其实更紧迫的是大公司介入越来越多，而光瑞的销售报表一季度才有一次。真希望每个货架上都有记录器，每个药房都有我们的眼线，每卖一盒药我这儿都有反馈……"

陈佳感同身受地大笑："这心情我太理解了！指挥官都希望同步了解前线战况，哪怕比战局慢一拍半拍，都会影响决策，商场如战场啊！"

小可完全插不上话，干巴巴坐一边听，心里头开始生气，生海潮的气。这时服务员送菜进来，她起身给陈佳和海潮布菜，先给陈佳，后给海潮。把一块肥硕的海螺肉放海潮盘子里，笑着对海潮道："海潮，陈总对你工作很了解啊！"

陈佳替海潮解释："都做投行嘛！光瑞药业之前也曾考虑过和我们合作，所以我关心得多了一点。"

小可笑道："您最好多向他提点有用的建议。"

陈佳一点头："只要我能想到！小可，你也要经常提醒他，海潮这人，有时很自大的！我太了解他了！"诚恳、知心、倾心，像是在跟小可做交接工作——小可不知该如何往下接了。论心机、论机锋、论经验，论什么，她都不是陈佳对手。更不要说陈佳是有备而来，她是匆忙上阵。幸而这时她手机来电话了，忙抓起说声"对不起"，走了出去。

小可走后，海潮严肃地对陈佳说："从现在开始，我们不谈光瑞！"

陈佳笑嘻嘻地道："为什么？"

海潮生硬地道："定了的事，再谈没意义！"

陈佳大笑，笑毕说："其实，你是觉得三个人在一起，该找些三个人都能说的话说——是我的失误！我以为她感兴趣、能听懂，好歹在投行干过，又是你的女朋友……"

海潮打断她，沉声道："陈佳，钱志国家人真的来北京了？"

陈佳再次笑了："真的！"一停，"红岗山桃和酥梨也是真的——"停一下，带一丝顽皮道："请他们吃饭不是真的。"

陈佳此举近乎孤注一掷。与海潮分手后试着接触过不少男人，没一个能像海潮那样让她动心。听说小可要去日本，心灰意冷的她重新燃起了希望。她给小可开最好的实习证明，祈祷小可顺利考上出国——感情是"处"出来的，哪经得起两年的天各一方。她呢，会抓住这个机会，也许这是她最后的机会——满二十七周岁向二十八、三十跨进了，稍不留神，就成剩女！因此，当得知小可决定不走留在国内时，巨大的心理落差让她无法自控。

海潮一言不发，起身拿起小可的包就走，被陈佳一把抓住："海潮，你跟邓小可不合适，我了解她，也了解你！……"

门开，小可回来了，眼前情状让她一惊。

陈佳对她道："刚才我跟海潮说，我认为你们俩不合适。你不了解海潮，至少不如我了解他。"

小可镇定下来，微微一笑，拉开陈佳抓海潮胳膊的手："陈总，子非鱼噢！"

海潮大感欣慰的同时，自豪。小可一向怕陈佳如鼠怕猫，他让她变得勇敢！

陈佳也微微一笑："子非我，安知我不知鱼呢？邓小可，知道海潮为什么会爱上你吗？因为他从前没接触过你这样的——天真柔弱小鸟依人，你让他感到新鲜，就像人吃多了咸的得吃点甜的！"说完不再理她，对海潮道："海潮，你实事求是地说，你认识的男孩子、男人里，包括你，有见到美女不动心的吗？……没有！而女孩子面对名车豪宅五星酒店头等舱时的心情，同男孩子见到美女时的心情，差不多，她会动心！"

海潮禁不住一笑："会——动心？"

陈佳沉着地说："我知道你想说什么——你想说我不仅动心还付诸了行动！可当时我才多大？刚二十出头正是虚荣的年龄，还要加上出身卑微家境贫寒没见过世面！有句话说，年轻人犯错误上帝都原谅，你为什么就不肯原谅？"转对小可："小可，想知道我们分手的真正原因吗？……因为我爱上了别人，并同那个人发生过——实质性关系，他不能接受，完全不顾我的第一次不是给了那个人而是给了他！……"

小可听不下去了，转身就走，海潮扒拉开陈佳跟小可出去。服务员送菜来了，陈佳对她道："结账。"

服务员问："现在吗？"

陈佳道："马上。"

服务员小心地道："您要的菜已经下单了不能退了……"

陈佳厉声质问："我说要退了吗？！"

服务员吓得赶紧出去，包间门关，陈佳在几乎没动过的餐桌边坐下，突然间，热泪盈眶。她和海潮完了，有没有邓小可，他们都完了。

海潮开车送小可回家，小可小脸紧绷。海潮试着问："我们——去兜风？"小可不语，没同意，也没不同意，海潮松了口气："从五环往里，一环一环转！"话音刚落手机响，是向飞，海潮按了车内免提上来就道："向总，我这儿有点急事得先处理一下，回头给你电话！"说完挂了电话，这表现让小可心里稍微舒服了一点。

海潮车越过一辆辆大卡，跑在平坦宽阔的五环路上，轻盈流畅。海潮目视前方道："小可，你不会认为我快三十了还是处男吧？"

小可说："别跟我说你们那些恶心事！"待海潮真的不说，她又忍不住："你应该主动早告诉我！"

海潮本想说"不是怕你恶心嘛"，但明白现在不是开玩笑的时候，认真地道："我觉得没必要。"

小可说："你还有什么觉得没必要跟我说的事吗？"

海潮肯定地道："没有！"

小可哼一声："得了吧！"海潮看她，小可说："陈佳对你的工作了如指掌如数家珍，你们一直联系着！"

海潮解释："联系肯定有，大家都在一个行当里混，避免不了有交集。"

小可半自语地咬牙切齿："她知道你那么多事，好多我都不知道！这要有个第四者在场，真会以为你女朋友是她不是我——"突然想起了今晚上最刺伤她的那句话来："还有还有，陈佳说你对我的感情是由于新鲜，是吃多了咸的想来点甜的——"

海潮极力耐心道："那是她说！"

小可不依不饶："你们关系都那么深了，她肯定了解你！"

海潮再也忍不住，半开玩笑地说心里话："小可，适可而止啊！"

小可呆住。她受了一晚上委屈，坐那里听他和他前女友谈笑风生说这说那自己一点都插不上嘴，就这样，为顾全大局给他面子她一直坚守岗位强颜欢笑，他不领情倒也罢了，不内疚也罢了，居然还跟她不耐烦，他凭什么？当下硬邦邦甩出一句："回家回家回家！"

海潮二话没说，灯一打，真的往返回的路上拐！小可心一沉，瞟海潮一眼，那脸无一丝笑容。她不过希望他再哄哄她，他肯定也明白，却连这点耐心都没有。

海潮确实是没了耐心。刚才陈佳对光瑞上市的看法没影响他的信心，但是个提醒，提醒他必须全力以赴不能有一丝懈怠。一个决定的对错，常常取决于决定之后的努力。这一晚上光瑞的事他们聊了不少小可都听到了，刚才向飞来电话她也听到了，他按下向飞电话不听把她放在了前面，她应当体会他对她的感情和用心，为什么还这样没完没了？

海潮送小可到邓家，回来的路上二人谁也没再说话。海潮停车，小可开车门下，一声不响向楼道里走，在楼道灯光的映照下那背影纤弱单薄。海潮心一软，叫声："小可！"她站住，但没回头。海潮说："你明天上午要去北图借书是吗？八点我过来接你！我顺路！"她一言不发径自进楼。

小可一走，海潮就地坐车里马上给向飞回电。向飞没急事不会这时候找他。电话中向飞约明天面谈：光瑞此前的当家产品"胃强泰"在几家大公司同类药物的介入下，市场份额迅速下滑，"脑神宁"销量如果不能迅速顶上，于光瑞上市极为不利。向飞想约九点，海潮考虑到答应送小可的事，推到十点半，并简单说明了原因。

向飞心里非常不满，嘴上风轻云淡："郑总到底年轻，放不下儿女情长。"

海潮道："这跟年不年轻无关吧？"

向飞说："有关。比如我，就可以做到工作第一。"

海潮说："那是因为你没遇到你爱的人！"

向飞断然说："我遇到了！沈画！……但我不仅没跟她发展，还拒绝她跟我发展！我为了什么？"

海潮不想再说这个，低声强调："明天十点半。我准时到。"

次日晨为防堵车，海潮七点从家里出发，他来接小可并非顺路是专程，从他家到邓家到北图再到公司，是一个大四方形的四个点。搁以往跟小可说声"不去接了"就行，现在不行。

到邓家楼下七点半，他等到七点五十给小可打电话说到了，电话里小可说她不去北图了，她决定考东京大学，今天请老师另开书目，海潮当即大怒。去不去北图没关系，考哪里也没关系——他对着电话吼："不去北图为什么不提前告诉我?! 打个电话很难吗?!"不待回答直接挂了电话。

小可举着嘟嘟作响的手机愣住，如果说这之前她一直是在跟海潮赌气，此刻，心情陡转。说不去北图是赌气，说要考东京大学也是赌气，只消对方再说几句好话，她马上下楼，并且，将昨晚受的所有委屈翻篇儿，绝不再提!事实上，她已经做好了出门准备，包都拿手上了，怎么也没料到他会为这点小事大动肝火!上午，小可一人在家静静想了很久，给欧阳老师发了短信，请老师帮着推荐考东京大学的书目。

小可突然又决定要去日本让全家人不解，问也问不出什么，只能任由她去。小可弄到老师推荐的全部书后，夜以继日地看。常常，邓文宣、惠涓下班回家，见她坐在桌前看书，晚上睡前，还原姿势坐在那里。他们感到哪里出了问题，问沈画，一问三不知。

这天晚上吃饭，小可头一个吃完，吃完放下碗筷直接去她房间。惠涓看着她的背影："瘦了!明显瘦了!衣服都桄荡了!这样下去熬不到考试，人先得垮!"

邓文宣叫："小可!不能吃完饭就看书!出去走走!"小可已进屋关了房门。邓文宣、惠涓担心地对视，沈画若有所思地开口："是不是，跟海潮闹矛盾了?"

两口子恍悟，一个多礼拜了，没见他俩出去玩儿过!

小可从屋里出来去了卫生间，惠涓本想问问，看她脸色，没敢。小可手机在房间里响起，一开始大家都没在意，惠涓先反应过来，边嚷边起身往小可屋里冲："别是海潮的电话!以为小可不接给挂了!"片刻，接着电话出来："小可在卫生间，稍等啊你别挂!"到卫生间门口，边敲门边叫："小可!海潮电话!"

海潮在楼下，希望小可下来。刚听到海潮声音小可眼睛就湿了，这些天来，她一直等他电话。才发现，她根本离不开他！没他的生活根本不叫生活！这些天她拼命看书不为刻苦，是为忘却。听海潮已到楼下并邀她下去，憋了这么些天的泪水一下子夺眶而出——她原来以为她要失去他了！

海潮开车带小可兜风。一路上跟她道歉、解释。解释上次突然发火的原因，解释这些天没顾上打电话的原因。原因只一个：光瑞药业上市在即，"脑神宁"销售量须快速大幅提升，战场时间就是胜利，医院时间就是生命，商场时间就是金钱，他压力很大……令小可在惭愧的同时，非常内疚。

半小时后，海潮送小可到家，小可开门正要下车，扭脸微笑对他挥手告别，他却不敢看她，期期艾艾地说："那个，时间晚了，我就……不上去看你爸妈了。"小可笑盈盈点头；此时海潮越来越生自己气，越来越后悔有话该早点说，现在不说更没法说了，牙一咬一口气道："还有件事小可！我妈这几天要来北京，想请你爸帮着看一看片子……"

上次手术完恢复后，海潮妈妈很快回了无锡老家，她学校里还带着毕业班呢。最近老人频感头痛，拍片子有点问题，当地医生建议她来北京找专家看。下午，她给海潮打电话说了这事。

小可听海潮说完，看他的目光如看陌生人："你不会是为这个，才约我吧？"海潮连道："不不不！一直想约你一直没时间！刚才都跟你说了！"

小可道："但在你妈妈有需要时，你有时间了！"

海潮低声下气："我承认，我是想等彻底忙过这段后再约你，好好谈；我妈妈突然要来——"

小可接道："逼得你只好提前了！"一笑，摇头："海潮，我要是你，我不这么做，我会直接跟你有事说事。以我们对彼此的了解、我们俩的交情，对方遇上这样的事，无论如何不会不管。目前看来，我们彼此了解得还是不够——怎么也想不到像你这么聪明的人能做出这等蠢事；需要帮助的时候，先谈感情！谈利益的时候不能谈感情，否则，再真诚也是虚伪！"说罢，下车就走。海潮在身后叫她，她把手在脑后摆摆头也不回道："你妈妈的事，我跟我爸说，今晚上就说，到家就说，放心！"

海潮僵在原处，深知自己犯下了一个弥天大错。

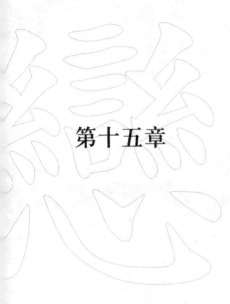

第十五章

海潮妈妈如期来到北京，在小可安排下，找邓文宣看了病。妈妈颅内左侧基底节区发现一个阴影，无锡当地医生怀疑是胶质瘤，俗称脑癌。邓文宣看后表示只是个钙化灶，对快六十岁的人来说属生理性。引起头痛的原因很多，比如动脉硬化，目前看没致命问题。

　　离开医院海潮送妈妈回家后，赶着去了公司。得知妈妈无大碍他查了下手机，提示邮箱已有上百封未读邮件。到公司开会、与人谈话、处理邮件……饿着肚子一直忙到晚上八点。其间去茶水间喝了几杯咖啡，冰箱的酸奶、面包之类看都不看。妈妈在家会给他准备吃的，他不想浪费了胃。

　　妈妈给他包的鸡肉小馄饨，馅调得很嫩，入口即化，拌了两份味道清爽的凉菜。参加工作后，动辄一大桌菜肴的应酬改变了海潮对饮食的期待：不光要可口，还要简单。吃完饭陪妈妈出去走了走，妈妈催他回来早洗早睡。这几天儿子为她费去不少时间，工作不能停，只能夜里加班，睡眠严重不足。

　　洗澡时妈妈问需不需要帮他搓搓背，他不禁笑起来。在妈妈那里，他算是长不大了；水果蔬菜吃太少对身体有害，睡觉太晚对身体有害，在外面吃饭对身体有害……妈妈对他的观察、监管甚至细到：刷牙时漱口太马虎，牙膏沫漱不干净，里面的氟对身体有害！

　　海潮拒绝了妈妈帮他搓背的请求，跟妈妈开玩笑："您就是想借机偷窥我的胴体！"

妈妈"哼"一声："就你那胴体，我从一尺来长看到这么大，"用一只手比了个高度，"看得我够够的了——到底需不需要帮你？"

海潮笑说："您消停会儿吧妈，我都多大了！您不在这儿我不照样活得好好的？"妈妈说："现在我不是在这儿嘛！"

海潮说："您总不能跟我一辈子吧？"

妈妈不吭气了，看得出她心里有事，拿不准该不该说；说，怎么说？好一会儿后，她这样说："所以呀，我得把你交到一个我放心的人手里。"

——没提小可。母子俩心照不宣。妈妈这次看病小可全程奉陪，周到客气彬彬有礼，等于向双方父母宣布了他俩目前的关系。

妈妈从一开始就喜欢小可，从来没喜欢过陈佳。她对儿媳的要求是人品第一，她觉着陈佳人品有问题。这感觉跟儿子说过，儿子不听她便不再啰嗦。她对成年后儿子的管理原则是：小事她管，大事他自己做主。

海潮洗完澡从卫生间出来，妈妈仍坐原处没动，怔怔地不知在想什么。海潮走过去替她把电视打开，她不耐烦地摆手："关了关了！闹得慌！"

逼得海潮不得不问："妈，想什么呢？"

妈妈说："生气！你说她凭什么？""她"是指小可，"该解释的，你都给她解释了，不听！没用！她一直这么小心眼吗？她要就这么小心眼，我看也罢！"

海潮笑："哟哟哟妈，我还没受伤您先受伤了！"

妈妈不笑："听我说海潮，小可是不错，但不错的女孩儿绝不止她一个，我就不信我这么优秀的儿子，会找不到满意的！不去想她了，随便她，总有一天她会后悔，明白她失去的是什么！"

海潮道："妈，咱得允许女孩子要耍小脾气小性子——"

妈妈说："不是不允许，得分时候！你工作这么忙压力这么大，你妈又病，她不知道吗？！"

海潮很难过，他知道妈妈是在用这种方式安慰他、安慰她自己，她舍不得小可。从前，偶尔说起小可缺点，诸如过于单纯、能力差之类，妈妈都不愿意听，都要为她辩护：她还小！其实，当年的陈佳比现在的小可小好几岁，妈妈从未有过这样的宽容。他在妈妈身边坐下，抱起妈妈一只胳膊，说："妈，妈，妈！是谁说的来着？——她还小！"妈妈很快要走，他不想让她背着这么沉重的包袱。

听他这样说，妈妈的激烈情绪有了点松动，叮嘱："忙过这段，好好跟她谈谈？"

海潮说："放心！"

这天，送妈妈走后海潮从机场直接去了光瑞药业。迄今为止，"脑神宁"销售量一直未达理想状态，光瑞拿出了新方案，海潮与向飞约好面谈。下午三点，海潮准时赶到，沈画带他去了向飞办公室。

寒暄坐定，向飞说的头一句话是："听沈画说，你和邓小可感情出问题了？"

海潮皱起眉头："沈画怎么这么八卦！……谈正事？"

向飞摇头："沈画这不是八卦是职业敏感，你和邓小可的事对我们来说，就是正事！"

海潮沉默了。他之所以迟迟没找小可，"忙"是借口，光瑞上市才是他真正的心理障碍。小可最初曾认为过，他选择她是因为她"有一个能给你妈治病的专家爸爸"，好不容易她相信了自己，因妈妈突然来京看病他的不当处理，令她重新开始了怀疑。光瑞上市与她爸爸之间的紧密联系她非常清楚，这时他若急于改善关系，只怕是会南辕北辙。

向飞坐旁边哀叹："唉，一向认为你做事思路清晰方法可靠，怎么一到感情上就糊涂？说到底还是年轻，容易为感情所困。"恨铁不成钢地，"无论如何都不该先道歉再求人啊！叫谁，都会觉得你道歉是为了利用！"

海潮也叹："事后想是这样，可当时——唉，一个字：寸！正吵着架呢，我妈要来看病。我能跟我妈说我和邓小可吵架了您过两天再来？不能——"

向飞接道："直接说你妈来看病行不行？你这种做法就像我们的销售

新手，以为贿赂就是一切——"提前把手掌挡对方脸前请他免开尊口，"感激和贿赂的区别在于，一个后给钱一个先给钱，你等于先给钱！在邓家人的价值观里，是对他们的侮辱……"

海潮不想再说这个，苦笑笑："向总，我们谈方案？"

向飞也苦笑："好——谈！"

海潮给出的意见具体中肯，向飞听了很兴奋，表示马上根据他的意见让项目组修改完善，争取明天发他。海潮走后，向飞让沈画通知项目组开会并订工作晚餐。沈画抽空给小可电话说晚上公司加班，请她帮着转告她妈。

惠涓下班回来，小可跟她说了沈画要加班的事，她只"嗯"一声没说什么，十点钟，来到小可房间："沈画说没说几点回来？"小可摇头，惠涓下颌一抬示意："给她电话，十点半到家！"

小可道："算了，妈，别难为她了。"

惠涓眉毛一扬："怎么是难为？我这是关心！"

小可说："公司加班，她不可能想几点走就几点走——"

惠涓拖着长腔："加什么班啊？喝酒啊还是唱歌啊？跟什么人在一块儿啊？"小可语塞，惠涓气哼哼地说："不在我这儿，您爱怎么做怎么做；在我这儿，出了事就得我负责……"客厅座机响，她急转去接电话，走前撂下一句："你给她电话！"

小可没理，遂埋头看书，没想到妈妈接完电话又回来了，一只手挥着："知道谁的电话吗？沈画她妈！问她闺女回来了没有——不放心啊！不是我难为她吧？……跟她说了没有，十点半回家？"

小可被搅得烦死了，放下书，身子向后一靠："妈，你们到底担心什么呢？担心——她和那个向飞？"

惠涓哼："她要真能和向飞成了，倒好了呢！我担心她一厢情愿不顾一切不计后果！现在的女孩子太不自重，现在的社会风气太糟！……哪天有空，得带她去查个体！"

小可叫："妈，您把人想得也太龌龊了吧！"

惠涓一字一顿："但愿是我'想'得齷齪！陪酒陪唱跟老板回家过夜——小可，你和沈画是活在两个世界里！你不信我，自己上医院妇产科问，现在未婚先孕的、得性病的女孩子，还有因为多次打胎一辈子不能怀孕的，有多少！"这一番话说下来，把自己说得都冒出了微汗："给沈画电话，马上！"

小可实在不想打："要不您打？"

惠涓急躁地："你打！我不能跟她正面接触，万一闹顶了，没余地了！"

小可电话打来时沈画忙得不可开交，她身后，是同样忙碌的项目组成员。沈画手下忙着，歪头耸肩将手机夹住，说十点半她肯定回不去。小可没办法，只得委婉说出惠涓不相信她在公司加班的那层意思，沈画听得心头冒火，为顾全大局息事宁人，还是决定了忍。想想，她说："要不这么着，我发张加班的照片给你，你给她看？"

小可拿着手机到客厅，惠涓刚挂上沈画妈四十分钟内打来的第二个电话，气得跟小可发牢骚："你二姨也是，老给我打电话催我！自己闺女自己不敢管，逼着我管，我怎么管?！"

小可赶紧把沈画发来的工作照送上："妈，您看！"惠涓眯细了眼看，小可解说："沈画怕您担心，发了张工作照。这么多人一块儿，在公司，能有什么事？哪方面的事都不可能有！我转发给二姨看！哎，她手机能收彩信吗？"

惠涓为女儿的天真轻信叹气："小可，你知道她这是啥时候的照片？……这么着，你跟她说再发张照片来，发张——右手摸后脑勺的，就这背景！"

小可叫："妈！过了！"

惠涓道："叫你说你就说！"

小可说："没法儿说！"

惠涓拿起电话："我说！"

惠涓的无理彻底激怒了沈画：她拿她当什么了？她就是条流浪的狗，

也有自尊！本意不想把事情闹大，奈何情绪全不受意志所控，开口即爆发："没空没空没空！我忙着呢！"不待对方说话，用全身力气按死了手机。

项目组工作的人们被沈画突如其来的高声吓了一跳，纷纷扭头向这边看，向飞快步来到浑身哆嗦的沈画身边，未及开口，她挣扎着说句"我去趟洗手间"，抽身离去。

沈画在洗手间隔断里恸哭。远离父母只身来京，迄今为止，上当受骗艰难求职颠沛流离寄人篱下……她咽下了所有的苦，可是，人的承受力有限，这肆无忌惮的人格侮辱终于让她崩溃。

恍惚间，听到洗手间门开，有人进来，她生生压住哭声，伸手锁上隔断的门。

刚进来的那人哗哗地小解，小解毕，出去洗手，洗完手，又磨蹭了好一会儿——大概在理妆——方才离开。沈画再次出声恸哭，经过方才的压抑，哭声变成了深沉的呜咽。

惠涓开车风驰电掣向光瑞药业公司狂奔。路灯映照下她的脸一明一暗，那脸铁青。跟她对骂摔她电话——她居然敢！放了电话拿上车钥匙出家门，睡衣都没换，谁也拦不住——她要去光瑞公司看看她到底在不在，不在，立马从家里滚蛋！走前，让小可把她东西给收拾了。小可推托说万一她在公司呢，惠涓话从牙缝挤出："她要是在，"一指对面窗子，"我从这窗子跳下去！"

惠涓在公司门口被保安拦住，保安打电话给楼上找沈画，接电话的人说沈画在洗手间。惠涓听后并不多说，微微一笑："没关系，我等。"她根本就认为"沈画在洗手间"是事先串通好的托辞，捉贼捉赃，她等，哪怕等到天明！

沈画在洗手间镜子前看自己，眼睛用凉水敷过了，仍然红肿；包不在身边没办法补妆，只能先这么出去，尽量躲开人拿上包找出化妆品来遮盖。没想到一出卫生间门就碰到了向飞，准确地说不是"碰上"，向飞已在这儿等了她一会儿。得知惠涓来到公司楼下，联想适才沈画接电话时的爆发，向飞大致明白了事情原委：沈画和邓文宣老婆闹矛盾了。

沈画的样子让向飞心疼。白中透蓝的眼白布满通红的血丝，眼皮、鼻头都是红的，唇却灰白。想问她到底因为什么，想帮她，想安慰她，但知道都不是时候。不管因为什么，她跟邓文宣老婆翻了脸是基本事实，这种情况下尽快满足邓文宣老婆要求，乃当务之急。

沈画跟向飞简单说了事情经过，决意不跟惠涓回去，甚至不屑下楼见她以自证清白。向飞严厉道："你必须跟她走！马上！"缓和下口气："跟邓家闹顶了，对公司没好处。"

沈画蒙了。尽管向飞所言于他们二人是心照不宣的事实，但他如此直白说出，是第一次。好不容易她缓过点劲儿来，问了她一直想问一直没敢问的那个问题："那，您，您安排我去《非诚勿扰》，也为这个吧？"

向飞镇定道："这个是哪个？"

沈画道："向邓家证明您的清白啊！"

向飞打哈哈："清者自清，还用得着证什么明！"沈画张着肿胀的眼睛看他，几秒后转身走。向飞目送她走直到消失，一动不动。

沈画乘电梯下楼，身体贴着光滑冰凉的电梯金属壁，心随着下降的电梯下沉，沉到极处反而沉静，于沉静中她冷冷地想：这个世界没有上帝，你的上帝是你。

见到惠涓先感谢，后道歉，再解释，把自己电话中的不冷静归咎于当时工作的忙碌。身段放得极低，诚恳到了谦卑。惠涓全没思想准备，满脑子满肚子的狠词儿怒火生生给顶在原处，大张着嘴愣好一会儿后方说出话来，喃喃着语无伦次："主要是你妈……一晚上给我来三个电话，她不放心你，又够不着你，只好找我……我跟她说了你加班，你不是也跟她说了吗？不管用，她就是不放心！……我也是没办法，只好过来看看……"

沈画说："小姨，您是长辈，您怎么说怎么做都是为我好……不说这些了，咱们回家？"挽起惠涓胳膊走，边道："这么晚了，还让您来接！我来北京给您添了太多麻烦。我想好了，争取尽快找个男朋友，搬出去住。"

惠涓天性吃软不吃硬，听沈画如是说不仅消了气，转而为对方担心忧虑："找个合适的男朋友可不容易，别人咱不了解，小可我清楚——"

沈画很快道："我上《非诚勿扰》去找！"

小可看完书睡觉时快一点了，去卫生间洗澡发现沈画屋灯还亮着，轻轻推门探头进去，见沈画抱着个笔记本电脑坐床上查《非诚勿扰》的报名流程。得知沈画预备上节目相亲，小可为她难过："画姐，我妈那人你还不了解？干打雷不下雨刀子嘴豆腐心，你就踏踏实实住这儿，她不能把你怎么样！"

沈画说："不光是因为你妈。主要因为我年纪大了，再不抓紧就真得剩家里了！"态度认真，不像是在赌气。

小可小心地问："那，向飞呢？打算放弃了？"

沈画一笑："从来就没得到，谈什么放弃。"

虽是笑着，难掩凄凉，小可进屋在床边坐下，歪头看着她脸："画姐，你对向飞感情那么深了吗？"

沈画想想："——有过'那么深'的时刻。那天我喝醉了，他把我带回家，从头到尾，特别绅士，交谈后，发现他知识面很广，人很正……"

无端地，脑子里冒出他们第一次相遇前后的情景，那情景她一直试图从脑子里删除，一度删除成功，此刻悠然浮出栩栩如生：孙景、主卧、浴缸、白纱帘上婆娑的树影……耳边甚至响起当时楼下传来的向飞地呼唤："小孙！"……她禁不住脸红心跳，禁不住把头埋进臂弯，仿佛这样就能够制止住大脑的运转。她不得不正视她一直回避的现实：他不相信她！之前她一直骗自己说，他的犹豫、他的保留、他的无情严厉不容置疑，是因为他是商人——商人重利轻别离，哪里是！古往今来，男人征服世界很大一部分为征服女人，看多少成功人士——正直、不正直的——身后不都得有那么一个、几个女人？

小可以为她是难过，尽职尽责安慰："哎呀，至于嘛！有什么值得留恋的，他比你大那么多，还结过婚还有孩子！……真不明白这人怎么想的，你他都看不上，还想找什么样的？"

沈画慢慢地说了："他呀，不是看不上我，是不相信我，他怕我看上的是他的钱。"

小可不明就里，顺着她的话顺嘴说："不会的不会的！怎么可能呢。"

不走心的安慰话很容易撮火，沈画尖笑："哈！怎么可能——怎么不可能！不说别人，郑海潮，刚开始不也是在你面前装穷？"

闻及"郑海潮"小可脸霍然变色起身就走，沈画慌忙从床上跳下将她拦住。只顾自己痛快全不管对方感受，或者不如说，潜意识里，她就是要拿小可的痛苦来消解自己的痛苦——对别人她可以这样，对小可，她不该！

好不容易把小可拖回来按坐床上，却不知说点什么好，想了想，到衣柜那儿打开柜门，欢快道："帮我挑一下衣服？"小可沉着脸不吭气，沈画走过去，蹲跪她跟前仰看她的脸，一只手扶着她的腿摇："小可小可，看在我这么倒霉的分儿上，原谅了呗？"

小可无可奈何苦笑，开腔道："挑衣服干吗？"

沈画自嘲道："演出啊！上《非诚勿扰》！"用手划拉着挂在柜子里的衣服："穿什么好呢？"

小可道："看你想给人什么样印象了，知性的、贤淑的，还是萝莉的？"

沈画辛辣笑："都这把岁数了还萝莉？就知性、贤淑中选吧！"

小可也笑了："别那么消极嘛，没准真能钓回条大鱼呢！"

沈画却不笑了："大鱼指什么？……有钱人吗？……在你们眼里，我只爱钱？"小可显然是这样认为的，没吭气。沈画也没吭气。

那晚向飞在公司加班到家已是凌晨。家里头干净整齐，显然钟点工来过了；钟点工每周来三次，每次三小时。向飞单身五年，头半年过得混乱不堪，后来渐渐形成了一套良好的单身秩序。要说这还得归功于孙景。孙景毛病突出，优点也突出：脑瓜灵活、善解人意。是他提议向飞请钟点工。钟点工的好处在于，既可保证家务有人做，又可避免住家保姆给主人，尤其男主人带来的种种不便。

　　向飞来到二层进卧室。双人浴缸显然刚刚刷洗过，灯光下白得放亮。这大浴缸是当年装修时前妻坚持安的——她当时尚存复婚想头，他很不以为然。安它做什么？一个人泡澡，这么大池子得多少水？水不值钱，但不该浪费。两个人泡，谁和谁？他和她吗？她的裸体他看都不忍多看，怎可能与之共浴！女人即使没生过孩子，上了三十肌体都会变化，瘦的会松弛，胖的会出横肉，不胖不瘦的也会筋肉凸凹分离。健身能保证的只是不长体重，属于少女身体的流畅浑圆留不住。作为正当年的钻石王老五向飞阅尽人间春色，尤其离婚之后，在这个问题上很有发言权。

　　他阅过的女人里不乏年轻女孩儿，奇怪的是，他竟没跟其中的任何一位共过浴，究其原因还是没有兴趣。她们打动他的只是欲，没有情。她们对他的兴趣是钱，他对她们的兴趣是性。不是没想过好好游戏一番玩他一番，往往事到临头便没了整这些花样的兴致。

　　如果不是第一次的相遇，向飞会无条件爱上沈画。除了漂亮，他喜欢她的生动、聪颖、激情，还有顽强和努力。多少次了看着她他想，投入地爱一次吧！每每临渊而退。一想她竟能和孙景勾搭成奸——这个"奸"属意气用词——得知对方是司机立时弃如敝屣，便生兔死狐悲之感。虽说从商多年，文人天性不改，随着岁数渐长，更是有种玩不起了的紧迫感，越来越渴望一份稳定的感情，渴望能与一个他爱的、爱他的女子共同生活，共浴，共度余生……

　　周末，向飞约海潮小坐，约在了家里。再次修改后的"脑神宁"销售方案得到有关各方认可，使他们紧绷的神经得以短暂松弛。他带海潮参观他的住宅，如所有来过的人一样，海潮一下子为那只与卧室相连的大浴缸所吸引。很少有人家会这样装修，此为向飞前妻从外国电影里得到的启示。

　　海潮看着浴缸和正对着浴缸的大床，眼里浮出自以为会心的笑。向飞不点破、不解释，跟着笑，笑着道："现在你也单身了，对成功男人来说，单身意味着绝对的选择自由，满园春色任你——"

如果搁从前，海潮会就这话题与向飞敷衍，女人是一个能迅速拉近男人关系的话题，此刻他不肯——此刻谈这些仿佛是对小可的背叛——毫不客气打断对方，说："是。可惜我没这个福气，不好这口。"

　　向飞问："你好哪口？"

　　海潮简洁回："弱水三千只取一瓢吧。"

　　向飞沉默片刻后道："其实我也是，"纠正补充，"感情上也是。"然后，他说了，关于沈画。

　　沈画去了南京，参加《非诚勿扰》录制。虽然这事是他的提议，但他那不过是为表明心迹，见她一直迟迟没动以为这事算过去了，没想她不哼不哈完成了报名、面试等一系列手续，真的去了。此一去对向飞来说吉凶难卜，凶多吉少。沈画这档次的女孩儿一经《非诚勿扰》这个平台的强势传播，势必如脱了线的风筝，扶摇直上离他远去……

　　海潮不明白，既然爱，为什么不能直抒胸臆？此时他们已在一层客厅坐定，茶几上是整套的工夫茶具。向飞烧水、冲茶、淋罐、烫杯……动作熟练流畅一气呵成。他不嗜烟酒不爱咖啡，只好茶。海潮接过他递来的半个乒乓球大小的茶杯，喝下，向飞期待地看着他问："怎么样？"

　　海潮赞："好！"他不懂茶，但懂得分析，看这喝茶的阵势，说"好"断然不会有错。没想到向飞接下来还有问题："什么茶？"

　　海潮只能猜了："绿茶？红茶？茉莉花茶？"

　　向飞不禁苦笑："给你这种茶盲喝我这茶，简直就是，暴殄天物！"

　　海潮大笑，先承认自己确是茶盲，后虚心求教："这什么茶？"

　　向飞斜他一眼："武夷山大红袍。"

　　海潮忙道："听说过！很有名！"

　　向飞皱眉一笑："这茶，早年间，全国年产量，八两。周恩来——"停住，"周恩来听说过吧？"

　　海潮气道："没有！"

　　向飞笑起来："你们这些八〇后，有知识，没文化。……周恩来拿它搞外交，1972年尼克松访华时赠他四两，谓之，送他了'半壁江山'！"

海潮再看那茶肃然起敬，捏杯尖嘴轻嘬，努力品尝后咽下，仍不得要领。向飞摇头直叹，起身拿瓶矿泉水放他面前："你喝这个！"

海潮笑："好，好好！对我来说确实区别不大——没区别！"

向飞独自品茶，徐徐咽下，说："就这一口，百元不止！"海潮不信，餐厅、咖啡厅哪里没有大红袍，一壶才不过几百。向飞道："能一样吗？……我这茶，500克，十万！"

海潮摇头："炒作吧，炒作的结果！"

向飞也摇头："炒作只对外行管用，对内行——"不再说，不屑再说。海潮亦知趣地闭嘴。他固然不懂茶，却懂得对陌生领域心存敬畏。

向飞自斟自饮："这茶于你是，明珠暗投；于我是，"卡住，片刻找到了一个不那么恰切的词儿："——珠联璧合。"细细品茶，缓缓说道："——人和人也是一样。"

海潮笑："向总所指，是不是沈画？"

向飞不笑："她上那节目，她那条件，肯定能找到一个硬件不错的。如果那个人只硬件不错，对她来说就是明珠暗投！"

海潮真觉得不解："向总，邓文宣完全构不成你俩之间的障碍，你只要跟她说清楚，等这段时间过去——"

向飞一笑："我只是拿这事说事，欺人、自欺罢了！"

海潮道："你真怕的还是，沈画爱上了你的钱？"

向飞欠身拿起茶杯，却不喝，凝视杯中那一小口昂贵的金黄色茶汤，说："我不怕她爱上我的钱，怕她只爱钱。"真想跟海潮说一下孙景，咬着牙没说，"北京有家女学馆听说过吗？专收年轻女孩做学员，办学宗旨是：如何跟成功男士打交道。这算含蓄的；直白的，成都，办了个培训班叫'如何嫁个千万富翁'，四十个课时学费一万，真有人报名！你说，现在的女孩了都怎么了？"

海潮想起小可。第一次见，她坐他对面宣布："我是一个独立的个体，我不想依附于任何人。"安静清爽坚定，他一下子就喜欢上了她。而今，阴差阳错二人误会越来越深，关系岌岌可危，而在与向飞的合作结束前他实在没办法面对她。他必须抓紧时间面对，刘旭刚说，感情凉不得！

海潮果断打断向飞："向总，我们说一说公司上市后的股值？"神情严肃。向飞愕然，不明白他态度、话题为什么陡转，一时拐不过弯，片刻后道："今天我们能不能彻底放松一下？"海潮坚决摇头。

小可坐邓文宣办公室等爸爸。门开，邓文宣手术完回来，小可起身迎了过去，欢快地道："爸爸，告诉你个好消息啊？"

自从有了海潮，小可很少专程跑医院找他了。女儿有自己的感情归宿固然让他高兴，同时难免失落。但开门看到女儿在时，他不仅没有丝毫喜悦，相反，心"咯噔"一下沉了下去：她真的没别的感情出口了吗？她和海潮真的不行了吗？他享受女儿对自己的依赖，但比这重要的，是女儿的幸福快乐，他要她过得比他好。

小可的好消息是：免试进东京大学读研。这确是个能称之为"好"的消息，她可以松口气歇歇了，这孩子近来瘦得厉害，小脸成一窄条，眼睛都变大了，但她的消瘦绝不是因为考研——邓文宣实在忍不住，假装不经意问了："这事告诉海潮了吗？"女儿登时小脸一沉，邓文宣心随之重重一沉，但再没就此说一个字。他了解女儿，她想说的事不问也会说，不想说问了也不会说，她不说你硬问，只能让她反感。

自此，从离开医院到回家，父女二人的话题全是围绕东京大学，一路欢声笑语。"……东大教授看了我提出的研究课题，左想右想，前想后想，觉得能提出这课题的学生真的是太有才了，应该直接收下她，免得她花落别家！……"邓文宣听着小可朗声大笑，心一阵阵痛：他眼睁睁看女儿受苦，一筹莫展！

沈画录制《非诚勿扰》回来了，春风得意。两天录了四期，四期二十个男嘉宾，二十个男嘉宾十三个选她做"心动女生"。录最后一期时，她与上海某大公司一位年轻高管牵手成功。

夜深了，邓文宣、惠涓关灯休息了，两个女孩儿仍在小可屋里叽叽咕咕说话。小可说："你们俩一个北京一个上海，往下怎么进行？"

沈画说："短信？电话？邮件？"想起什么，笑，"跟他要QQ，人家说只用 MSN！"

小可也笑："说明人家有层次嘛！将来怎么办，你去上海还是他来北京？"沈画道："走着看吧。其实前面三期有几个比他条件好，但我总想，往下会不会有更好的？他是最后一期最后一个。"

于是小可明白，沈画对那人不是很满意："不满意别选啊，再去录嘛！"

沈画摇头一笑："这个我想过，但想，再去还不是这结果？十全十美压根不存在。"远的不提，她周围，妈妈一生最大遗憾是嫁了个窝囊丈夫；小姨嫁得很好，不幸福；魏山山和刘旭刚貌似幸福，那种幸福她不想要；如果小可和海潮成了，倒不失为金童玉女十全十美的经典，没成。说明什么？说明这事根本无章可循，只能走着瞧。你"走"了，可能不成；你不"走"，肯定不成。于是她决定：走。

小可听出了沈画的伤感，正寻思说点什么，沈画手机来短信，她拿起看，笑了。小可精神一振，当即凑过去，与沈画头对头看。

短信里那上海男子对沈画说："不得不说，你对我来说已不仅仅是一个名字。我这个人不善言辞，浪漫的话不会说……"两个女孩儿哈哈大笑，小可笑道："这还叫不会说？太会说了！"

第十六章

向飞对沈画上《非诚勿扰》相亲背地里咬牙切齿，面上什么都说不出。沈画去南京后他上网看了几期这节目，发现里面的男嘉宾真有条件不错的，心里头五味杂陈，以酸为主。

　　看过几期基本了解了这档节目的规则：女嘉宾如未牵手成功，可以接着去录。沈画回来后一直没再去过，没再去意味着牵手成功，但看她的活动规律又不像，让加班加班，让应酬应酬，也从没见男人来公司找她，没有恋爱的基本迹象。

　　心里怎么嘀咕，绝不问沈画。他有个原则：对问题答案拿不出明确态度时，不提问。比如他问了，沈画说找到男朋友了，他反对还是祝贺？反对，现在不能；祝贺，绝无可能！

　　这天是周日，向飞出差半月回京，到家晚上十一点了。一下车就看到了家里亮着的灯，儿子在家。前妻有了男友，平时两人都忙，只周末有空一聚，逢要在家聚时，便会把儿子送他这里，保姆跟着。

　　向飞开门进家，保姆在看电视，电视音乐听着耳熟，保姆见向飞回来忙起身招呼同时把电视关了，音乐骤停的瞬间向飞突然想起来为什么耳熟，是《非诚勿扰》男女嘉宾牵手成功时的音乐！

　　他冲过去把电视打开，赶上男女嘉宾谈牵手成功后感想和打算的环节，女嘉宾是沈画，男嘉宾是个三十岁上下的年轻人。年轻人生一张大众脸，平淡得不值一提，因之硬件有可能格外硬——向飞了解沈画——是一只成长中的优质股。不像他，虽然优质但已达最高峰值，年龄在这儿，生物学规律不可抗拒。

　　节目组送牵手成功嘉宾夏威夷双人游，电视里男子正谈这事，操一口南方普通话："……夏威夷肯定去的啊！自费都去，何况免费！"说罢，自以为幽默呵呵笑着看沈画，沈画温柔微笑点头。电视中她长发盘起，左耳侧不经意似的垂下一绺，那一绺随她点头的动作微拂，几分娇娆几分慵懒，美艳得轻佻，向飞咬牙出声骂：真他妈妖精！

　　电视里男子呆看妖精的脸，半张着嘴痴了。向飞以男人的眼睛断定，此人已然中招，如果不是面对摄像机还有人，十有八九得直接扑她！沈画感到了男人目光的吸吮吞噬力度，不仅不以为忤，反扭脸送去娇媚一笑，耳边那绺散漫青丝，随之飘啊飘……

　　向飞再也受不了了，一伸手关死电视，又一伸手掏出手机，不假思索拨了她的号码，最终，没按下去——跟她说什么？

　　向飞上楼去看儿子，跟儿子一块儿玩了会儿赛车游戏，问了他最近的学习，叮嘱他再玩一会儿就睡，离开儿子房间冲澡换上睡衣，这工夫，冷静下来。

　　他上网从头至尾看了这期节目，看完明白了沈画没再去录节目又没恋爱迹象的原因：与她"牵手"的那个男子不在北京。沈画一直以来给他的印象是要扎根北京，这印象影响、限制了他的思路。

　　次日到公司，沈画见到他先是问候道辛苦，再拿来记事本汇报工作。他坐办公桌后，她站他对面，他貌似专心听她汇报，脑子里却时时在想：十多天没见，她好像更水灵了，是爱情的滋润吗？

　　沈画汇报完工作要走，向飞仿佛刚想起来似的叫住了她，笑说："哎，昨天晚上的《非诚勿扰》我看了，你很上镜啊！但还是不如本人，镜头上看不出皮肤质量，你皮肤好！"沈画的回答是：谢谢向总。

　　自那次加班他命令她跟邓文宣老婆回家后，她对他一直这态度：下级对上级的尊敬、服从、礼貌。没了回味无穷的各种暧昧，没了令人心旌摇荡的激情暗涌。这变化外人是看不出的，外人眼中他们仍是一派好上级好下级的和谐默契。只是他清楚，他们现在的关系好比是，失了魂的美人。

向飞保持住微笑以掩饰渐生的怒气："你怎么会看中那个上海男人？"马上又放低声音，推心置腹："他是不错，但明显不如四号。"

沈画说："是吗？"

向飞诚恳地说："是。"

沈画说："噢。"

——让人完全无法将这话题继续下去。看着她的眼睛他想，她是负气还是有了男人有了底气？从前，他从那眼睛里能看到所有的喜怒哀乐，此刻，它们如幽谷深潭不见底……向飞突然感到了厌倦，把目光挪向电脑，伸手打开邮箱看邮件，同时摆头示意她可以走了。

她便走，转身，衣衫窸窣声、脚步声……他按捺不住抬头目送。她腰很细，越显其臀饱满沉重，纤纤腰肢不胜负荷借腿支撑，于是，臀随腿的交替前行左右摇摆……真是个妖精啊！而他，却能在那样一个夜里，压制住自己的渴望，与她一个楼上一个楼下分着睡——都这把岁数了还纯情，枉活半生！

午餐为省时间，向飞让沈画给他订了吉野家。沈画送饭进来时，保洁阿姨正倒纸篓，一见沈画惊喜大叫："沈画！"遂为自己的失态不好意思，笑笑纠正："沈助理。"

向飞不解。一个公司的同事，抬头不见低头见，昨天没见今天见，惊喜何来？保洁接下来的话回答了他这问题："昨晚上又在《非诚勿扰》看到你了！大伙都说，你是那里头最漂亮的！"转对向飞："向总，沈助理现在是名人了！"

向飞看沈画，她对他摇头皱眉笑，带着自嘲；手下一板一眼一停不停，把袋子里的午餐为他取出，打开，摆好。这份淡定让向飞意外，才十几天工夫没见，她何以修炼到这程度？一副曾经沧海宠辱不惊的模样，看她这样儿你根本不会相信，半年多前，她连五星酒店的房间门都不会开！很想问问他不在的这些天里发生了什么，没问，没法问。

沈画录制的《非诚勿扰》播出时，她与邓家人一起看了。看之前有点紧张，早听人说生活中好看的上了电视不一定，看到后放下心来。邓家人也一致认为，她是二十四个女嘉宾里最出色的，不论长相气质还是谈吐。显然电视台也这样认为，给她的特写镜头最多、最长。

第二天是星期天，惠涓让她给山山送东西，山山怀孕先兆流产。山山妈曾电话商量可否让女儿住邓家保胎，邓文宣、惠涓在医院工作，有事招呼起来方便。保胎不是一两天的事，保到生的都有，惠涓担心山山久住会生矛盾，建议还是住刘旭刚那儿，真有需要，他们一脚油就过去了，邓文宣同意了她的意见。出于歉意和责任，惠涓三天两头给山山送东西。这回送的是她从密云农民家买的、宰好洗净的"绿色老母鸡"。"绿色"是惠涓语，惠涓对"绿色"的定义是个人直接从农村购得。除了"绿色老母鸡"，还有一大袋"绿色水果"。

沈画打车去山山那儿。出租司机四十来岁，后脖梗两坨肉紧挤一起，浑身散发出胖人特有的重油体味。看到她他眼睛一亮："咦，我在哪里见过你?！"沈画拉开后车门进去坐下，淡淡道："您认错人了。"女孩子希望被人搭讪，但如果搭讪她的那人条件太差，会让她感觉受辱。

司机回头又看，她把脸扭向一边看窗外，顺手开车窗放味儿。窗外走过一个引人注目的女孩儿，初冬的北京很冷了，她穿超短裙，臀以下的腿全部裸露，那腿极肥硕粗壮，横肉连着肉涡，于脚踝处陡向里收——脚却纤细小巧——如圆锥倒立。沈画百思不解，为什么要这样穿呢? 想引人注目吗? 引人注目不是目的啊! 正思忖，听到有人叫："沈画!"

是出租司机。沈画下意识扭过脸去，未及开口，司机笑着点头确定："是沈画! 二号女嘉宾! 当了五次'心动女生'! "沈画顿时瞪大了眼睛，没等她回过神来，司机兴致勃勃发问："你真的是去相亲吗? "沈画机械地点头，他追着问："你不是托儿? "

沈画不解，反问："为什么是托儿? "

司机说："我老婆说，漂亮的，肯定都是电视台找来的托儿，好提高他们的收视率。你呢，她说，是她看过的所有《非诚勿扰》，所有女嘉宾里，最漂亮的一个，所以认定了你是托儿! ……"喋喋不休兴奋不已。

沈画完全没应对经验，只能连说"谢谢"，司机开着车高兴地自语："怪了，我这车，净拉名人！哎，我还拉过宋丹丹呢！"沈画不信，司机好像知道她想什么："不信是吧？……我老婆也不信！……但是，就是！千真万确！她自己都承认了！——可能人想体验一下老百姓的生活？到现在我都后悔，没跟她照张相！"从镜子里看一眼沈画："沈画，等会儿咱俩照张相呗？"……

到旭刚家，沈画跟山山说了适才的经历，山山说："必须啊！我这样扔人堆里找不出来的，都被刘旭刚认出来了，何况你！别急，这才刚开始！你录了四期是吧？等四期播完了你再看——"

话音未落，旭刚买菜回来，看到沈画头一句话就是："嚯，还真的是你！"对山山道："对门儿看到她了，认出来了！"山山对沈画笑："回去赶紧准备墨镜吧！"

果如山山预料，随着节目一期期播出，沈画外出真需要戴墨镜了。如果说，明星戴墨镜可能有担心别人认不出，事先戴上以自慰的心理，沈画想法纯粹，就是不想被人认出。最初的惊奇愉快过去，她已厌烦了这事，被路人认出的搅扰让她烦，到公司后人们的议论、打趣让她烦，天天邮箱里一堆堆的求爱、骚扰邮件，更让她烦。没出名时想出名，出了名才知道，名人不是明星，出名不是目的，一如女孩儿的着装，引人注目不是目的！

沈画甚至有些后悔上这个节目，惟一可自慰的是，最后瞬间决定选择了一个。尽管对上海男人不很满意，隔空接触下来，不满意有增无减，但终究：一、十全十美不存在；二、上海男人硬件够硬，是女孩儿无处可去时一个还不错的去处。还有，他对她十二分满意，每次电话邮件短信情意绵绵，要来北京看她，要她去上海看他，要一起去夏威夷，去世界上任何她想去的地方……她都没拒绝，但也没答应，她在等。

她等到了向飞出差回来。曾担心他没看到她的节目，后来想就算他没看过，到公司来也会听说，不成想他竟看了，他出差外地居无定所日理万机，没忘这事！他主动提及时她感到了他强装出来的随意，感到了他对她选择了男友的恼怒，那时刻她有点想哭：他心里是有她的，他应该是爱她的。只要他说出他爱，她会毫不犹豫抛弃上海男人抛开所有一切，做他的女人！没想到一切到此打住，他示意她出去，不等她离开，已径自对着电脑工作、吃饭了。

沈画不知怎么离开的他，只记得全身沉重软弱没有力气。出向飞屋进自己屋未作停留一路走了出去，路过一个无人的会议室，拐进去关了门。

沈画背抵门站了会儿，掏手机给上海男人短信："此刻有时间吗？"对方没回短信直接把电话打了过来，电话中惊喜异常。南京一别，这是她第一次主动跟他联络！

他们在电话里聊了很久，沈画态度空前好，可称得上温柔，上海男人激动不已忘乎所以，提出了他一直想而没敢说的请求：一起去夏威夷好吗？马上！两个人！沈画听着在心里直叹，这人怎么这么没感觉呢？他什么都好，就差了感觉！

所有人都认为她只爱钱，哪里是！只爱钱，以她的条件根本不必受那么多苦。她还要爱，要"心有灵犀一点通"，要"问世间，情是何物，直教生死相许"！上海男人却略过这一切的环节，直接想到床上去了，烦！

沈画想发火，忍住，她没发火的资本。此刻上海男人于她，仿佛溺水时的稻草。最终她这样答复：公司面临上市工作忙，不知能不能请下来假，请下假来就去，请不下来就没法去了。上海男人一听她有想去的意思，心头鹿撞气血上涌，急急道："请不下假来不请！辞职来上海工作！这边你的一切，我负责！"这下子沈画真的恼了，推说以后再说，挂了电话。

离开会议室回办公室，离他越近，心跳越凶，决定于突然间作出：是活是死，问个明白，不论死活，都比不死不活地拖着，强！

她敲了向飞办公室的门，里面传出他的声音："进来。"那声音令她过电似的一阵战栗，深呼吸，镇定，推门进去。

他从电脑前抬起头来，没说话，用目光询问。她微微避开那目光，说："向总，我想请个假，去夏威夷。"

他完全没想到，有一会儿没动，然后，身体向椅背上一靠："这么说，他们电视台组织去夏威夷，是真的了？"沈画点了头。没说上海男人提议的"两个人去"，不想让向飞认为她是个随便的女子。

他没吱声，欠身拿起桌上的一支笔把玩。他休闲西服里是一件素色衬衫，那衬衫的领子永远洁净笔挺，却一点不显生硬，人和衣服天然贴切。这是个有品位的性感男人，不论思想、情趣、见识、谈吐、能力……

他开口了："两个人才刚刚认识，就双飞双宿？电视台这样做，过了吧？导向有问题啊！"

沈画听出了醋意，那醋意如阳光穿透阴霾直照进心里，心随之明亮，人随之活泼。摇头抿嘴一笑，她说："不是您想的那样，是跟团！"这回答针对的是对方的问题，因此不是欺骗。

"最近公司里工作很忙！"他望定她，说。

她迎着那目光，继续："我用年假。"

他说："年假也得根据我的工作安排！"

不容置疑的霸道，她不由得心一阵激跳，脸上仍驯顺安静："好的，那就等忙过这段再说。"

他终于失控："再说什么？有什么好说的！"手里笔狠狠一摔，当，那笔弹跳着从桌上滚落掉地。

沈画快走几步向前弯腰拾笔，心里头是细细的喜悦，她得到了想要的答案。把笔拾起两手拿着放回桌上，顺势抬头看去，悚然一惊：仅只几秒钟工夫，对方脸上不容置疑的霸道消失，代之而起的，是意志消沉。他拿过那笔，说了"谢谢"，表示她可以出去了，他要工作了，等等。

自此，直到下班，他再没跟她说任何除工作之外的话。那边上海男人短信电话不断，问请假了没有，如果去夏威夷，他还要作一系列的相应安排！沈画推说老板正忙她没来得及请。心里明白，拖延是权宜之计，事实上，她已经面临着非此即彼的选择。

沈画坐电脑前等待下班，下班后向向飞摊牌。这次一定直说，不要试探、不要暗示、不要委婉、不要自尊——宁肯被拒不要遗憾，她努力过了!

下班时间一到她关电脑起身，怀一种慷慨的决然，去向飞办公室，未到门口，门自开，向飞走了出来，说："沈画，下午我态度不好，我是说夏威夷那事。公司最近很忙，你工作很得力，这时候离开，走那么久，对公司工作肯定有影响。"停停，"我当时有点急，没别的意思。"

——"没别的意思"？是了，这就是他的答案了！事先想过这结果，事到临头仍无法自持。她赶忙低头，眼睛望定桌子某点一眨不眨看，直到涌出的泪水干涸，方抬头开口："谢谢向总对我的肯定。其实我什么时候去都行，可是他不行，他只现在有时间……"手机在桌上嗡嗡跳起，沈画看一眼来电，正好是"他"，她一秒钟都没耽搁当向飞面接起。

上海男人在得到沈画——他认为是"以身相许"——的回应之后，夏威夷都等不得了，要来北京！电话中他说，好多话要跟沈画当面说，好多事要当面商量——现如今还有什么话、什么事不能隔空说、隔空商量？简直是欲盖弥彰！但因向飞在，沈画态度非但没露丝毫嫌恶，反温和得温情脉脉。

向飞听沈画接完电话，沉声问："是他吗？"沈画点头，向飞道："他要来北京看你？"沈画点头，向飞也点点头，不再问什么了，越过她向外走。

沈画动手收拾包，手机、钥匙串、化妆包，放进包里……向飞声音响起："一块儿走？我带你一段。"沈画蓦然抬头。

——他身体已到门外，头向后扭着看她，那一瞬间，她知道他并没有最后下定决心，所有的委屈、怨怼消失，只剩下感激。她理解他，理解他所有的迟疑、犹豫、矛盾，换位思考，她若是他，目睹了她跟他的司机厮混，怎可能做到轻易释怀！

向飞打发了司机亲自开车，并不征求沈画意见，出公司，向西向北，直上五环。上五环前他没说话，一上车就打开了交通台，让交通台主持人来填充车内无语的空间。他不说话她也不说，被动方能做的惟有等待。

上五环后车辆明显少了，车速明显加快，向飞车开得很好，平稳流畅。车盘上八角桥，他关了交通台，车内一男一女叽叽喳喳的热闹戛然而止，沈画心随之怦然起跳。

向飞开口了："我不同意你和那个上海男人。"

沈画怕他再重复什么四号比五号好之类的废话，接住这话定定地道："但是，你也不同意我和你！"向飞大吃一惊，没想到她能如此直率直白，一时间无言以对，只能目视前方做专心开车状。沈画声音在车厢的幽暗里继续："你知道我心里有你，我知道你心里有我。我只不知道，你究竟为什么不敢，"想想，她选了个词儿，"——接受？"她要让他说出来，孙景是他们之间的死结，此结不碰，断无可能解开。

等了好久好久，他才开口说话，嘟嘟囔囔地说："眼下公司面临上市，我这时候和你有点什么，会在邓文宣那儿引起不必要的误会……"她心都掏出来了他还躲闪，还拿公司上市说事，是他傻还是她看起来很傻？泪水汩汩流淌，眼睛灼热脸颊冰凉，她静静地一动不动，任他在身边嘟囔："我跟你说过我的经历，商场摸爬滚打十几年走到今天，很不容易。我不得不格外小心谨慎地走每一步，不敢轻视任何可能存在的不利因素。你能理解吗？"沈画不吭声，他沉不住气了："要说的我都说了，你说说？"

沈画清了清嗓子。既然他不提孙景，她也不提，她比他还不愿意提这个名字，但是，话要说开说透。她说："向总，您说的我理解，上市是公司的头等大事。"顿一顿，"我想知道，公司上市之后呢，您能不能接受？"

向飞被逼到了墙角，徒然喃喃："能怎么样不能又怎么样？"

沈画道："能，我等您；不能，我跟他。"

向飞呵呵呵干笑："听起来不像谈感情啊，像买东西，买不到这个，买那个代替……"

沈画也笑："向总，您总不至于说，您是一个感情至上的人吧？"

向飞说不出话了，她轻蔑地看他一眼，伸手打开了交通台，交通台主持人声音响起："据手机尾号20243的朋友说，西四环火器营桥路段因车祸出现拥堵，请司机朋友们注意绕行……"

在女主持人轻柔欢快的声音中，沈画眼睛余光看着向飞冷冷地想，贵为老总的他这么忙，还亲自开车拉她兜风，只因为她有了别人他不能接受，他只想自己没替她想过一丝一毫！她马上二十六了她是女孩儿她伤不起！想让她为他一辈子不找不嫁独身终老吗？对不起，您不是毕加索不够这资格！

余下的路，车内一直是交通台主持人的声音，他们俩再无一句话。

沈画回到家八点多了，家里黑着灯一个人没有。给小可打电话得知，山山保胎没保住，邓文宣夫妇和小可接她去医院做刮宫术了，刘旭刚在从怀柔往回赶的路上。听说山山胎没保住，沈画认为很好、正好。以山山和旭刚目前状况看，他们要孩子相当勉强。旭刚去怀柔是为干活儿，这段日子他一直拼命四处接活儿以多挣一些。要孩子先得把婚结了，结婚再省不能一点钱不花，更不要说，孩子生下来还得养了。

一开始得知怀孕山山和旭刚都决定做掉，没有要孩子的思想准备。不想没等他们去"做"，山山出现了先兆流产症状。到医院检查后医生说："我建议你们保胎。现在有个趋势，女性学历越高生育能力越低，怀上就不易，怀上了能保住更不易。过去的劳动妇女怀了孩子该干什么干什么，上午还在地里干活儿，下午回家就生，你看你们，晒个被子就出状况！"旭刚问是什么原因，医生说："不确定。比较一致的意见是，职场压力大导致内分泌失调。具体到她，年龄不小了，二十五六了，头胎流产容易导致习惯性流产，我的意见是顺其自然，到实在保不住时，再流产不迟。"

于是山山和旭刚决定保胎——旭刚家四代单传。同时商定，旭刚近日抽时间去山山家一趟"面试"，"面试"通过马上结婚。去山山家前先得跟邓家说，过邓家这关。邓文宣是山山妈她家的骄傲和主心骨，加之山山等于是在他的身边，山山结婚生孩子这种大事，山山妈首先必须得征求她这个弟弟的意见。去邓家的头天夜里，旭刚在电脑前忙活了好久，很晚方睡。

到了邓家，旭刚把一张写满字的纸放茶几上，说那是他昨天晚上列的一笔账，关于养孩子的；说他上网查后认真算了一下，这孩子他们养得起。

惠涓想发表一下她的意见，被邓文宣制止——他知道她的意见——让她先听旭刚说。旭刚说："网上说，山山的学生家长们也说，现在养个孩子要七十万至九十万，我取了个中，八十万，养到大学毕业，二十三年，平均每年不到四万。山山现在每月工资三千多，年年还得涨吧？刨掉保险、公积金，一年小五万。她一个人的工资就能把孩子养了。我收入高她近一倍，年底还有奖金提成。现代人对环境绿化越来越重视，我们的业务量每年增幅很大，收入将越来越高。这样，保守算，每年我俩挣个十多万轻轻松松……"

惠涓又要说，再次为邓文宣所制止。他们面前是一个二十七八岁的成年人，他有备而来句句在理，更重要的，针对性极强，针对的就是你的干涉。他来征求你意见是尊重，事实上他不需要任何人替他们的生活作决定。更何况，妇科医生的建议当引起高度重视。邓文宣不让说，惠涓只能不说，说到底山山是他家亲戚，她犯不上较劲。

旭刚走后，惠涓把预备跟旭刚说的一番话跟家里人说了——人生经验、思想感受需要诉说，通过表达以求关注的心理乃微博、推特畅行中国、世界之基础，可惜惠涓没开微博——她是这么说旭刚的："您那账算得是不错，还算上了工资年年得涨，您光算工资涨怎么不算物价涨？现如今工资涨能跑得过物价涨吗？这事真要就这么定了，到时有他们哭的时候！"

沈画认为惠涓说得都对，没说到关键点上。孩子怎么都能养，富养穷养罢了。她只为山山惋惜，这么早就要从女孩儿跨进女人的婆婆妈妈行列，成为刘旭刚家传宗接代的生育工具……但看惠涓说话时邓文宣紧皱的眉头，她知趣没吭气。

遵照小可电话中转达的惠涓的话，沈画动手为山山腾出自己住的房间，山山做完手术从医院直接来邓家休养。山山进家时脸色灰白，唇和脸一个颜色，情绪低落如丧考妣。夜里睡前，沈画跟小可嘀咕："你说她至于嘛！"顶多以后不能要孩子了，不能要不要，正好！

小可冷笑摇头："就算她能接受，刘旭刚呢？人家四代单传，感情不是一切！"

沈画恍然大悟，深深点头深深地道："绝对不是！"

刘旭刚和山山结婚了。

山山身体复原后，二人利用周末一起去了她家，旭刚顺利通过了山山父母的"面试"，回到北京，二人领了结婚证。

那是个明亮的冬日，太阳暖洋洋的，二人人手一册大红结婚证书从结婚办事处向外走，山山捧着边走边看，下台阶时差点摔着。

旭刚斥道："行了！回家再看！好好走路！"

山山轻挥证书，叹息般道："有了这个，咱们俩从此就是……"

旭刚接道："——婚后同居了！"

山山哭笑不得："就不能跟你正经说句话！"

旭刚笑："你说。"山山却不知从何说起的样子，旭刚替她说："我说？……照婚纱照，办婚礼，定婚礼规格，定时间、地点、要请的人——"

山山一一摇头，旭刚不明白了，看她。她慢慢道："我在想，要是有个孩子，我们的幸福就更完满了。"

旭刚正色道："错！有孩子有有孩子的完满，没孩子有没孩子的完满！比如，我们可以把养孩子的钱和时间用来旅游，意大利、法国、希腊、土耳其……"

山山挽起了旭刚的胳膊，隔着两个人冬季的织物，她都能感到那胳膊肌肉的强硬和热度，心里头温暖踏实。

山山和旭刚结婚一事给了沈画极大刺激，她不得不正视这样一个事实：纯粹的爱情是有的，只是她和向飞没有罢了。遂彻底死心下决心翻篇儿：离开北京离开他，去上海。

向飞听说后咆哮起来："为什么?!"

毫不掩饰他的醋意、愤怒和不舍，但这时沈画已不为所动，只就事论事回答："因为长期两地确实不是事，所以我们想，与其这样，不如我去上海——"

向飞粗暴打断："为什么非得你去，他不能来？"

沈画说："因为他是上海人，在上海有家有根，不像我漂在北京一无所有，权衡下来，我去比较合理。"

向飞粗鲁讽刺："去了上海你住哪儿？直接住进他家吗？"

沈画心平气和："他说他会在我到之前，把房子帮我租好。"

他再次吼："为什么?!"重回到老问题上。

看着他她想，他来来回回地说，到底要说到什么时候？曾想一旦下决心离开，一定要把他俩感情的是是非非说个清楚，事到临头发现，一旦真的下了决心，就不会再有纠缠的心情。正琢磨怎么说能快刀斩乱麻又不伤人，手机记事本提示声响，她道："向总，十分钟后中威的郑总来，我给你们约了一号会议室。我现在去检查一下会议室的落实情况？"向飞只得作罢。

向飞和海潮谈完工作，约海潮一块儿吃晚饭，他需要跟人聊聊沈画，这人非海潮莫属。

吃饭时他没动几筷子，情绪又激动又低落。海潮不忍说他太重，委婉说："整个听下来，你的问题多些。既然不能给她承诺，就不该去招她——"

向飞不客气打断："你有没有建设性意见？"

海潮道："告诉我你的底线！"

向飞沉默几秒："我现在还是不能给她承诺，想再等一等。"

海潮追问："等什么？"

向飞不能说孙景，抄起筷子吃菜，吃半天还是想不出更合理的说辞，拿老话搪塞："想等公司上市，再说。"因嘴里有食物，话说得呜呜噜噜。

海潮不相信，又找不到更合理的原因，只好尽量站对方角度揣摸：也许这就是中年人，更理性、更小心、更谨慎？顺着对方说法他侃侃而谈："依我看现在局面是这样的，好比公司上市是你老婆你的正房，你和沈画的感情是小三。你对小三说我爱你不许你跟别人好，但我现在不能给你婚姻承诺——"

向飞拍案叫："这比喻好！什么是小三？没有名分的情人。为什么没有名分还肯跟你？为利益！——我给沈画钱，让她跟那个上海男人断了，这世上什么都能交换，只要价格合适！"

这天，向飞把沈画叫到了他办公室："沈画，鉴于你在公司的出色表现，我决定给你涨工资，25%。"

总算是谈过情说过爱的，不好太赤裸裸，便找了这么个理由，沈画因此没听明白："向总，我要去上海——"

向飞手往下一压："再给你加25%！"看沈画仍茫然，方露骨道："——不止！年底还有！更多！再，我西城的那套房子，送你！"

这次沈画明白了，笑了："算了吧向总。"

向飞低叫："沈画，不要逼我！"沈画不屑再说，抽身离去。

是夜，沈画连夜写了辞职报告，次日上班送上，附在销售报表后面，没说。能用文字说的话，不想再当面说了。

直到下班前向飞才看到，还是海潮先发现的。向飞请海潮看这季度的销售情况，海潮看到最后，看到了沈画的辞职报告，抽出递给向飞。向飞接过看，看完往桌上一掷。

海潮沉吟："还是要走啊！看来，你出的价不合适啊！"

向飞的回答不无恶毒："从商十多年，我最擅长的事情之一就是，定价！她只值我开的那个价！"阴沉沉又道："她这是试探，是逼宫！不错，我对你是动了点感情，但远没到娶你的程度。本想再看看再等等，你不肯，只好随你！"欠身拖过飘到桌子远处的辞职报告，刷刷刷签上了自己的名。

第十七章

看沈画做着各种离京去上海的准备，进来出去张张罗罗忙忙活活，小可备觉苍凉，她认为沈画并不爱她将投奔的那个上海男人。比方，他来短信，她若正忙着腾不出手，会叫小可帮着看、念。就小可所看到的，那人短信风格跟第一次差不多，说的话都是网上的、流行的、歌词式的。沈画听完也常如同第一次哈哈大笑，道："特文艺，是吧？"她说她爱他，小可觉得不像。爱不是这个样子。

　　沈画注册了新邮箱，到上海后，换新电话，一切重新开始。这天她收拾东西，请小可帮她看一下旧邮箱的邮件。她那个邮箱的未读邮件可谓海量，一直不想看不是因海量，是怕生气。网络可以匿名、匿人表达的特点把人性的龌龊暴露到了极致；比起那龌龊来，阿Q对吴妈"我想跟你困觉"的表达老实而文雅。当初参加节目不该公开这个常用邮箱，没经验啊。废除前还是得看一遍，看有没有需要处理的正经邮件。

　　小可大海捞针挑出了十三封，其中十一封，邀请沈画去他们那儿工作。沈画大感意外，小可表示在意料之中。这是个美色经济年代，如沈画般优质资源一旦曝光，前途不可限量。沈画犹不敢信，怕是骗子，怕恶作剧。上百度把十一家公司各种查，看上去都相当靠谱。遂进一步缩小范围，只查在北京的公司。

　　小可不解："你不去上海了？"

　　沈画道："如果能在北京立住，当然不去。去上海我得靠别人，靠别人不如靠自己！"

小可闻之黯然。迄今为止她一直本着这原则在这条路上走，被心仪的东京大学免考录取后，同学们的歆羡和老师的赞叹让她很是陶醉了一把，没想陶醉之后，是加倍的空虚。

这段时间以来，海潮和她一直有联系，却不是恋人间的，是礼貌周到、为联系而联系的联系。这样的联系越多，他们的距离越远，如同气球的慢撒气。她曾无数次检讨是不是自己小题大做了，无数次想，只要他给个台阶，她马上下！他没有。这天沈画应约面试，家里剩下了小可一人。沈画最终在六家北京公司里选了一家叫"优乐"的，优乐是个规模很大的时尚集团，旗下有杂志有网站，招聘美编，与沈画的美术专业对口。

这是个阴天，没风，沈画走后不久下起了小雨，很快，雨化作雪粒，给地面敷上一层白白的薄膜。还没到供暖的日子，家里头摸哪儿都凉，越显清冷、空寂。上网逛了会儿，手指头冻得不听使唤；想打扫屋子活动一下暖和一下，提不起情绪。手机沉默，好不容易有个短信，满怀期待冲过去看，发信人是10086。没谁有空搭理她，工作时间都忙。自然，他更忙，光瑞的上市工作如火如荼。

从前，小可总能从沈画那儿间接得到些海潮的消息，沈画离开光瑞，这惟一渠道便也没了。沈画离开光瑞是因为向飞。都说摆脱失恋痛苦一靠时间二靠新欢，沈画说，空间也很重要；说，等小可去了日本，进入新环境，有了新同学新朋友新的生活内容，很快就可以把海潮忘了。可是，学校明年四月才开学还有小半年呢，天天孤魂野鬼似的形影相吊，这日子怎么熬？突然小可心念一动，拿包换鞋出了家门。

小可去医院找爸爸。爸爸这个时间肯定正忙，她可以在他办公室等。医院已经开始供暖，在那里待着还暖和。

邓文宣上午出专家门诊，为保证看病质量，他的专家号只准挂十五个，平均一个病人有十六分钟。可是，全国多少病人需要的这十六分钟，今天却被药业公司一个医药代表给占了去。她正常挂号，正常就诊，你毫无办法。她显然是新手，老手懂得直截了当说明来意，新手脸皮尚薄不好意思直接。她在病人就诊的椅子上坐下，魂不守舍地说一些头痛恶心之类脑神经外科的病症，趁邓文宣开检查单时，方把一直紧紧抱在怀里装有药物资料的无纺布袋放在桌上，结结巴巴说明情况，起身逃也似离去，其时邓文宣检查单都还没开完。药物资料邓文宣没看，直接让他学生提着追出去还她，里头很可能夹有钱物。

她耽误了邓文宣的时间，邓文宣没有生气反生怜惜：那是个年轻女孩儿，年纪跟小可差不多，纤细单薄腼腆也如小可，初入职场，很不容易。自目睹了女儿职场的跌宕起伏，再看某些事时邓文宣仿佛张开了另一双眼睛，多了理解；一如女儿出生他看这个世界时的心，变得柔软。

被东京大学录取后女儿情绪好了几天，仅只几天；随后，日渐低落消沉。以至每天上班走之前他都要发愁地想同一个问题：她一个人在家干什么呢？同龄的朋友同学上学的上学上班的上班，她无所事事。不是不可以利用这时间读书学习，但，一来她没有动力；二来，更重要的，她没有心情。

吃饭越来越少，惠涓说是"吃鸟食呢"！还不敢当她面说。有一次，惠涓包了她爱吃的虾仁蒸饺，她只吃三个，且一个恨不能分作八口咬，故意拖时间怕人说她吃得少，但邓文宣给她数着呢！惠涓不用数也有数，忍不住问："吃这么几个！不好吃吗？"就这么句话，能让她一下子眼泪汪汪："吃这么几个——吃哪么几个？！我吃了多少您比我还清楚？"惠涓从采买到蒸饺上桌忙活半天，食客不买账她也委屈："我包的、蒸的、盛的我不清楚？你盘子里十二个饺子，你数数现在还剩几个！"小可顿时泪流满面嚷了起来："你们总盯着我有意思吗？你们就没别的事干了吗？你们烦不烦啊？"一口一个"你们"，连邓文宣一块儿捎带上。哭着嚷完用手就走，进自己屋，"咣"地摔上了门。惠涓发愁地对邓文宣道："老邓，你得跟她谈！"邓文宣叹息着重弹老调："她不谈——"惠涓接道："——是不想谈！那怎么办，看着她整天这么不死不活地，耗？！"邓文宣叹："再给她点时间？"惠涓道："不能只靠时间！"邓文宣道："那你说怎么办？"惠涓道："你们科新分来的协和博士，那个鲁一南，介绍给小可认识认识？"

之前沈画提醒惠涓，她感觉目前二人状态是，小可落花有意，海潮流水无情，否则海潮没道理不同小可联络。总之，不能一棵树上吊死，到找下家的时候了，说得惠涓动了心思。

这事邓文宣一直拖着没办。他觉得人物关系尴尬，也担心小可不接受"介绍"的方式。

但是，今天他约了鲁一南一块儿吃午饭，决定就沈画、惠涓的建议跟他谈，决定是昨天夜里作出的。

昨天夜里睡前，邓文宣习惯地拿出安定来服，他长年服用安定，每晚两片；打开药瓶发现里头只剩下一片。之前他清清楚楚记得还有两片，当时的思想活动都记得：医疗卡在家里还是在科里？开药得用卡。

他一直感觉近期瓶里安定下得比以往要快，一直以为是感觉错误，显然不是，的确有人在同他一起服药。这人不会是惠涓、沈画，她们有需要肯定会说，只能是小可！

邓文宣去了小可房间，小可已睡着了，他开门、走路、开灯，她毫无知觉。她才二十多岁，之前没用过安眠药，刚开始服用效果肯定好。看着睡死过去的女儿，邓文宣焦灼忧郁无助如一头笼中困兽。

女儿还在惠涓肚子里时，所有人都说她是男孩儿。孕妇肚子是尖的，妊娠反应轻，按老百姓说法都是怀了男孩儿的标志。邓文宣不愿意相信，直到做B超说确是男孩儿时方死心。他盼女儿，这想法跟谁都没说，怕惠涓有压力。女儿出生时他跟导师在手术室给病人做手术，手术结束出来遇手术室老护士长，护士长拍着他肩说："小邓，时代不同了男女都一样啊！"做好思想工作后方告诉他，他的"儿子"是个女孩儿。

邓文宣什么都不说拔腿向妇产科跑，在新生儿室与女儿见面：全身通红透着点粉，双眼紧闭看不出大小，所谓鼻子只是个鼻头，鼻梁还没长出，小嘴嘟嘟着深埋进两腮的肉里……她在睡觉，睡得昏天黑地浑然不觉，看着安睡的女儿邓文宣心里鸣响起如歌的行板：好好睡宝贝，爸爸在！

日后，"爸爸在"成了父女两人共同的口头禅。

——深夜剧烈腹痛伴喷射状呕吐，邓文宣抱起女儿向医院狂奔不停对女儿说：小可没事！爸爸在！

——不小心磕破了腿，很疼，小女孩儿会含泪告诉自己：小可没事！爸爸在！

——第一次乘飞机女儿紧张得小手心全是冰凉的湿汗，问爸爸："飞机不会掉下来吧？""不会。""万一掉下来呢？"那年她五岁了，具相当的独立思考能力。邓文宣不愿骗她，想了想后这样回答："万一的话，我们一块儿去另一个地方。""爸爸在吗？""爸爸在！"于是，她便不再害怕。

有故事说，一个小孩子害怕打雷，吩咐爸爸："爸爸，你让外面别打雷了！"这故事让邓文宣会心地笑了许久，那个时候他的确认为，自己除不能制止老天爷打雷之类，有能力为女儿做任何事情……

沉睡中小可翻了个身，被子滑落露出了半边肩，那肩薄得纸片一样了，邓文宣替她把被子盖好，欲哭无泪。作为父亲，他能给女儿他的全部给不了他没有的东西。一度，他吃过海潮的醋：他辛辛苦苦养了二十多年的宝贝，凭什么交给他呢？一度，他生过女儿的气：见不到男朋友，蔫头耷脑；见到了，小脸儿绽开的五月花一样！此刻站女儿床头他想，他再也不吃醋不生气，只愿有个好青年从天而降与女儿相亲相爱相伴哪怕带着她远走天涯，彼时，他会毫无怨言目送，为他们送上祝福——他要她过得比他好！

大概人在无路可走时容易变得宽容，愿意变换一下角度思考问题——邓文宣是在这时想起惠涓那建议的。他想：是啊，完全可以跟鲁一南聊聊嘛！肯定没损失、可能有斩获的事情，为什么不试着做一做？确立卜思路一秒钟都没耽误，转身出屋给鲁一南打电话，约明天中午一块儿吃个饭，顺便谈谈。作为科主任跟新人谈话合情合理，却仍让电话那头的鲁一南吃惊不小诚惶诚恐，尤其主任来电话的时间诡异：夜里快十二点了！

……

医药代表走后，邓文宣给一位从乌鲁木齐来的病人加了个号，看完病人已过下班时间，他匆匆向科里走。得先回科里换下工作服，鲁一南在科里等他。快到办公室发现门开着，里面传出一男一女的说话声，女声是女儿小可。还没听清女儿说什么呢，邓文宣心先自沉了下去，不自觉加快了步子；这时女儿笑声传来，"咯咯咯"清脆欢快，好久没听她这样笑了！

邓文宣志忑不安推门进屋，看小可坐他通常坐的椅子，对面椅子上，坐着鲁一南。两个年轻人脸上笑意盈盈，显然，之前相谈正欢，邓文宣心一下子轻松，夹带丝丝的喜悦。事后想，喜悦是因小可和鲁一南以自然方式认识，免除了他出面介绍的尴尬，降低了促成此事的难度——鲁一南碍于主任面子会同意跟小可相亲，小可却不会碍于爸爸面子同意跟鲁一南相亲——更重要的，他们看上去聊得很好，相处融洽！

邓文宣边脱白大褂边问女儿："你怎么来了？"

小可笑吟吟看着鲁一南道："当然是有事了！"显然，她那事已经跟鲁一南说了，两人刚才正谈那事；看他们神情，至少不是坏事。

邓文宣心越发轻松，几乎是愉快了，笑着道："看来你们俩——不需要我介绍了？"说完一怔，不由在心里为自己的一语双关叫了声好。

两个年轻人相视一笑，小可对邓文宣说："恰恰相反，我需要向您介绍一下他。"邓文宣不明白，小可一字一顿道："鲁一南同学是，我的学长！"

邓文宣还没明白，鲁一南在一边提示："主任，我硕士在东京大学读的——"

邓文宣恍然大悟！三个人同时大笑，笑声中邓文宣说："走走！吃饭！一块儿！"

三个人走在医院通往食堂的路上，两个年轻人分走邓文宣左右，邓文宣心里一片这段日子来少有的安谧。鲁一南将是个很好的医生，做好医生需要天赋。他目前除挣钱不如郑海潮多，哪儿都不比郑海潮差。而随着中国迅猛发展各方面在向发达国家靠拢，医生的地位、收入早晚也有靠拢的一天。鲁一南刚二十八岁，他等得到。

深秋初冬的雨雪催掉了路两旁树上最后的叶，落叶为水所浸湿，踏上去绵软无声。邓文宣问："刚才在我办公室，你们聊什么呢？听小可笑那么欢！"

小可被提醒了似的又笑起来，笑得说不成话，鲁一南替她回答："我跟她说我在日本茶屋打工时，被老板娘看上了，老板娘四十二岁，丧偶，有三个孩子。"

小可大笑着补充："他说他当时是悲喜交加！喜的是被人看上了，悲的是被这样的人看上了……"邓文宣禁不住也笑起来，这时听小可说："哎，我倒是可以考虑去她家打打工哎！鲁一南，帮我引荐一下？"

邓文宣赶忙道："先不考虑打工的事，还是以学业为主……"

小可一拍脑袋："哎呀把正事忘了！爸，我来是想跟您说，我决定提前走，到日本先打打工，熟悉一下日语环境。好多人都说，刚才鲁一南也说，在国内日语学再好，刚开始听课都困难。"

邓文宣问："你想什么时候走？"小可说："年底前。"

邓文宣大吃一惊！可以提前走，没必要提这么前，现在距年底只有一个多月了！但碍于鲁一南在场，他没多说。

晚上下班回家，他到小可房间跟小可谈。问她与鲁一南有无某种发展下去的可能，如果有，建议她不要急于去日本，充分利用这几个月的时间进一步了解接触。小可耐心听他说完，静静道："没可能。"

邓文宣登时急了："他条件不错！不要轻易拒绝！……你们聊过也聊得来，他对你印象很好！……"一口气说下去，说的时候发现，自己于不知不觉中变成了惠涓。从前总嫌妻子思想方法行事方式世俗、庸俗，现在才想，她有时大概也很无奈。

小可在听爸爸说鲁一南对自己印象很好时"哈"了一声，待爸爸说完，拖着长腔道："他对我印象肯定好啊！"

神情语调中自以为是的轻浮激怒了邓文宣，他呵斥："好好说话！别这么阴阳怪气的！"

小可正色道："爸，就算您不是鲁一南的导师、领导，他都没必要当您面说您女儿不好，何况您是！"

邓文宣苦口婆心："这个当然。但是——"

小可摇头："没有'但是'！爸，我不会跟鲁一南的，我不可能在同一个地方摔两次跤！"邓文宣不明白，看着小可让她说明白，眼神固执。小可被逼不过，一下子眼泪汪汪："忘了，郑海潮？"邓文宣颓然失语。他以为的女儿与鲁一南的融洽，根本是出于礼貌的社交。女儿一点都没变，目前也看不到一点"变"的可能。

接下来办签证、准备东西，因不到开学时间校方不接收，个人还得与日本方面联系住处……由于有事情做，有目标，小可看上去情绪稳定了许多，至少不会动辄眼泪汪汪，不那么脆弱了，只是，仍吃得少，还有，仍睡不着。偷吃安定被发现后索性公开，找个空药瓶，从爸爸那里倒出半瓶来堂而皇之放自己床头，天天晚上一片。

邓文宣和惠涓心疼不已，愁得要命。从没想到，做父母还需要解决这样的难题。上网查解决方法，方法很多无一适用。试过，比如，让失恋的人尽情诉说、发泄，她不说你得引着她说，本着这原则，有一次，惠涓假装无意间提起郑海潮，预备接下去说说他的毛病——网上说，失恋后要多想对方毛病——然后，与女儿同仇敌忾。孰料她刚说出"郑海潮"仨字，小可就摔门而去。硬着头皮又试一次，仍这效果，后果比第一次严重。那一次外面零下十摄氏度刮着大风，她只穿毛衣出了门，当夜发起了高烧。自此，邓文宣、惠涓再不敢轻举妄动，眼睁睁看着女儿独自战斗一筹莫展。

小可十二月二十二号的航班，头天是农历冬至，冬至该吃饺子，临行前也该吃饺子——滚蛋饺子拴腿面——惠涓因此请半天假在家包饺子。猪肉白菜韭菜海米馅，其中的关键是海米，必须是山东产，用时拿黄酒泡，泡好切碎，入馅前先炒一下。饺子包得差不多时，邓文宣、沈画、山山先后下班到家，山山特来为小可送行。

惠涓自己在厨房里忙活，沈画和山山要来帮忙被她赶走，让她们去客厅陪小可说话。

沈画跟大家说她看中的几套房子。这时的沈画是优乐公司正式员工兼平面模特，工资加模特劳务费，收入超过了北京的中产，已有能力在京贷款买房，但受北京购房政策所限暂时买不了，正积极张罗租房。她的工作晚上活动多，长期住邓家很不方便。她给大家讲她看中房子的地点、价格，每套房子还拍了图片，从手机调出来给每个人传看，不厌其详不厌其烦用心良苦，令小可心里充满温暖的感激。别离时刻，很需要有这样一个人来说一些这样的话，自然而然无关痛痒绵绵不断，让自己得以安静、放松、独处。惠涓叫声传来："画！来端饺子！"

沈画应声去了厨房。浑圆胖大的饺子在沸锅里挤挤挨挨沉浮，惠涓用笊篱捞起盛进盘子，边顺嘴似的问："画，刚才听见你说，要出去租房子住？"沈画"啊"了一声，惠涓说："家里四大间房呢！"明确表示不希望她走。

沈画万万没有想到，察言观色地小心回答："我现在的工作，经常要很晚才能回家——"

惠涓说："从前你妈和我，主要担心那个向飞，怕你上当受骗。现在你离开他那儿了，我们还担心什么。再说了，如今上班哪有不加班的，你姨夫这个岁数这个级别，都得加班，别说你们年轻人了，我理解！"

沈画没马上表态。惠涓诚意显而易见，可她不想在邓家住下去了。没钱时没法考虑自尊、自由，现在她有钱了！就算现在不存在自尊问题，自由呢？她对未来生活有着很多很具体的规划呢！想在家里请朋友聚会，想晚上不睡早晨不起，想把墙壁贴成她喜欢的粉红……住邓家，她能吗？

这工夫惠涓把锅里的饺子全部盛出，满满两大盘，沈画一手一盘端起向外走。

这时，听身后的惠涓小声说："画，住家里吧。小可这一走家里就剩下了我和你姨夫，太冷——""清"字没能说出，哽住。沈画装没听见，头也不回快步走了出去。

把饺子在餐桌上放下，沈画对走过来的小可小声道："你妈哭了！你去看看！"小可怕的就是这个，现在她哪还有余力安慰别人。在餐桌前默立片刻，用手拈起只饺子塞嘴里，夸张大叫："妈！饺子好吃死了！"

惠涓答应了一声，仅这一声就能听出鼻腔严重堵塞。沈画推小可催她去，小可眼圈一下子红了。邓文宣冲她们摆摆手，自己去了厨房。

厨房火已关了，惠涓站灶台前哭，怕人听到，用手捂住了嘴。她哭得很厉害，有人进来都不知道。邓文宣站她身后，伸出手想放那剧烈抖动的背上表示下安慰，手悬半空硬是落不下去。这类身体的亲密接触于他们二人，即使在当前情况下，都显唐突、生涩、生硬。

邓文宣缩回手叫："惠涓！"惠涓身体一颤，把脸扭向一边。邓文宣温言细语："小可又不是不回来了。"惠涓脸冲墙点头。邓文宣继续说："——还有寒暑假呢！"她仍那样点头。邓文宣缓了缓，下决心道："再说，惠涓，孩子总有一天要离开家，总有一天这个家里只有咱们俩。"惠涓一下子止住哭泣，一动不动站那儿，屏息静气听。邓文宣深吸口气："我一直工作忙，对你有很多不周到的地方……"

惠涓摇头挣扎着说："不是因为你忙——"

邓文宣点头接："因为我对你冷淡。我为什么冷淡？受不了你疑神疑鬼的折腾劲儿！"

惠涓蓦然转过脸来，声音颤悠悠地问："能不能，说具体点儿？"

邓文宣由来已久的积怨脱口而出："具体说，比方说，只要找我的电话，只要是女的，你一定要先问上一大圈！影响多不好！"惠涓嘴唇嚅动着咕噜了几句，完全听不清说的是什么，邓文宣替她说清："你不放心我！——这么多年了，你听说过我有一点点这方面问题了吗？"

惠涓摇了摇头。她那脸被眼泪鼻涕蹂躏得越发见老，眼珠混浊鼻头通红，几根发丝粘进了嘴角。曾经那脸光可鉴人吹弹即破，那时她的贤淑大气为所有熟人所称道。她贤淑大气是因为自信，她自信是因为年轻漂亮。

男人都喜欢年轻漂亮的女人，面对她们，男人该有的悸动、冲动邓文宣全都有过，这么多年他坚守自己从不逾矩，与道德无关，价值观使然。他十分清楚，激情总会过去。有人可做到过去一段再开始新的一段，拿激情当日子过，他做不到。在激情和稳定中二选一，他选择后者。

他伸出手，替妻子择出嘴角里的头发。这小小的体贴举动竟令她慌乱到了窘迫，脸一扭，用手掌把已经干净的嘴角又抹一遍，像是说：不用麻烦你我自己来！邓文宣心陡然生出愧疚，不得不对自己承认，表面看，是她在不停地折腾、生事，事实上，他是始作俑者。长期以来，他的地位成就使他有一种强烈的精神优越感，认为她的需要、喜好、苦恼比起他的来，琐屑卑微不值一提。她却不甘，用暗示、找事、表功等各种方式提醒人注意重视她的存在，令他反感之余，越要无视、冷淡她，潜意识里，就是要让她看到并接受她和他的差距。都说孩子的自信是家长给的，妻子的自信是丈夫给的，他让她自卑；都说平等是夫妻和谐相处的最重要元素，他们之间没有。

他说："惠涓，小可在外头今天我们先不多说，先说一句，相信你自己也相信我。嗯？"

惠涓咕噜："我怎么能跟你比，你是一枝花我是豆腐渣……"

邓文宣疾言厉色道："惠涓！向老向死是人生必然规律谁也没办法改变，女人老得更要快些，但是，每个年龄段有每个年龄段的资本！"缓一下口气，"我们在一起快三十年了，我们有小可，你为我为这个家付出了很多，总之，在这个家，在我这里，没有人能取代你——"

惠涓猛然低下头去打火，随着"啪"的一声，蓝色火苗欢快四溢燎着了她因低头垂下的头发，屋里顿生一股焦煳味，邓文宣凑过去查看，看到了她满脸的泪。一闪身她躲开他，拿起锅铲做状下饺子，邓文宣抽走铲子温和道："我来下？……你去看看小可，她不放心你！"惠涓听话地向外走，邓文宣抓起手边一块布："擦擦泪！"她又哭又笑地挡开，那是块抹布。

惠涓走出厨房，客厅电话响了，她顺路接了，里面传出的女声银铃一般："您好请找邓主任！"她习惯性发问："请问您是——"猛地刹住，差点咬着自己的舌头，说声"请稍等"后放下话筒，向厨房边走边叫："老邓，找你！"

是手术室电话，手术出问题了，邓文宣接完电话饺子都没吃就走了。手术结束十二点多，到家发现女儿屋灯亮着，推门问怎么还不睡，她说，在等他，明天就要走了，想跟爸爸说说话。邓文宣进屋在她床边椅子上坐下，她却没话。问一句说一句，不问不吭气。邓文宣起身要走，时间不早了，她必须睡了！她央求："爸，再陪我一小会儿！"

小时候她总这样。只要邓文宣在家，她睡前一定得他陪她，给她讲故事，听她说话，再三再四地不让走，妈妈陪都不行。气得惠涓笑骂："我一把屎一把尿地把她侍弄大了，她心里只有她爸，这个小白眼狼！"那时规定时间一到，邓文宣就命她闭嘴闭眼睡觉，否则他马上走。她听话地闭嘴闭眼，怕爸爸偷偷溜走，一定要攥住他一根手指头。多少个晚上，父女俩就这样一个坐着一个躺着，待在静静的暗夜里。那些暗夜中的时光邓文宣想得最多的是：宝贝儿，别长大了，就这么大，永远跟着爸爸，好吗？

女儿不可遏制地长大，渐渐不愿意爸爸晚上过来陪她，不知什么心理，是因为懂得男女有别了吗？令邓文宣失落。

但此刻，当成年的女儿再次提出小时的要求时，邓文宣非但没感到幸福，反而难受得透不过气。伸手关了台灯说："睡觉！不说话了！"女儿一只手摸索着伸过来，他赶忙伸手接住。屋里静下来了，邓文宣握着他的掌上明珠，他的将远赴异国他乡的孤独女儿的手，在无边黑暗中涕泗滂沱……

小可睡着后，邓文宣离开她房间，关了门，到客厅拨海潮的电话。他知道他们已经分了，但她还是忘不了他，那么，他可不可以来送送她，作为熟人、朋友？该早给他打电话的，现在时间太晚了他可能已经睡了……没想电话刚刚拨通便被接起，耳边传来海潮的声音："小可！"

邓文宣没想到，吓一跳，慌忙道："我不是小可。"

海潮听清是邓文宣紧张万分，邓文宣几乎没给他打过电话，更不用说在深夜时分。他打电话肯定是为小可，海潮心一下子抽紧了："小可——在吗？"话到关键处拐了弯，不敢直问：小可出什么事了？

邓文宣道："在在在！睡了！明天得早起赶飞机——"

海潮一愣："她要去哪儿？"

邓文宣也一愣："去东京啊！"

海潮一惊："她不是明年四月份开学吗？"

邓文宣才知道海潮不知道，道："她要提前去，明天十一点四十分的航班——"

十一点四十分的国际航班，七点半就得从家里出发。惠涓五点半起来准备早餐，六点半把全家人叫了起来。吃完饭，一家人一块儿送小可去机场，邓文宣跟医院请了假，这是他几十年来头一次为私事请假，小可出生时都没请过。

一家四人出电梯，邓文宣拿着小可的包走最前面。出楼门口，北风兜头吹来，光秃秃的树枝在风中颤抖，塑料袋随风上下翻飞，地上的残余落叶被风卷起哆嗦着远去……邓文宣揉着被风吹眯了的眼睛想，这时的日本，更得冷吧？日本在中国东北的东北。忽然身边响起异口同声的叫声："海潮！"邓文宣放下揉眼睛的手看去——

海潮向他们走来，他身后，停着他那辆宝马 M3。为防堵车他五点就从家里出来了，在车里等了两个小时。

昨夜通话时海潮说他今天来送小可，让他们不必去了，邓文宣跟谁都没有说。一来考虑早晨上班高峰堵车万一海潮来不了，二来不愿让小可知道他给海潮打过电话。想，海潮要能来呢，一切好说；来不了呢，当一切没发生过。

海潮道："小可，提前走为什么不告诉我？"

小可道："我以为我们完了……"

海潮说："我想等光瑞上市后再跟你联系——"

小可泪眼模糊："……对不起！"

海潮道："对不起。"

第十八章

因小可远在东洋，中秋晚上大家决定都去邓家。小可打了电话还发了电子贺卡，宝石蓝底色金黄的字，字说：亲爱的爸爸妈妈月饼节快乐！

　　菜上齐了山山和旭刚才到，旭刚车限号他们乘公交来的，两头都得步行一段，山山怀孕了不敢走快。听说山山怀孕人们又惊又喜，围着她问这说那，趁这工夫旭刚把海潮拉进小可屋，关上门，脸紧绷，眼神坚定紧张像冲锋前的士兵，看着他海潮心里直毛：我得罪他了？

　　旭刚开口，乍听没头没脑："我看中了一处房。现房精装修。离五号线近。旁边有幼儿园。首付差二十一万。"

　　海潮明白了，有心开玩笑调节气氛，看对方神情知道不宜，问："什么时候要？"沿用对方说话风格，简明直接不苟言笑。

　　旭刚道："我给你打欠条！五年分期每月还！利息按银行贷款利率！"海潮想说"用不着吧"，话到嘴边咽下，点头。旭刚那张绷得拉过皮似的脸方才活泛了些，方才肯正常说话："我家房要拆，本打算租房，"头向后一摆，"——怀孕了！租房大人、孩子各方面难有保障。看中的房只剩七套，我交了五千定金，算'小定'，给保留房子七天，明天是最后一天。"顿一下，"要方便，我明天去把'大定'交了？'大定'五万交了房算你的，反悔不要定金不退。"

　　海潮道："你去交。"

　　旭刚彻底放松，自嘲一笑："有门富亲戚还是好，普通老百姓谁能一下子拿出二十一万！"

海潮给他一拳："我的 U 盾在公司，节后上班第一件事，给你打款！"

节后十天过去，海潮款没打来。十天里旭刚无数次看手机短信、上网、上 ATM 机、上银行柜台，各种查，卡上余额一直是"1251 元"。山山多次让他打电话问，他不肯："再等几天？节后刚上班事情多工作忙！"看山山不安，安慰她同时也安慰自己："放心！一、郑海潮说话算话；二、这钱对他不是大钱！"说完这话又过去一周，卡上余额如故，万般无奈他拨了海潮电话。

海潮遭从业以来最重的重创。节后上班第一天如约给旭刚打款，开电脑后习惯性看了眼股市开盘走势，光瑞药业上市破发赫然在目：破发34%，损失七个亿！中威与光瑞合作方式是包销，即，中威买断光瑞上市后全部股票，赔赚都是中威的事。照说，赔赚乃投行常事，但具体到光瑞，赔额巨大加上海潮当初的力主，人们有理由怀疑，他和光瑞是否有私下交易？说白一点，他是否被向飞买通？接下来，董事长谈话、同光瑞紧急沟通、跟项目组一块儿研究应对方案……全然把打款事忘到脑后，接到旭刚电话时后悔不已，当初打了就打了，现在想打打不了了；他面临证监会调查，调查过程中，个人资产冻结。

电话中旭刚一再说"没事"，还对海潮处境表示了应有关心，但仍无法掩盖他情绪中的沉重失望。现在他不仅买不了房，五万定金也白扔了。搁过去，再大的事，牙一咬心一横他说过去就能过去，现在他过不去，现在他是有老婆有孩子的人！海潮想想，说："要不，先找沈画救个急？我这边调查结果一出，马上把钱还她！"电话那头旭刚没吭气，海潮反应过来自己的疏忽，紧接着道："我跟沈画说，算我借！"

沈画手里没钱，她刚买了房。

沈画买的是向飞西城区的那套房子，付了二十八万首付。那房位置好极，方圆两公里内，向南是沈画单位，向西是后海，向东是时尚购物一条街，向北是物美大超市，且处小区中心，闹中取静。

现在的沈画是优乐《嘉人时尚》副主编兼职平面模特，年收入达三十万。离开光瑞她一度中止了和向飞的联系，这期间不乏追求者，硬件都不错，可惜她已过了硬件不错就 OK 的阶段，否则也不会放弃上海男人。与一干人接触下来，除了失望，更有怀念，怀念当初向飞给过她的感觉：心动、心跳、心悸，飞蛾扑火不顾死活……有时想，现在面对众多优质男她心如止水，是因为年龄大了还是眼界高了？换句话说，当年对向飞的激情是不是因为她年轻没见过世面？与饿了糠也甜同理，现在被美食养刁了味蕾的食客面对从前垂涎的粗糙饭食，难再下咽。某天，偶然看到光瑞药业上市消息，她心一动，在《嘉人时尚》即将举办的大型时尚活动嘉宾邀请名单里，加上了向飞的名字。

接到《嘉人时尚》活动邀请的当天夜里，向来沾枕头就着的向飞失眠了。整整一夜，在那张大床上翻来滚去，其间可能睡着过几次，很浅，梦里都是沈画：长发盘起，左耳侧不经意似的垂下一绺，带几分娇娆几分慵懒……腰肢纤细不盈一握，越显臀的沉重饱满，走起来左右摇摆摄人魂魄……

分手一年，她没联系他，她不联系他他不能联系她。当初他坚决要分手，如今找回去什么理由？光瑞上市给了他理由——他拒绝她的理由是为公司顺利上市——没成想，没等他联系她，她先一步发来了邀请！

尽管邀请函落款是《嘉人时尚》杂志社，打电话确认他能否前往的是杂志社小编，但他百分之百确定，这邀请来自沈画！自她离开光瑞，通过各种渠道他一直密切关注她：没去上海，在优乐干得很好，当上副主编了，尚无能够结婚的男友！

分手一年后再见，第一眼他没认出她来。当时他正同一个半熟脸的人说话，忽然那人闭了嘴，眼睛直勾勾看向某处，他顺他目光看去，看到了一个身材极棒的女人背影。明黄曳地长裙，后背露至腰际，由肩往上是线条优美的细长脖颈，舞蹈演员似的微向后倾……向飞赞："美女不少啊！"那人笑："不一定是美女！"向飞大笑："那就太可惜了！"仿佛有感觉似的，那女人应声回头，是沈画！

她当即丢下身边的三个男人向他走来，手执酒杯，脚步细碎轻快上身不摇不动光彩流溢如画似梦……向飞呆呆看着她走，全身被施了魔法似的动弹不得，竟想不起来该走上前去迎迎。

"您好向总，感谢光临！"这是一年后再见，她对他说的第一句话，恰当、得体、职业，她比他镇定得多。他回了句什么自己都不清楚，嘟嘟哝哝慌慌张张很可能脸都红了。

她开心地笑起来。之前有过担心，虽说分别才只一年，却是关键的一年，女人容貌"过了二十五就走下坡路"，她二十六了。来前对镜审视，似没发现变化，但没发现不等于没变化，天天看和一年不见，是不一样的。此刻彻底放心，他看到她时的反应是她最好的镜子。

沈画笑意盈盈："向总，在创业板上看到了光瑞药业，作为公司老总曾经的助理，我深感自豪，借此机会向您表示诚挚祝贺！"手中酒杯一举，"我先干为敬！"

杯沿刚碰到唇，被向飞劈手夺走："你酒精过敏！我替你！算你喝的！"说毕一仰脖把杯中酒全部倒进嘴里，咽下后愣住。

沈画笑着对他点头："普洱茶！"随即收起笑，轻声道："——谢谢您还记得。"

此时此境，向飞心里话情不自禁脱口冲出："你的一切我都记得！"

她眼睛亮晶晶看他，涂了唇膏越显轮廓清晰饱满的双唇微微开启，像是有话要说，偏偏这时，一个女孩儿——她的手下——匆匆到她身边把她叫走了。她走后，整个晚上，向飞人在绚丽缤纷七彩流溢的贵男靓女中徜徉谈笑，心向一隅独处，一会儿激动，一会儿懊恼，一会儿畅想，一会儿悲观，忽上忽下如一叶扁舟在汹涌波涛里起伏。活动开始再没机会同她单聊，作为大型活动的组织者、负责人兼美女，她忙得像个陀螺没一分钟空闲。活动结束前他给她发短信，说活动结束后他送她回家，她同意了。

向飞仍打发了前来接他的司机，亲自开车送沈画回家。得知她仍住邓家时颇感意外，他得到的信息是她自己在外头租房住，显然信息有误。这个信息有误意味着别的信息也可能有误，比如，她真的没有打算结婚的男朋友吗？她现在是货真价实的"白富美"，男人们怎么可能任她闲置！

当下心中忐忑。

路上，向飞忍不住问了，这样开的头："你这个工作性质，晚上活动这么多，住小可家方便吗？"

沈画说："肯定不方便啦！到优乐不久我就租房住了，贵是贵了点，条件好。上月初吧，房东突然要收房，说儿子从国外回来了，要住。只好先搬回小可家再慢慢找房，想租到合适的房子不容易。"

向飞重重放下心来，说："我建议你买房，每月租房的钱用来还贷。交首付的钱你总有吧？"

沈画斜眼看他："向总，外地人在北京买房光有钱是不行的，你们北京规定了，得给北京交税五年才有购房资格，我还得再等三年！"

向飞不理睬她的讽刺，说自己的："我西城的那套小房——卖给你？"很想送给她，怕唐突。确定关于她的信息属实后，他对他和她的未来重新燃起了希望，须格外小心不能再有闪失。沈画"哈"了一声——二手房她也没资格买——向飞一摆手让她先听他说："我们私下签个协议，等你有资格买房，过到你名下。"

沈画没有想到，一时说不出话，向飞看她一眼："要不，现在带你去看看房？钥匙在你前面，你找找。"沈画拉开前面的储物箱伸手去摸，摸到了一把钥匙，确定是它后，握在手里。

已是深夜，路上车很少了，向飞带着沈画向西城区疾驶；路灯、霓虹灯、立交桥流线型的紫蓝装饰灯一一闪过，沈画视而不见，全部心思、感觉都集中在了手中的那柄钥匙上。钥匙饱满、硕大、坚硬，她握着它像握着她的梦：有了房就有了家，有了家在北京就扎下根了……

小区环境出乎意料的好，楼距宽，楼和楼之间是只有老小区才可能有的那种参天大树，树冠连着树冠黑黢黢一片，空气新鲜清凉，吸一口，沁人心脾。五层老楼翻新改造过，单元门有门禁，楼道里墙壁雪白，虽说仍是水泥地，但经年的擦拭令其光滑程度不逊瓷砖。

进单元门，上三楼，到向飞家门口，由于激动由于紧张，沈画全身发冷抽紧微微战栗，好像她马上要看的不是房子，是思念多年的恋人。

房门打开，向飞先进，沈画跟进。向飞边走边挨屋开灯，沈画跟他身后挨屋看如在梦里：房子比想象中大得多——向飞一直说是"小房"——两室加门厅的老式结构，实用面积目测七八十平方米，前后各有阳台。装修风格简约大气，今天看仍不过时。家具家电齐全，空调都有……

　　耳边向飞一直在说："……这是我和我前妻的第一套房，后来，买了她现在住的那套。离婚时她带着儿子留在那里，我一个人回到这儿。再后来，买了我现在住的房子。这房闲多年了，一直没租没卖的原因只一个，它有着我太多的人生记忆，我儿子生下后就住这里。噢，这是我儿子房间……"

　　最后，他们来到了主卧。最初的梦幻感过去，沈画开始注意细节，某些细节让她觉得向飞话可疑：地板桌面窗台没多少灰尘完全不像是长年空置。及至来到主卧这感觉更加强烈：双人床床罩四垂，下面的枕头被子呼之欲出……像是有人在住——如果有人，谁？

　　她对他粲然一笑："向总，您这房很干净嘛！"

　　向飞环视着点头："嗯，司机会定期过来通风，有时就手擦擦灰……"她笑而不语，他忽然明白，攘起她胳膊拉她到床跟前，站定，手照床上一拍，尘烟四起！沈画全无防备下意识捂住鼻子跳开，向飞在尘烟中掀起床罩——下面果然是有被子的——照着被子又那样一拍，又一股尘烟！

　　"现在你相信我了吗？"他问沈画，目光炯炯。

　　沈画有些慌："房子长年空着并不好……有人住是正常的……"猛地收口，她的回答完全是此地无银不打自招。

　　向飞笑起来："但是，的确没有人住。"收了笑，正色道："沈画，你以为的我的某个人，不存在。我有洁癖，宁缺毋滥。"

　　沈画摇着头笑："向总，我们分开一年了，您还是这样！"

　　向飞也笑："这样是哪样？"

　　沈画选了个词儿："——直接。"

　　向飞点点头："你也是——沈画，你不觉得我们俩很像吗？都聪明，都顽强，都具浪漫情怀又都非常现实——"

这时沈画忍不住插句："嗯，您的现实我领教过了。"

向飞针锋相对回："我、你，如果只浪漫不现实，走不到今天！"

沈画便不再吭气——不再矫情——他懂她如同她懂他，他们看对方如同看自己，清清楚楚如看玻璃缸里的鱼；当初他的选择、做法无可指责，换她，也一样。沈画的可贵在于，对人对己，同一标准。

那天晚上在那房子里，向飞手写起草了房屋买卖合同。总价五十六万——当年的市场价格，如今得二三百万。坚持当年价格的好处是，既顾及到了沈画感受，让她"买"下这房；又顾及到了她的经济能力，让她买得起。当听沈画说她现在只能付一半钱时，向飞再也忍不住地开心大笑："那就先付一半，算首付！"为让游戏更逼真有趣，接着又说："余款月付还是季付？按银行贷款付利息啊！"

沈画在合同上签名时手抖得几乎写不成字，当初离开父母义无反顾来到北京她设想了很多，但从来没有、没敢想，她能在不到两年时间里，在购房合同上，签下自己的名字。向飞的用心她明镜似的清楚，那周到、细腻至骨髓的体贴，让她心悸动不已——心动的感觉真好啊，久违！

……

沈画把海潮跟她借钱的事跟惠涓说了，惠涓也没钱，搁基金了，封闭式，不到日子不能赎。好在海潮调查结果一出来钱就能动，耽误不了刘旭刚买房。所有人都认为海潮的事会很快过去，除对他人品、能力的信任，与他说起这事时的轻描淡写有直接关系。

这期间海潮一边接受调查一边加班加点工作，经过一次次紧密严谨的调研分析，心里有了底。某天，他向董事会汇报："我可以负责任地说，我们对光瑞的分析、决策没有方向性错误，目前市场需要时间，我们要做的是，缩短这时间。下步，我将再派人进驻光瑞，帮他们加快'脑神宁'的推广覆盖速度——"这时手机在桌上跳动，瞥一眼手机屏，号码陌生，本想不接，但注意到来电地点是"江苏无锡"，还是接了。

是妈妈单位的电话。妈妈突发脑卒中被送进当地医院，医院说可做颈动脉内膜切除术，但手术须海潮签字，海潮赶不回去可授权单位代签，手术须发病后 48 小时内做，否则会发生脑软化失去手术意义。但同时他们说，这种手术他们很少做没有把握。话里话外透着这样的意思：不做肯定死，死马当活马医。

接电话时海潮看了眼腕上的表，距妈妈发病时间过了十小时他还有三十八小时。收起电话后静默几秒，遂狂风暴雨般安排落实这几秒钟内他作出的决定：让手下帮着订能订到的无锡到北京的最早航班，头等舱；给邓文宣打电话；按邓文宣要求让无锡医院把病人的脑部片子网传过来；与无锡医院通话时机票订好；结束与无锡医院的通话把航班信息通知妈妈单位，让他们落实送机的人、车；北京这边，他安排接机的人、车……

海潮让妈妈在发病 48 小时内、在北京最好的医院由最好的专家做上了手术，但妈妈辜负了他。躺在 ICU 室，撤去了插满全身的管子，妈妈看上去整洁清爽睡着了一般安详。他坐妈妈身边握住妈妈的手，那手温热，过好长时间了还温热——忽然他想是不是医生搞错了，赶忙抓起妈妈的另一只手，冰凉彻骨……

前所未有，一天一夜多，小可无海潮任何信息，邮件电话短信统统没有。打他电话，通了，不接。她想他可能忙，投行工作她了解，忙起来上厕所都得插空。刚开始不接时她想，可能正加班呢；再后来不接时她想，可能加完班睡了……下课后再打，电话里头说"你所拨打的电话已关机"。

小可打惠涓手机。惠涓和邓文宣在下班回家路上，惠涓借口开车把电话给了邓文宣。刚才他俩正说这事，还没商量好怎么说。固然小可和海潮妈妈感情尚没多深，但她会痛海潮所痛，那痛很痛。邓文宣接过电话字斟句酌："小可，是这样的，海潮母亲去世了。之前海潮工作上不是还遇到了点困难吗？两件事加一块儿，可能顾不到你那边了……"

结束通话，惠涓问电话里小可听起来怎么样，邓文宣回忆着："她没想到。问海潮现在怎么样。噢，说海潮电话关机……"惠涓一惊，拿过手机，一手握方向盘一手调海潮电话按下，果然是"你所拨打的电话已关机"！再拨，还是！

惠涓把电话一扔，焦躁道："他怎么能关机呢！"

邓文宣叹："这孩子跟他妈感情太深——"

惠涓打断他："工作呢，不管了?!"停停，方才又道："还欠着那么多费用没交呢……"没有主语，也觉得这时说这个有点残忍。但在医院工作的人知道，再残忍它是现实，是现实只能面对。海潮妈妈此次将花掉至少二十万：两边医院加起来的医疗费、交通费、下一步的丧葬费……这钱若海潮不交，只能由邓家垫付。从人物关系说，他是邓家的准女婿；从医患关系说，他妈妈是邓文宣接手的病人。按医院不成文规定，病人不付钱接诊医生需要担责。

邓文宣问："咱家还有多少钱？"

惠涓苦笑：能有多少钱？就是点过日子的钱！但她没说。这种事跟他说没用，说了他还烦，他烦她只能更烦，一摆手她道："你别管了我有办法。"

惠涓决定卖一部分基金。晚上吃完饭坐客厅沙发，对着一堆基金底单，用计算器各种算。不管她怎么算，股市不好的情况下想卖出二十万现金，加上手续费用，里外里损失少则五六万，多则八九万。

沈画见状没说什么，洗完澡关门上床睡觉前，跟向飞通话时说了这事——这段日子二人天天联系，没时间见面就打电话。她是这么想的：向飞是上市公司老总，拿出二十万块来不难；她刚给他打过去二十八万购房款在他账上肯定还没动，如此，程序上都无障碍，他只需点几下鼠标；邓家可因此避免一笔不小的损失，谁的钱都是钱；海潮缓过劲儿来可马上把钱还他。总之，这是个可兼顾各方利益的方案。

不料向飞听完在那边沉吟了好一会儿，方道："这事我们面谈？……明天。"沈画惊讶之余，心中原有的那个形象刹那间模糊。替他想，他不肯答应的障碍只一个：海潮万一还不上钱。不说海潮与他打过交道，有交情，不说海潮现在正难，关键的关键，二十万于他实在不算什么！……由此及彼推人及己，沈画不能不想，他对自己慷慨不过是出于他的需要，等哪天他对她腻了不再需要，她的下场还不敌海潮。他再具浪漫情怀也是商人，工于计算是他们的特点，金钱利益是他们的终极目标。

懒懒地，沈画说："明天我没时间，得去收拾屋子，小时工都请了。"说的是实话，明天周六，她预备用周末两天把西城的那房打扫出来尽早搬过去。

向飞说："你按你安排来，我去你那儿找你。"补充一句，"周末股市休市，不急。"

次日见面，向飞交给沈画一张银行卡："……里头是一百万。你帮海潮把该交纳的所有费用交了，剩下的你先拿着，以防他们再有需要。很可能有需要，我认为二十万不够。"沈画呆呆捏着那卡，她这手何时拿过一百万！他仍在说："昨天没马上答复你是因为心里没数得查了再说，我很少让资金闲置——沈画？"他唤她，她走神了。

向飞一下子拿出一百万的义气和实力如炸弹当头爆炸，释放出巨大的冲击力和耀眼灼目的光，令沈画心狂跳脑袋轰轰响，全身心被一个强烈念头紧紧攫住：扑进她面前的那个怀抱！那是所有女人渴望的怀抱，温暖、强大、可靠……但她不仅一动不动，连眼睛都挪了开来，目光平视着他衬衫的衣领，专心琢磨：他衣服好干净啊，永远这么干净，他用什么牌子的"衣领净"？……

听到向飞唤，她不得不抬起眼睛，努力让自己镇定，与之对视。他说："之所以让你去办这事，因为我现在不宜出面，证监会正在调查海潮。调查他，实际上是调查我和他——行贿和受贿。"沈画一个激灵清醒，目露惊恐。向飞对她笑笑："你放心。我和海潮的合作是纯粹的。之所以'包销'，在他，出于业绩考虑，想多赚点；在我，想得到一笔资金，全心全意搞推广研发。他是年轻人宁肯冒险，我是中年人希望安全，如此而已。"沈画当即放心，向飞又道："有时间，代我去看看他？"沈画温顺点头。

海潮从医院回到家一头栽沙发上沉沉睡去，从得知妈妈发病到一切结束，几天了，他没上过床没合过眼。睡了不知多久突然醒来，醒来的第一个感觉：头疼，剧疼。他生生是给疼醒的。醒来即清醒：妈妈没有了……他得起来了……妈妈的后事需要他处理……起几次起不来，头疼欲裂全身绵软，想：再躺一会儿？一小会儿。就这样，他躺沙发上时而清醒时而昏睡，时间悄然流逝；手机没刻意关，没电了。

敲门声响，记不清这是第多少次敲门声了。他的手下、沈画、邓文宣和惠涓、刘旭刚，都来过。他没开门。他们来无非是安慰，他不需要，反要他费力应酬。他没力气应酬，他需要休息积蓄体力。

门外的人敲不开门，像以往来过的人一样边叫他边自报家门："海潮！开门！我是小可！"

海潮不相信，努力集中起散乱的精神，谛听。"我是小可给我开门！"真的是小可！由于意外，他腾一下坐起，起得过猛，坐那儿足有一分钟不敢动，头疼，颅内脉搏嗵嗵作响敲打着绷得琴弦也似的脑神经，他呻吟着用双手抱住了头，用力按，仍疼，疼得想吐。

"海潮……"门外小可似是哭了，海潮顾不得头了，挣扎着站起，一路扶沙发背、扶柜子、扶餐桌、扶墙，扶手边能扶到的一切，以尽量轻地走，免得震着头。他开了门，小可出现眼前，肩背双肩包手拖一只箱子，面对他的惊异迷惑，她说："我刚下飞机。你脸怎么这么红？"同时手就摸上来，接着一声惊叫："你发烧了！"

……

沈画把向飞的一百万银行卡移交给了小可，小可全面接手该海潮处理的所有事务，包括订殡仪馆、买骨灰盒，一个人跑来跑去。海潮听她安排在家服药静养，她有需要征求他意见的事情，比如买什么样的骨灰盒，会用手机拍下来发给他看。

明天是遗体告别的日子。海潮烧已经完全退了，体力也有所恢复；晚上，小可摸着他粘得分不开的头发，说："都成毛毡子了！洗个澡好不好？明天告别，你这样子去，你妈看了会不放心的！"

海潮听话地去浴室，到门口想起什么，站住，对小可说："上回我妈来，说要给我搓背来着，我没让。"

小可假笑着道："你不好意思，是吧？"

海潮认真想了想："不全是……不是！我知道她为什么要给我搓背，她想重温我小时候母子间的亲密，可她不直说。我不喜欢她这样，我希望她有话直说，她不直说我就不同意。到最后我也没让她给我搓背，看得出来她很失落，我装没看见，我真是残忍。你说小可，快三十的人了怎么还会叛逆？"但不等小可说，他已一闪身进浴室并紧紧关了门。当浴室哗哗的流水声响起，小可放声大哭。从日本回来几天她这是第一次哭，一直没有哭的机会、时间和心情。

遗体告别时陈佳闻讯来了，看着从日本专程赶回为海潮忙前忙后的小可，心生悲悯。很明显小姑娘对她男朋友还抱有希望，作为外行她不知道她男朋友现在面临的是什么。说万劫不复也许太过悲观，但至少目前，看不到让人乐观的理由。就算最终调查结果他没受贿行为，决策失误及损失巨大，足以对他职业生涯造成致命伤害。当然小姑娘可以说她不在乎，但她不在乎有人在乎，海潮在乎。有一种男人只能做大树只能被依靠，海潮就是这种男人。世界对这种男人相当残酷：你成了，花团锦簇；你败了，死路一条。未来，他的情况如无改变——很难改变——就算她不甩他他也得甩了她，对他来说，自尊高于一切。

总算所有事情处理完，惠涓催小可抓紧时间回日本，上课，小可有些犹豫。

从日本回来她抽空去了趟中威，名义上为给海潮请假，实际想探听一下情况，去后得知海潮被停职，情急之下闯了中威董事长办公室。董事长得知她为海潮专程从日本回来动了恻隐之心，对她态度耐心坦诚。

董事长说他现在也只能等调查结果，从出了这事，董事会所有董事都不好受，不是为赔了七个亿。投行有赚就得有赔，而是为失去郑海潮失去中威最得力的投资总监。小可被"失去"一词吓到，惊惧重复："失去？"董事长点头："除非，能查出光瑞药业当初给郑海潮提供过虚假信息！——我们有充分理由相信有虚假信息，否则，以郑海潮的能力不会犯这种错误；但是在没拿到证据的情况下，责任只能由郑海潮承担。"

从中威出来，这么忙碌的这些天，小可没忘这事，不时想，怎么才能查出光瑞药业的问题？她犹豫走不走，就为这个。

惠涓当即急了："小可，我支持你对海潮不离不弃，就算他从此就这样了没起色了，只要你跟他有感情想和他在一起，我不反对；但我反对你做事冲动不计后果！你想过没有，他要真不行了，你越得强大起来！一个家总得有个行的，两个人都不行，生活上没保障，再有感情也过不好！远的不说，山山和刘旭刚，为五万块钱差点孩子都丢了！"得知不能买房，山山背着旭刚去售楼处要那五万定金，跟售楼员吵了一架当晚回家见红，现卧床保胎，海潮妈妈遗体告别都没能去。小可听说这情况，做主从向飞卡里给他们打过去二十一万，事情才算得到解决。惠涓说："——将来你们还不敌他们！为什么？人家一直生活在底层，郑海潮呢？一直高高在上！从上面摔到下面和原本在下面大不一样。就算他生活上受得了苦，精神上受不了！"

小可决定听妈妈的话，走。去海潮家的路上一直想，怎么跟海潮说？他现在又敏感又脆弱。

到家进门她吃了一惊，家里凌乱不堪，客厅地上敞着只大箱子，海潮走来走去往箱子里收拾东西，见她回来就问："我有块手机电池你看到了没有？"

他要去无锡，订了明天傍晚的机票。他妈妈提前在丈夫墓边为自己买好了地，嘱咐儿子到时把她葬在那里，他回去是为妈妈下葬。说完后还补充一句："我走了，你也好抓紧时间回日本。"

小可压住焦虑好言好语："海潮，咱目前还不能离开北京，你现在不冷静。"海潮一笑："不冷静？我从来就没这么冷静过！我知道你想说什么，不就是——事业。"小可哑然。海潮道："这辈子我最后悔的事就是，一心一意忙所谓事业。一连几个春节都没回家，总想，下次回。到了下次又想，下次再说，以为妈妈会永远在家里等我。"

小可急了："海潮，下葬的事完全可以放一放，你非这时候走——是自暴自弃！"

海潮火了："邓小可，现在还轮不到你来跟我说教！"

小可怒极，双目圆睁看他几秒，摔门而去。

……

次日中午，邓文宣来了。海潮对他的到来毫不意外，打招呼，请他坐，倒水，之后，在他对面的沙发上坐好，等待。

邓文宣说："知道我来跟你谈什么吗？"

海潮不想浪费双方时间直接给出终极回答："我必须去无锡！"

邓文宣一摆手："我来是让你跟小可说，叫她马上回学校！昨天晚上她说她不放心你暂时不回去了！……她回国时假都没请只跟宿舍同学说了一声，再不回去极有可能被校方开除！道理我们跟她说了，说不通！你跟她谈！"

海潮愣在那里。他想当然地认为邓文宣来是为他，比如，阻止他去无锡；压根想不到他来是为别人，包括为小可。

邓文宣看他，目光严肃带着敦促，海潮无法回避，喃喃开口："我跟她说过让她回去……"

邓文宣马上道："怎么说的？完全是一种消极的态度！你这个样子她能走吗？走了能放心得下吗？海潮，你是男人，小可是女孩儿，但在这件事上，她表现得比你强，强得多！她比你更有责任感更懂得为对方着想更具自我牺牲精神！你呢？沉溺在自己的痛苦里不管不顾，不管自己，不顾他人！……你不是我孩子我对你只能说到这里，小可不一样，小可是我女儿，我必须为她负责。现在我要对你说的是，如果因为你的任性软弱放纵自私耽误了小可，我们决不原谅！"

作为医生邓文宣见多了生离死别，深知这样的痛苦不能仅靠安慰哄劝，甚至，重要的不是安慰哄劝，是提醒是批评是当头棒喝壮士断腕！惟此，激发出他的责任感和他对生活的热情。

次日，海潮去公司上班。虽因停职无事可做，仍坚持按时来去以保证调查组随叫随到。小可彻底放下心来，订了返回日本的机票。

这天晚饭惠涓包了饺子，小可明天走。饺子包好就等下了，海潮迟迟不来。小可不敢打电话催，之前他说过调查组要找他谈话。一家人坐客厅等，开始还能说说话，随着时间推移，都不想再说。在小可紧张得实在耐不住决定打电话时，海潮回来了，看神情非常平和。惠涓当即放心，张张罗罗去厨房下饺子，招呼邓文宣帮忙，给两个孩子腾空儿。

小可问："怎么样？"

海潮说："还行。一切在程序中。"说完，随意地问了句："哎，你给刘旭刚打钱了？"

小可点头："嗯。刘旭刚说他会按月还——"心猛地一咯噔，这事她好像没跟他说过，他怎么知道的？——忽然，她明白了！"怎么啦？"她问，声音很轻，仿佛气声。

下午，调查组向海潮出示了一份向飞某账号的支出单，他母亲的全部费用都由这个账号支付，其中最大的一笔支出二十一万打到了刘旭刚账上，他们问他和刘旭刚什么关系。

海潮对小可笑笑："没事。想起来了，随便问问。"本不想问，但他需要求证。

小可盯住他不放："你怎么知道的？"

海潮打哈哈："我怎么就不能知道了？哎，山山他们什么时候搬？"给人感觉他是从山山那儿知道的。

小可根本不为所惑，轻声问了："是调查组——说的吧？"

一直在厨房注意倾听的邓文宣、惠涓闻之一齐拥到厨房门口，尽管不明白具体怎么回事，但"调查组"三个字和小可的神情已告诉了他们关键的信息。

寂静中，小可自语般喃喃："我怎么这么笨……还算是在投行干过的……怎么能想不到这个呢！"

海潮温和地道："嗨，你接触的只是日常工作，这是件非常态的事情。"转脸对一直想问不敢问的邓文宣、惠涓解释："我和向飞有无经济往来，是调查组调查的重点。"

……

小可决定再等段时间走，等海潮结果出来，学校那边她去协调。这次邓文宣没反对。小可留下来有什么作用他不清楚，但他清楚，如果她这样走了而海潮完了，她会把责任全揽自己身上，他太了解他女儿了，这孩子太易自责。

第十九章

小可对沈画苦口婆心说得唇干舌燥，中心意思，请沈画帮她查光瑞药业提供虚假信息一事。沈画是向飞前助理，熟悉光瑞业务；目前跟向飞私交好，方便深入。沈画十二万分理解小可，只不明白，她怎么就不理解她？耐心听小可说完那些天真到傻的蠢话，她告诉她，做不到。

　　小可有一会儿没吭气，为避免相对无言，扭着脑袋做环视四周状。此时她们在沈画西城区新家，昔日的主卧做了客厅，布艺沙发、现代派的画，靠阳台的窗前是一株巨大的针叶松盆景，树干弯如蟠龙，枝叶参差层叠像一大朵墨绿的云。沈画的艺术感觉、生活品位在向飞援助下，在属于自己的空间里，得以充分展现。

　　其实小可非常理解沈画，只是她别无他法："画姐，我不是让你去陷害谁，只想查明真相。如果查了真的没事，对大家都好——"

　　沈画对这种自我中心的冠冕堂皇忍无可忍，笑吟吟插问："如果查了真的没事，对海潮好在哪里？"

　　小可张口结舌，沈画尖锐指出："你希望以向飞的倒霉来换取海潮过关！我同情海潮，愿意他好，但如果让我在他和向飞二人里选，你说我选谁？"

　　小可辩解："我希望公平……"

　　沈画说："走正当渠道！"

　　小可指责："你就是自私！"

　　沈画回敬："彼此彼此！"

海潮被取消保荐人资格。尽管迄今为止尚未查出他有重大违规行为，但他的超失常发挥让人无法不怀疑有内幕交易：预先买断光瑞股票使之上市即获利，而后，光瑞通过各种方式将所获利益分配于他。中威基本上是不可能留海潮了，而金融圈就这么大，海潮跌的这一跤自然是尽人皆知，别人也不一定敢要他，即，海潮年届三十面临改行。

海潮从公司回家，小可正吸地，没想到他这时回来，还不到中午，这段日子他一直朝九晚五按时上下班。她蓦然驻足扭过脸来，明明想问却不问，瞪俩大眼死盯着他看，手中吸尘器在原地轰鸣不止……那副探究、担忧、小心翼翼的样子让海潮反感、烦躁。陈佳看他看得很准，他只能被依靠做大树以光鲜示人，受了伤宁肯独处独自舔舐，一句话，小可的存在目前对他是一个负担。

他换拖鞋，面朝墙壁躲开她的目光，但轰轰作响的吸尘器表明她仍原姿势在原处窥视——海潮全身燥热几欲发作，忍住。换好拖鞋，转过脸去，迎着她的目光："吸地呢？"她方如梦初醒伸手把吸尘器关了，他对她笑笑："公司没事了我就回来了。噢，处理结果出来了，个人资产继续冻结，取消保荐人资格。"说得云淡风轻，设若小可不是业内人士，会认为那结果如同他的语气，轻淡得不值一提。小可瞪得大大的眼睛眯了眯，也许是眼肌抽搐，海潮不容她说紧接着说："结果出来了，你回日本吧！"

小可小心地问："你打算怎么办？"

海潮到客厅墙角，从搁那儿的塑料包里抽出瓶矿泉水，拧开，喝："不知道。还没想。哎，中午咱们吃什么？"

小可拔掉吸尘器电源，收线，道："西红柿鸡蛋面？"用了问号，但不等海潮回答又道："不干投行，干别的也行，收入当然不如从前，生活肯定够了，只是——个人资产得冻结到什么时候？你这房子还还着贷——"

海潮沉声道："小可，一定要在这时候说这些吗？"

小可愣了愣，马上垂下眼睑，道歉："对不起。"

她这态度——健康人对绝症病人的克制、忍耐、逆来顺受——终于激怒了海潮："小可，事已至此，我希望你走，越快越好，回日本去，上学去！你不必有什么顾虑，这段日子你做得很可以了，你的善良你的牺牲精神你的不离不弃大家有目共睹有口皆碑相信你也在其中得到了极大满足！……"

忽然他住了嘴，扭头环视，小可不在了，他甚至都没听到她开门关门的声音。打她手机，铃声在家里响起，他呆立片刻，换鞋追下楼去。

楼外只有秋阳、秋叶、往来的邻人，没有小可。海潮去了小区的花园、附近的咖啡厅、再远一些的超市，没有。他往邓文宣医院赶，路上分别给沈画、山山电话，说小可若去了她们那儿，马上通知他。

向飞吃完午饭回公司，远远地，看到了站在公司门口的小可，她同时也看到了他，旋即转身朝他笔直走来。她是来找他的，什么事？他加快脚步迎去。二人走近，站定，没容他问她便说了，直截了当开宗明义，问他在与中威合作过程中有没有提供虚假信息。

就算光瑞向中威提供了虚假信息，他能告诉她吗？向飞细细看小可脸，怀疑她是不是神经错乱。略一思忖，向飞问："海潮怎么样了？"直觉海潮那边出了问题。

小可一摆手："向总，请回答问题，Yes 还是 No？"理直气壮咄咄逼人。

向飞生气了：她凭什么？是，他们倒霉了不幸了，但，与他无关，他仍怀着友情、善意、道义尽可能给予了帮助，她不领情便也罢了，竟打上门来兴师问罪无理取闹胡搅蛮缠，那就——对不起！

向飞说："光瑞跟中威的这次合作，对内，开诚布公；对外，光明正大，经得起任何调查——"

小可道："好！有您这句话就成！向总，我学金融，在投行干过，请您允许我来调查！"

向飞难以置信，冷冷地道："不可以！"

小可说："你怕什么？"

向飞说："怕你白费力气！"说罢径进公司，小可欲跟进，被保安拦住。

　　小可回家。到家门口想起没带钥匙，敲门没人，转身乘电梯下楼，坐楼门口的台阶上等。

　　一个少妇牵着个小男孩儿走来，到幼儿园放学时间了。男孩儿约三四岁，刚掌握了说话本领，正是最爱说的时候。老远就听到他在说，听不清说的什么，走近了，听他说："……今天杨雪哭了，她把裤子穿反了！妈妈，女孩儿的裤子容易穿反，女孩儿的裤子没有证明……"少妇含笑听，不时点头，尽管她点不点头小男孩儿根本看不到也不在意。少妇生得很美，微有点胖，但身边的可爱男孩儿使她的那胖恰到好处，两人相映生辉，宛若圣母圣子。小可目送母子走过，走去，走远，生出羡慕。她曾对结婚、生子暗有抵触，不想当已婚妇女不想成婆婆妈妈，似乎这样就能把青春，把青春恋爱的激情、变幻、美妙留住。此时，望着远去的母子悠然神往，向往他们拥有的安宁、恬淡、温润。

　　"小可。"耳边有人在叫，她扭脸抬头，海潮站她身边。她慌得跳起："我没带钥匙。"

　　海潮说："我找你去了。"

　　小可说："对不起。"

　　海潮说："对不起！"……

　　向飞对沈画说了小可找他的事，沈画神情复杂听完，告诉他小可为这事也找过她。向飞奇怪："她找你干什么？"

　　沈画简单概括："当间谍吧。"

　　向飞手扶方向盘眼看前方："为什么选你？"

　　沈画苦笑："这还用说？我做过你的助理，熟悉公司业务，现在你对我很，"卡住，斟酌着选择了个词儿，"——信任。"

　　向飞正在超一辆大货没马上说话，超过去后，淡淡说："'信任'这词儿用得不十分准。"沈画没吭气，向飞也不再吭声，车在静默中行。

　　在向飞打灯预备变道时沈画开口，嗓子暗哑："向飞，我，不想看电影了……"他们正要去看《失恋33天》，都说不错；向飞闻之回灯直行，在前方掉头，驶向回家的路。

到别墅，停车下车，开门进家，上二楼主卧，二人几乎没话，相拥着来到正对着浴缸的大床跟前。

床垫刚换过，由乳胶山棕制成，价值一万九。软而不陷，硬而不硌，舒适且符合生理健康……以上产品优点为售货员语，向飞用过后替他们总结出新的一条：特别适合做爱！——他早就开始为这天的到来做准备了，当沈画在他起草的购房合同上签下自己名字时，他就知道，她是他的了。

他双手环她颈后解项链——不能让他们的"处女做"有一丝障碍——沈画全身软得都站不住，他坚持先将项链解除一丝不苟……忽然他感到她有点走神，住了手。沈画手机声从楼下传来，手机在包里，听起来有些闷。向飞说："别管它了。"沈画叹："我去把它关了。"向飞一块儿下楼，他的手机也需要关。

电话是山山打来的，通知沈画"暖窝"的具体时间。她和旭刚已搬进新居，提前说等安顿好了请大家去"暖窝"，也请了向飞。请向飞是出于感激，他跟小可、海潮也熟，跟沈画就不仅仅是熟了。沈画对着电话满口答应，真话假说回应山山对她和向飞的调侃："是是是，你根本用不着另给他电话，他就坐我旁边我们正准备一块儿过夜呢！"

收起电话她对向飞说："魏山山让周日去她家。我不去了。到时再跟她说，就说公司临时有事。"

向飞凝神看她："不想面对邓小可，是吧？"

沈画默然，后自语："当初来北京投奔她家，小可对我最好，她是那段日子里我惟一的温暖。心眼好，愿意为你想，不动声色帮你……他们成今天这样我很惋惜，也尽力去帮了，但从来没想到有一天，得让我作这种非此即彼的选择……"

向飞边听她说边拿手机拨号，通了，放耳边听。沈画不知他给谁打电话，但不管给谁，都不该这时候打。她闭了嘴，很失望，也难过。电话接通，他说："邓小可吗？"沈画一下子张大眼睛，他对她笑笑，继续说："我和沈画在一块儿，她跟我说了你跟她说的事，她希望我同意你的要求，我同意。你随时可以来我们公司作调查，我全力配合。"

……他们用大浴缸共浴。沈画肌肤向飞没看到过的部分比他想象的还好，在一池微蓝的水里晶莹闪烁，寸寸缕缕都是诱惑、呼唤、烫人的索要——彻底打乱了向飞阵脚。之前的一切一直按他的计划、节奏实施，不疾不徐从容不迫，仿佛美食大家之于佳肴的慢嚼细品，但他没能坚持到使用新床垫，二人的"处女做"完成于水中，他败在了沈画的手里。如果说世上有一种失败是美妙的，那么，这便是了。

沈画沉沉睡，一阵浓郁食物香味袭来，以为是梦，闭着眼仍睡不舍得醒，很久没睡过这么深沉香甜踏实的觉了。食物香味越来越浓，浓到她无法忽略不得不睁开眼，香味来自枕边床头柜的一只托盘，托盘上有煎蛋咖啡面包和新鲜水果，咖啡热气袅袅升腾。

——坐在宽阔散乱的大床上，身着轻丝睡衣，一抹透过薄纱进来的阳光斜射脸上，慵懒、优雅地用早餐，是沈画向往的高贵精致生活的一个细节。她开玩笑地跟向飞说过，他竟然记在心里于第一天便着手落实，提前起来亲自为她煎蛋烤面包洗水果煮咖啡并端上床头！

沈画很感动很感动，但不习惯。睡一夜了，吃东西前先得刷刷牙吧？不洗脸可以，手总得洗吧？那么，无论如何得先下床；下床动作还得轻，以免带起毛絮尘屑飞落进枕畔的食物。然后呢？洗漱完了，再爬回到床上，坐被窝里，用腿小心翼翼顶着托盘，用餐？太麻烦了！太装了！太可笑了！仿佛看穿了她的心思，向飞大笑着端起托盘走，边走边道："起来洗洗！下楼吃饭！"

他们在楼下中餐厨房的圆餐桌旁吃饭。向飞家有两个厨房，一中一西，都有餐桌。专门的餐厅有，为客人预备的，只是他从未在家待客。

在那张圆餐桌旁，他们谈到了结婚，双方心愿都是尽快。这周末得去山山家，那么，利用下周末两天去沈画父母家，沈画去拿结婚登记所需要的户口本，向飞去拜见未来的岳父母大人。

还谈到了婚礼。向飞说按沈画意愿办，雅俗皆可。雅，把屈指可数的至爱亲朋请进家，叫个大厨，在家聚；俗，婚纱、彩车、婚宴，包下整个餐厅大肆铺张！只要有钱，雅俗都是风格，都会为世人所理解认可称道……

向飞侃侃说，沈画默默听，海绵吸水般孜孜地吃进心里。向飞让她懂得了高贵生活的最高境界：有经济实力支撑的随意。

门铃突响，二人同时一惊，对视，向飞摇头表示他没约人。沈画道："快递？"向飞仍摇头，他快递都送公司。门铃再响，同时响起一个女人的声音："向飞，我李玉苹啊！"李玉苹是向飞前妻。

向飞脸一下子沉了下来。跟这个女人结婚是他这辈子的最大失误，更大失误是，还跟她生了个孩子，孩子把两个无关的人牢牢拴在一起这辈子别想真正分开。为孩子他们得保持联系，得通报彼此情况彼此去向。

向飞沉着脸，手扶桌边身体带着椅子向后撤，发出刺耳的一声"吱"，沈画忙起身想走，比如上楼，向飞伸手按她坐下："你吃你的。"

向飞开了门，李玉苹没进家，站门口跟向飞说了会儿话，说完就走了。向飞回来后情绪异常低落。

沈画关心地问："她什么事？"

向飞说："让我下午去学校接儿子。她下午四点的航班飞湛江。保姆家有事突然走了。"

这不算事嘛，何以情绪如此不高？直觉他有话没说，想了想，沈画又问："她总是这样说也不说，就直接上门？"

向飞道："那倒没有。保姆家事来得突然，她打我电话不通，只好跑来。她知道我在北京。看车停在外面，知道在家。"

沈画想不出再问什么，直着说了："看你情绪不高——"

他叹息着说："她在湛江拿了块地，搞影视文化城，要在那儿待三年。孩子得在北京上学，那么，只有我带。她说这次从湛江出差回来，让我跟她去把孩子监护人的变更手续办了。"边说边看沈画，目光中满怀期望。

沈画心沉甸甸的，没马上就此发表意见，她需要好好想想。二人开车上班，一上车沈画就打开了收音机，向飞注意地看她一眼，没说什么。

车到沈画公司门口，二人一路无语，下车时沈画被向飞一把抓住。

向飞说："听我说沈画，这事跟你没关系，我是说孩子。到时我会请保姆——"见沈画要插嘴，他摆手，"学习上，请家教。上下学接送，请司机。如果你还觉得不够，请管家！"

沈画摇头，经过一路思考她捋清了思路有了倾向性想法，简单地说一句话：她不想一结婚就当妈。向飞非常生气："沈画，我们交往过程中我没瞒过你我有孩子吧？是她把孩子硬塞到我这儿来的吧？你非逼我把儿子推出去吗？"

沈画也生气了："我怎么逼你了？我不过是如实表达了我的心情，这心情就是，不想当后妈，给谁的孩子当都不想！"

向飞道："意思是一样的：只要我们结婚，我就不能要这个孩子！"

沈画道："那是你的意思！我的意思是，你可以要你的孩子，我不想跟带孩子的男人结婚！"一用力，从向飞手里挣出，下车走。

向飞急叫："晚上我来接你！"

沈画站住，回头，不无苦涩地一笑："带着你的儿子？……一块儿去你家？……你不想让你儿子看到我们一起过夜吧？"

向飞低声下气："不是过夜。一块儿吃个饭，说说话，玩玩儿，不行吗？我们刚刚才……你突然抽身走了，面都不能见了，我受不了——"哽住，眼圈红了。

沈画从没见过这个强悍男人的这面，心一下子软了："……好吧。"

向飞开车带着孩子来接沈画。本想让司机接孩子他接沈画，但又想，早晚要面对的事情，早比晚好。

从儿子上车他就开始做铺垫工作：一块儿去接个阿姨，这个阿姨很好，你见到阿姨要有礼貌……正说着，儿子冷不丁冒出一句："您是不是要跟她结婚？"吓向飞一大跳，暗忖，现在的孩子真不能小觑！正了正脸色，他道："不排除这个可能。"孩子却不说话了，专心玩手机。向飞沉不住气，问："你什么意见？"他说："没意见。"

沈画上车时，孩子坐后头玩得正酣头都没抬，更不要说打招呼了。

向飞从内后视镜里盯着他叫："向葵！"声音不高，带着提醒责备还有威胁，向葵头也不抬"嗯"了声，自顾自玩儿。向飞不得不说了："刚才爸爸怎么跟你说的？要有礼貌——"沈画一伸手开了音响，在音乐声中对向飞翕动着嘴唇道："你别勉强孩子！"向飞低声道："这是起码的礼貌！"沈画道："你可以教他礼貌不要因为我！你这么做除了让他反感我，有什么好处？"

晚饭吃麦当劳。之前向飞做民主状征求意见晚上吃什么，孩子抢先说吃麦当劳。向飞想表示反对，被沈画以目光严厉制止。

置身麦当劳的嘈杂纷乱，沈画拈根薯条用牙尖一点点咬，她对面向飞在帮他的儿子撕酱包，撕开，把番茄酱挤进饮料杯盖子里，沾了些酱到手上，拿餐巾纸擦时带倒了饮料杯，可口可乐流了一桌……看着向飞手忙脚乱拾掇，沈画一动不动。没心情。

周日，去山山、旭刚家庆贺乔迁之喜。新房在六层，南北向，客厅有个南向大阳台，阳台绿植高低错落，小可、海潮到时山山正戴着墨镜坐阳台帆布椅上听音乐晒太阳补钙，没听到他们来，被旭刚批评："客人来了你也不说出来迎迎！——还愣那儿干吗，上茶！"山山笑着白他一眼："德行！"

小可和海潮参观完新家在客厅沙发上坐下，看着旭刚和山山在厨房忙活：你择菜我洗，你切菜我炒，切菜声嚓嚓，油锅声嗞啦……小可出神地看出声地感慨："真好。"

海潮同意："是好。"

小可扭过脸来："我们也结婚？"

海潮笑："好啊。你一毕业回来就结！"

这时，小可说了："我想，先不上学了——听我说完！——真想上将来再说，大不了重新考试，考试是我强项。我先工作，边工作边可以跟着你学，有你这样的高手一对一教，不一定比学校差，很可能强，那么，我能做到学习、工作两不耽误……"

海潮一言不发听，小可边说心里边打鼓。海潮一时难找到合适工作，个人资产仍未解冻，房贷要按月还，要吃要喝要养车……她留下工作挣钱是他们眼下惟一的办法，却不敢跟他说。从前他一直是强者是她的靠山，冷不丁反过来，她怕他受不了。这次挫折让小可懂得了他们二人应当是相互帮助共同成长的伴侣，只是不知海潮能不能认识并接受。她说完，闭了嘴，惴惴不安等。

海潮说："我认为这方案可行。"小可眼睛湿了。

沈画、向飞到。寒暄过后，向飞笑对小可说："哎小可，你怎么没去啊？害我天天在公司等哪儿都不敢去，望穿了秋水！"

小可笑看海潮："他不让我去。"

向飞对海潮道："你说，她去有什么用！就算我有问题，你单枪匹马，我严阵以待，你能查出个什么来！"

海潮笑："那你还怂恿她去？"

向飞叫："我'怂恿'？你见她当时那样儿了吗？我都以为她疯了！"

海潮连道："怪我怪我，那天我有点不冷静——"

向飞点着头笑："——生把人家逼疯了！"

聚餐开始，席间，小可宣布了她和海潮要结婚的消息，向飞不甘示弱般，紧接着宣布了他和沈画也要结婚的消息。小可一声大叫："太好了！婚礼我们一块儿办！"对向飞笑："能者多劳啊！"都笑了。

沈画同大家一样笑、叫、闹。向飞的单方面宣布很让她不满，但脸上没流露丝毫，不想在众人面前伤害他。她爱他，爱得比从前深刻。自那次他在她面前哽住，流露出他对她的深深依恋、他的脆弱，她对他的爱便糅进了母性的柔软和宽容。

聚会结束，向飞按沈画要求送她回她家，周日向飞儿子在家。一上车，向飞立刻就单方面宣布结婚的事向沈画道歉，沈画说："没关系。"

却再无下文，让向飞放心的同时又担心，等了等，忍不住问："那，你的意见呢？"

沈画所答非所问，眼睛看着前方吟诵一般："山山他们真好……小可也要结婚了，真好……"

向飞叹息，打起精神劝："沈画，人一个重要心理特点就是，总看着自己没有的东西好，像小孩儿总觉着别人家的饭好。其实，我们不必羡慕别人有而自己没有的，多想想自己有而别人没有的，才是正面思维才会快乐！一个人快不快乐，心态很重要……"

他手机响了，保姆打来的：他儿子让邻居的狗咬了。向飞邻居的狗是头藏獒，向飞一听就急了："咬哪儿了？……厉不厉害？……你先用创可贴给他止血我马上回去！……"边说边打灯靠边停车，让沈画下车的意思。沈画下去还没来得及迈步，车已在身后蹿了出去，沈画转身默默目送车走，任初冬的乱风吹得她长发前后左右纷飞……

这天晚餐，沈画接受了一位青年才俊的邀请。那是位做电子商务的精英，是她众多追求者中的一位，如果没有向飞，她会选择他。事业上他远不如向飞，但沈画不是因为这个才选择向飞——女人一无所有时才会只盯着男人的事业，如旧时妇女找男人为找饭碗——而是，她更爱向飞。但是，什么样的爱情也做不到攻无不克战无不胜，她的爱战胜了她和他的年龄差距、他的婚史，还能再承受与他才九岁的儿子共同生活吗？那意味着，最好的年华里她将没有二人世界，她对那孩子得尽职尽责哪怕是虚与委蛇，几次接触也证明了，一个孩子的存在绝不是向飞所说，有了司机保姆家教一切 OK……

邓文宣和惠涓同意了小可的决定，包括跟海潮结婚。同意结婚是出于父母的识时务，背地里他们对此很是犹豫挣扎：就这么一个独生宝贝，谁不希望她能嫁多好就嫁多好！如果海潮仅是不够富裕，是一般人，都行，他连这水平都够不上，现阶段他得靠他们女儿养活！小可在一家叫"华标"的投行找到了工作，六个月试用期；海潮仍在找工作，即，仍赋闲在家。

这天，海潮和小可去领了结婚证，一人一本手牵手从办事处出来。

小可问："你什么心情？"

海潮说："悲喜交加。"

小可眨巴着眼："先说喜。"

海潮说："从此后，你就是我的妻子了。"

小可说："悲呢？"

海潮说："从此后，我就是你的丈夫了。"

小可说："听不出有什么区别。"

海潮道："区别很大！不知道这种情况持续下去，我们能不能走到最后——"

小可使劲甩开他的手，大步走，海潮追上去抓住她，连道："我错了我错了！"小可绷着脸："错哪儿了？"

海潮道："我是一个百里挑一的优秀丈夫！"小可没想到他会这么说，没绷住，"扑"地笑出了声。

一天晚上，邓家一家人吃饭。婚后惠涓要求小两口尽量回娘家吃饭。名义上怕他们不正经做饭在外面胡吃对身体不好，实际上想替他们分担一点，小可试用期工资才四千，四千块钱两个人花，就算不还房贷，在北京都难。

惠涓做了四个菜，两荤两素，其中有小可最爱吃的煎带鱼，饶是如此，堵不住她的嘴；她从下班进家就说，喋喋不休兴奋到了亢奋。

试用期才一个月，小可破格提前转正：部门要做一个八千万的投资，让在四个项目里选，她根据海潮建议作出选择并在海潮的帮助下写了投资计划书，这选择和投资计划书让主管及部门领导刮目相看，认定小可是个人才，为避免人才流失，提前转正，转正后工资从四千一下子翻番，八千！

小可眉飞色舞："……从四千到八千，才用了一个月时间，照这速度、幅度，下个月应该是——"翻着眼皮子算，另外三人相视笑，任她胡言乱语。小可算了出来："一万六！那么，再下个月，三万二，再再下个月——"索性不算，总而言之道："海潮，这样下去用不了几年，我就能赶上你，年收入二百万，不止！"伸手拍拍他肩，"没工作没关系，我养你！我就是咱家摇钱树！爸、妈，你们将来都靠我了啊！"

惠涓择着鱼上的刺，头也不抬对海潮说："海潮，听见了？你可得对你家这树负责啊，勤施肥，多浇水，别等哪天忘了管，树死了！"

小可叫："妈，您对自己的女儿怎么这么没有信心呢？"

惠涓说："只要海潮管你，我绝对有信心！"

婚礼定在了下月二十六号，只他们俩，向飞和沈画不结婚了。严格地说，是分手了，沈画同向飞分。

一个周末，向飞前妻李玉苹从外地回来接儿子去她那儿团聚，沈画接受向飞邀请住进他家里。晚上，二人共浴后上床，欲仙欲死时刻门铃响起，同时响起的还有李玉苹的声音："向飞，是我。对不起，我有急事！"向飞叹口气穿衣服下床下楼，沈画没动，她认为李玉苹说完事就走，全没想她来是为送儿子，湛江那边有急事她归期提前，当晚的机票。

男孩儿在去自己房间时路过主卧，看到了在床上用被子裹着自己的裸体的沈画，看到了扔了满地的衣服浴巾胸罩内裤……男孩儿若有所思地看了几秒，向惊慌失措紧跟其后上来的向飞问道："爸爸，为什么男的和女的一好了，就要上床？"

——那一刻沈画下定决心，长痛不如短痛，分了吧！做电子商务的青年才俊固然没有向飞的智慧、成熟、情趣、细腻，但也没有向飞这些前妻、孩子之类拖泥带水的啰嗦！爱情不是无源之水空穴来风，它终究也是，各种条件平衡下来的结果。更何况，青年才俊才二十八岁，焉知他到向飞这年纪时达不到向飞这境界！只要年轻，一切皆有可能。

……

婚礼当日，按习俗，应由海潮及海潮家人来把小可接走，但海潮在京没有家人；本可请朋友或同事充当，囿于自身处境不想让人为难，婚礼他谁都没有通知。海潮来接小可走。这一次的"走"意义非常，惠涓眼泪汪汪坚持要送女儿下楼，谁劝都劝不住，怎么说都不行。

邓文宣来到女儿房间，在床边桌前的椅子上坐下。拿起扔桌上的笔放进笔袋、拉死，正一正卡通图案的水杯，关了电脑电源，把一小堆吃过的果丹皮纸收起，本该送厨房垃圾筒，不想动，就攥手里，黏糊糊的……女儿出国前夜曾让他坐这儿陪她，她失恋了。她失恋与他有关：

海潮要等光瑞上市再同她联系以证明他感情的纯粹……后来，邓文宣开始关注"脑神宁"。向写过论文的人咨询，向用过药的同行求证，研究分析药理作用，临床上小心试用，效果确实好。现在他们科同类药物里，"脑神宁"是首选。他写论文发给了《中华医药》，在业内会议上作过专题发言，但显然，他行动迟了，不论对患者，还是对小可……他因反感做交易而戒备而固执，直至感情用事不分良莠一概拒绝！……整个过程，再苦再痛，女儿没向他提一个字要求，暗示都没有；天塌下来，不越边界一步……

惠涓送小可回来，看丈夫坐女儿桌前，叫他，他应了，没回头。她走过，他忙着用手掌抹去涕泪，两眼红得跟兔子似的。她叹口气："洗把脸！等会儿再走，来得及。"

邓文宣听话地起身洗脸，惠涓不无担心地在他身后叮嘱："到了那儿咱可不能这样了啊！明白的，知道你舍不得闺女；不明白的，以为你不满意女婿！"海潮处境不好，这方面他们不得不特别当心。邓文宣闻此站住，背对她说："我，我不去了吧。你跟他们说，医院有急诊。"

……

婚礼主持人是沈画。山山说话，沈画当主持人是"物美价廉"，当初她的婚礼就是沈画主持的。沈画对此说法不满，"物美"是必须的，"价廉"从何说起？她分文不取还倒贴——请了杂志社的专业摄影来帮忙！

沈画拿麦克风上场，宾客席里不绝于耳的嗡嗡声霎时间停住，人们齐齐向台上望。台上沈画笑靥如花、乌发如云，一袭大红长裙拖地；那裙子领口很低，反常规地一无饰物，效果是，越发凸显出她颈部、胸部异乎寻常的美，雪白、光洁、炫目……

宾客席中的向飞向台上望，全身过电般阵阵挛缩。那是他曾经吻过的颈和胸，他吻过那女人从头到脚每一寸肌肤！她在他的亲吻下呻吟，为躲开他唇和舌的致命进攻她脑袋拼命后仰，他顺势而下，脖、胸、腰、腹……一个佯躲，一个真追；一个欲擒故纵，一个引而不发。在这成年男女的游戏里，二人配合默契水乳交融你中有我我中有你双双抵达高潮的巅峰——他们是天造一对地设一双包括了性，他们不应为任何理由分手！想到这儿向飞一分钟也坐不住，起身离席匆匆而去。

他站在舞台后面，堵住从台上下来的沈画。这会儿惠涓正在台上讲话，向来宾介绍女儿女婿，表达对他们婚姻的祝福，需要几分钟时间。

向飞直截了当道："跟我结婚！"没时间铺垫了。

沈画也直接："我做不到。"

向飞怒火中烧全身控制不住地抖，咬着牙关说："做不到什么？做不到牺牲！沈画，我知道你自私，没想到你这么自私，一个孩子都容不下！"

面对如此指责沈画不怒反笑："我承认我自私，你呢？"

向飞道："我不想扔下我的儿子——是自私？"

沈画不笑了，眼里掠过失望，凝视他一会儿，点着头："——还是不肯承认。"向飞不明白。看他一头雾水的茫然样子不像是装，欺人久了容易自欺是普遍心理现象——在向飞影响下沈画思考分析能力有了长足进步——沈画决定把话说开。

那些话她一直想说一直没说，决定分手时都没说，怕说了伤人，成不了夫妻没必要成仇。现在她明白了，不说才会成仇。

"向飞，"她温柔道，"你诚实地说，你不自私，会到现在才接受我吗？"向飞先是一愣，接着一惊，继而明白了事情的无可挽回，眼睛一下子湿了，挣扎着争取："沈画，我们那么——"

沈画点头："——相爱！但，都不是爱情至上！……从前你爱我不肯接受我，是因为你忘记不了孙景，怕我爱的不是你，是你的钱。直到我也有了点钱不再是穷人了，你才肯相信我对你的感情。这让我难过，但理解，换我我也会这么做。你说得对向飞，我们是一样的人，太一样了，都具浪漫情怀又都非常现实。所以，如同当初你不会仅因为爱我就接受我一样，我现在也做不到仅因为爱你就跟你结婚。"

里头掌声传出，显然惠涓话说完了，该主持人上场了。沈画冲他点头一笑，翩然离去……

在新郎给新娘戴戒指的环节，婚礼现场来了六个不速之客，为首的是中威董事长，一行人成一列纵队西装革履脚步匆匆引全场注目。小可先看到并认出走在前面黑社会老大似的董事长，示意正低头给她戴戒指的海潮看，海潮抬起头，一怔，马上快走几步跳下台迎过去。

董事长递上一封红包："海潮，冒昧赶来主要为祝贺大婚！"后面的五人依次上前送上自己的贺礼，海潮一一接受，一一说明没有邀请对方的原因并表达歉意。小可站一边迷惑不解地看：海潮对这一行人的意外到来为何不怎么意外？

宾客席嗡嗡声渐起，对这额外的延宕表示不满。服务员已然开始上第二道热菜，让人长时间面对佳肴按箸不动，有悖人性。

董事长抓紧时间长话短说：昨天股市收盘光瑞药业股票涨幅超过投资的百分之十五，晚上董事会连夜开会决定请海潮回去。今天上班辗转找他，方知他今天结婚，特地赶来祝贺。

婚礼继续，两位新人向台上走。小可小声问海潮："你知道光瑞涨了？"

海潮点头："我一直关注它。没跟你说是想等有最后结果再说。"

小可不满足："这结果如何？"

海潮仍那样点点头："很好。"

小可不解："你好像不是特别高兴——"

海潮低头看着，满眼的笑阳光般沐浴着她，他说："因为呀，比起重新就职，更让我高兴的事是，跟你结婚。"

图书在版编目（CIP）数据

新恋爱时代/王海鸰著. –北京：作家出版社，2012.12
ISBN 978 – 7 – 5063 – 6698 – 4

Ⅰ.①新… Ⅱ.①王… Ⅲ.①长篇小说 – 中国 – 当代
Ⅳ.①I247.5

中国版本图书馆 CIP 数据核字（2012）第 262882 号

新恋爱时代

作　　者：王海鸰

统筹策划：朱 燕　汉　睿

责任编辑：汉　睿

装帧设计：视觉共振工作室

出版发行：作家出版社

社　　址：北京农展馆南里 10 号　　邮编：100125

电话传真：86 – 10 – 65930756（出版发行部）

　　　　　86 – 10 – 65004079（总编室）

　　　　　86 – 10 – 65015116（邮购部）

E – mail：zuojia@ zuojia. net. cn

http：//www. haozuojia. com（作家在线）

印　　刷：三河市北燕印装有限公司

成品尺寸：152×230

字　　数：200 千

印　　张：17.25

版　　次：2012 年 12 月第 1 版

印　　次：2012 年 12 月第 1 次印刷

ISBN　978 – 7 – 5063 – 6698 – 4

定　　价：29.80 元

王海鸰已出版作品

《爱你没商量》（与人合作）长篇小说
1992 年 12 月出版
华艺出版社

《不嫁则已》长篇小说
2003 年 7 月出版
长江文艺出版社

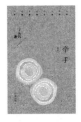

《牵手》长篇小说（王海鸰文集）
1999 年 5 月出版
2007 年 7 月新版　作家出版社

《大校的女儿》长篇小说（王海鸰文集）
2002 年 1 月出版
2007 年 7 月新版　作家出版社

《中国式离婚》长篇小说（王海鸰文集）
2004 年 9 月出版
2007 年 7 月新版　作家出版社

《新结婚时代》长篇小说（王海鸰文集）
2006 年 9 月出版
2010 年 6 月新版　作家出版社

《相伴》 电视文学剧本
2009 年 9 月出版　作家出版社

《成长》 长篇小说
2010 年 10 月出版　作家出版社

《新恋爱时代》 长篇小说
2012 年 12 月出版　作家出版社